ハヤカワ文庫NV
〈NV1528〉

パナマの仕立屋

〔下〕

ジョン・ル・カレ
田口俊樹訳

早川書房
9078

THE TAILOR OF PANAMA
by
John le Carré
Copyright © 1996 by
David Cornwell
Translated by
Toshiki Taguchi
Published 2024 in Japan by
HAYAKAWA PUBLISHING, INC.
This book is published in Japan by
arrangement with
CURTIS BROWN GROUP LIMITED, LONDON
through TUTTLE-MORI AGENCY, INC., TOKYO.

パナマの仕立屋

〔下〕

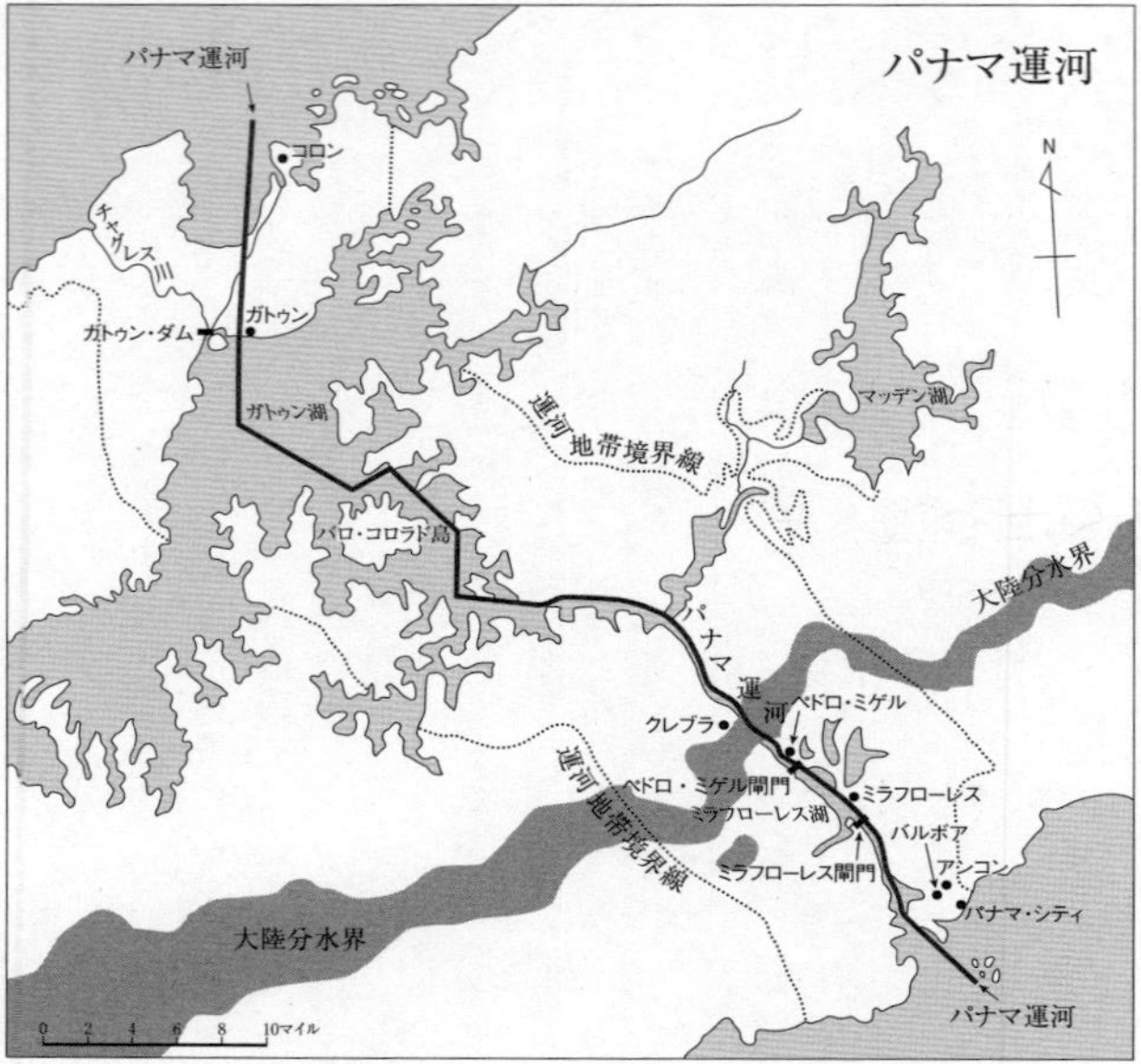
パナマ運河
パナマ運河
コロン
チャグレス川
ガトゥン
ガトゥン・ダム
ガトゥン湖
運河地帯境界線
マッデン湖
N
バロ・コロラド島
パナマ運河
大陸分水界
クレブラ
ペドロ・ミゲル
ペドロ・ミゲル閘門
ミラフローレス
ミラフローレス湖
運河地帯境界線
ミラフローレス閘門
バルボア
アンコン
パナマ・シティ
大陸分水界
パナマ運河
0 2 4 6 8 10マイル

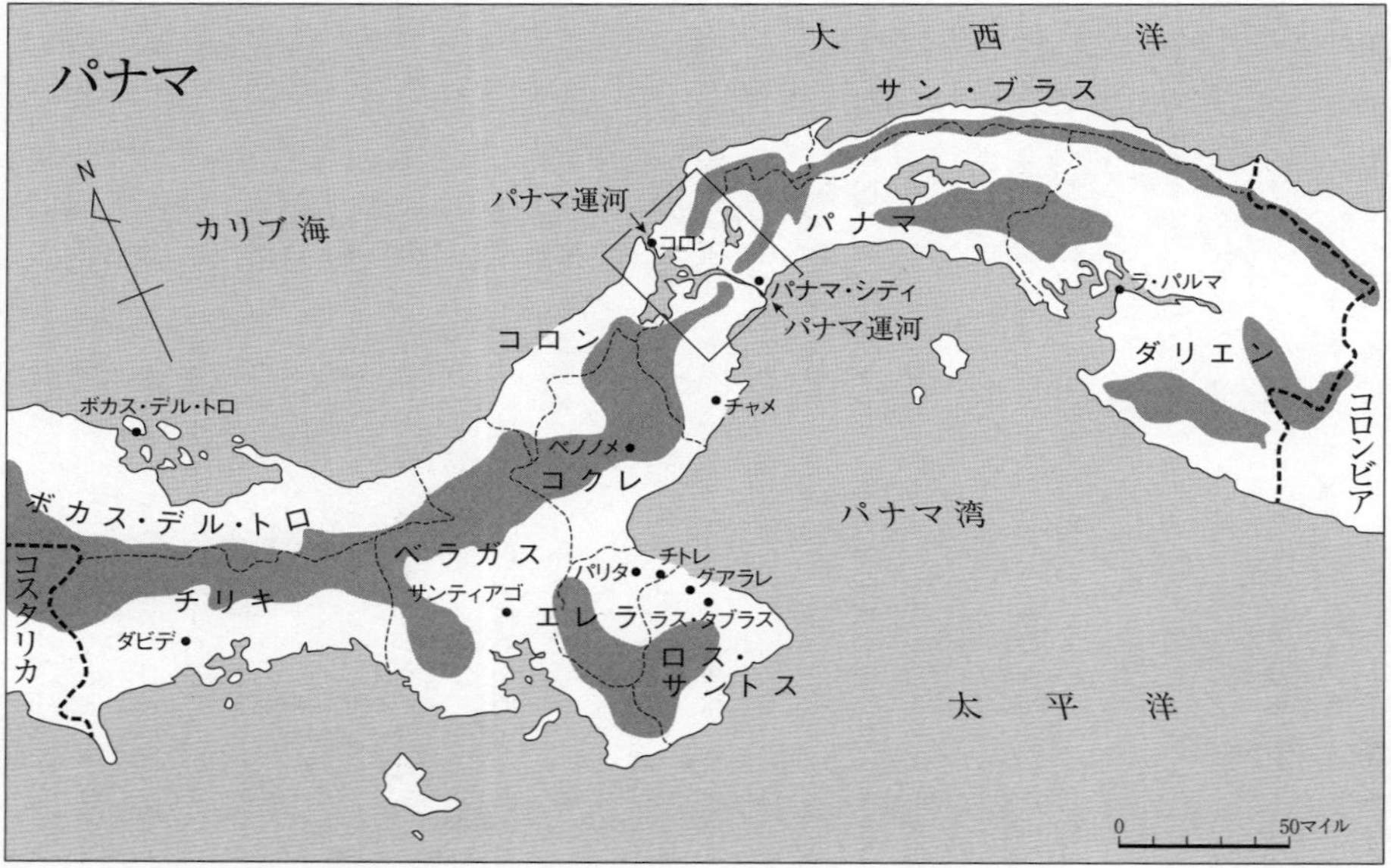
パナマ
N
大西洋
サン・ブラス
カリブ海
パナマ運河
コロン
パナマ
パナマ・シティ
パナマ運河
ラ・パルマ
コロン
ダリエン
チャメ
ボカス・デル・トロ
ペノノメ
コクレ
コロンビア
パナマ湾
ボカス・デル・トロ
ベラガス
チトレ
パリタ
グアラレ
コスタリカ
チリキ
サンティアゴ
エレラ
ラス・タブラス
ダビデ
ロス・サントス
太平洋
0
50マイル

登場人物

ハリー・ペンデル……………………仕立屋〈ペンデル&ブレイスウェイト〉のオーナー
ルイーザ……………………………ハリーの妻。パナマ運河委員会に勤務
マルタ………………………………ハリーの秘書
エルネスト・デルガド……………パナマ運河推進計画のアドヴァイザー
ラフィ・ドミンゴ…………………麻薬のディーラー
ミッキー・アブラカス……………ハリーの親友。麻薬のディーラー
アナ…………………………………ミッキーの愛人
モルトビー…………………………パナマの英国大使
ナイジェル・ストーモント………パナマの英国大使館政治部長
フランチェスカ・ディーン………同大使館員
アンドルー（アンディ）・
　　　　　　　　オスナード……英国の諜報員
スコッティ・ラックスモア………オスナードの上司
ジェフリー・
　　　キャヴェンディッシュ……〈計画及び実行〉委員会委員長
タグ・カービー……………………同委員会のメンバー
ラモン・ラッド……………………パナマの銀行家
チャーリー・ブルットナー………ハリーの恩人
ベンジャミン（ベニー）…………ハリーの叔父。故人
エミリー……………………………ルイーザの姉
アンヘル……………………………農園の管理人
ベン・ハトリー……………………英国のマスメディア王
ベアー………………………………コラムニスト

第12章

7

オスナードは、高層ビルの裾《すそ》に設《しつら》えられたショッピング共同ビルのまえに、大使館の車を停め、警備員に迎えられ、ビルの四階に上がった。悪趣味な剝《む》き出しの照明のもと、ライオンとユニコーンが永遠に箱の中に閉じ込められている。コンビネーション・ナンバーを叩《たた》いて、大使館の受付ロビーにはいると、彼は防弾ガラスを入れたドアの錠を開けて階段を昇り、廊下を通り、鉄格子に取り付けられた錠を開けて、自らの王国に足を踏み入れる。最後のドアは閉じられたままで、それは鋼鉄製だ。ポケットの中のいくつかの鍵《かぎ》の中から長いパイプ軸の真鍮《しんちゅう》の鍵を選び、鍵穴に差し込む。が、上下がちがっていた。悪態をついて、やり直す。ひとりになると、人に見られているときといささか物腰がちがった。よりせっかちなところが表れた。顎《あご》を引き、背中をまるめ、ひそめた眉《まゆ》の下、あの眼であたりを見まわしているさまはどこか、見えざる敵に襲いかかろうとしている者のようにも見えた。

廊下のつきあたり二ヤードばかりが金庫室になっており、そこはまた食料貯蔵室のような趣もある部屋だった。奥に向かって右手に整理棚。左手に、殺虫スプレーやトイレットペーパーといった不釣り合いなものの中に、緑の壁金庫があった。正面には、いくつかの電気機材の上に大きな赤い電話が置かれ、その電話は、大使館内では〝アンディの神とのデジタル・リンク〟と呼ばれ、電話の基盤には、〝この器具による通話は一分五十ドル〟と書かれた表示板が貼《は》られていた。その下にひとこと、〝愉《たの》しんでくれ〟と書かれているのはオスナードの仕業で、彼は今、まさにそう書いたとおりの気分で受話器を取り上げると、ボタンを押して手順に従えという機械による音声の指示を無視して、ロンドンの賭元《かけもと》の電話番号をダイアルした。その賭元のところでは、一度に五百ポンドばかり、その賭元と同じくらい名前も素性もよくわかっているグレーハウンドに、すでに何回か賭けていた。「また馬鹿《ばか》な賭けをするもんだ。そんな目はないよ」と賭元は言った。だいたいこいつは複勝式に賭けたことが一度でもあっただろうか。

そのあと、オスナードは厳しい現実の仕事に戻った。〈極秘バカン〉と書かれた整理棚から、無地のフォルダーを取り出し、それを持ってオフィスに行き、明かりをつけ、机に向かい、げっぷをし、頭を抱え、ロンドンの直属の上司、ラックスモアからその日の午後届き、もう少しで癇癪《かんしゃく》を起こしそうになりながら難渋して自分で解読した指示を四ページ読んだ。それとわかる程度にラックスモアのスコットランド訛《なま》りを真似《まね》し、声に出して読んだ。

「以下の命令を暗記すること」――歯の隙間《すきま》から息を吸う音――「この暗号は繰り返されず、また、支局のファイルに保存されるものでもない。受信後七十二時間以内に廃棄される。オスナード君……バカンに以下の命令を直ちに実行するよう伝えてほしい」――歯の隙間から息を吸う音――「バカンに与えてよい保証は以下に限る……以下の警告は緊急を要するものであるから……そうだった！」

鼻を鳴らして息を吐き、彼は電報を折りたたむと、白い封筒を机の引き出しの中から取り出してその中に入れ、作戦遂行に不可欠の経費として、ロンドンに仕立て代金を請求した〈P&B〉のズボンの右の尻《しり》ポケットにその封筒を入れた。それから金庫室にまた戻り、あまり役人風に見えないようにと選ばれた、みすぼらしい革のブリーフケースを取り上げ、キー・リングの中から鍵をまたひとつ見つけて、緑の壁金庫を開けた。そこには固い背表紙の台帳と、五十ドルと百ドルの分厚い束が保管されていた。その現金は、めだたず怪しまれもせずに小切手や手形を換金するのはむずかしい、とオスナードがロンドンに訴え、手に入れた成果だった。

天井に取り付けられた明かりのもとで、彼は台帳のページをめくった。ページは三つの欄に分けられていて、そのそれぞれの欄に数字が書き込んであった。左の欄には最初にHと書かれていたが、それはハリーのHで、右の欄のAはアンディ、真ん中の欄には大きな数字が多く、そこには〝収入〟と書かれていた。精神科医がメモを取るときに好みそうなきれいな丸や線が書かれ、右の欄と左の欄に流れる金の出所が示されていた。悩ましげに黙り込んでしばらく三つの欄を眺めてから、オスナードはポケットから鉛筆を取り出して、真ん中の欄にしぶしぶ7と書き込み、その数字をまるく囲むと、欄の境界線の左まで一本線を引いて、H、すなわちハリーの収入とした。次に3と書いて、今度はいくぶん嬉《うれ》しそうにそれをA、すなわちアンディの欄に移した。それから、ハミングをしながら金庫から七千ドル取り出し、みすぼらしいブリーフケースに入れ、あとから殺虫スプレーやらがらくたやらを詰め足した。傲然《ごうぜん》と。まるでそれらを忌み嫌っているかのように。実際、そうだった。そうしてブリーフケースを閉め、金庫に鍵をかけ、金庫室の鍵をかけ、最後に玄関の鍵をかけた。

通りに出ると、満月が微笑《ほほえ》みかけてきた。湾の上に星を散りばめた夜空が広がり、運河の通過待ちをしている船舶が黒い水平線上に並び、その船の明かりがまたたいていた。オスナードはポンティアックのポンコツ・タクシーを停め、行き先を告げた。そして、空港に通じる道路を走るタクシーに揺られながら、男根の形をした矢をキューピッドが射ようとしている、藤《ふじ》色のネオンサインに注意を払った。目的のラヴホテルはその矢の向かう先にあるのだ。時折、対向車のヘッドライトに照らされる彼の表情は固かった。その黒い小さな眼は、時折、注意深くバックミラーに向けられ、明るいところを通り過ぎるたびにきらりと光った。〝チャンスは心構えのできている者だけに訪れる〟と彼は自分につぶやいた。それは彼が在籍した進学準備校の理科の教師が好きな格言だった。その教師は、青痣《あおあざ》ができるほど彼に体罰を加えたあとで、お互い服を脱げば、お互いのちがいがはっきりするのではないかと提案するような、そんな教師だった。

オスナード邸はロンドンの北、ウォトフォードのすぐ近くにある。そこへ行くには、疲れるバイパスを切り抜け、さびれた住宅地、エルム・グレードを突っ切らなければならない。どうして〝エルム（楡《にれ》）〟なのかと言うと、以前はそのあたりに楡の古木が生えていたからだ。邸そのものは、ここ五十年のほうがそのまえの四百年より活気があって、老人ホームになったり、若い犯罪者の更生施設になったり、レース用グレーハウンドの犬舎になったり、新しいところでは、オスナードの陰気な兄、リンジーの執事の監督のもと、東洋思想信者の瞑想《めいそう》のための聖堂にもなっていた。

これらの変遷を経る中で、オスナード家の人々はしばらくのあいだ、インドやアルゼンチンといった僻遠《へきえん》の地から、賃貸料の分配のしかたを取り決めたり、維持費やまだ生きている乳母《うば》の年金に関わる問題を話し合ったりしていた。が、彼らを産み出した家同様、彼らもまた徐々に修復不能になっていった。生き残る意欲を失っていった。叔父のひとりは女を連れてケニアに行ったきり、今も行方不明のままだった。オーストラリアで王国を築くことができると信じ、ダチョウの牧場を買い取り、それ相応の代償を払わされた従兄もいる。オスナード家の弁護士は一家の信託金を横領し、下手な投資のあとに残ったわずかな金まで着服し、最後には自分の頭に鉛の弾丸《たま》をぶち込んでいた。タイタニック号とともに海に沈むことを免れたオスナード家の人々も、ロイズ保険会社とともに沈み、もともとその場しのぎのできない性格だった陰気なリンジーは、サフラン色の仏僧の衣をまとい、塀に囲まれた庭にまだ残っていた丈夫な桜の木に自分を吊《つ》って、すでに死んでいた。

ただアンドルーの両親だけが人を苛立《いらだ》たせながらも、生き恥をさらしてまだ生き残っていた。父親はすでに抵当にはいっているスペインの別荘にいて、わずかに残った資産をどうにかやりくりし、スペインの親戚の情にすがって生きていた。母親はイギリスのブライトンにいて、絵に描いたような落ちぶれた貴族の暮らしを送っていた、チワワとジンが伴《はん》侶《りょ》という暮らしを。

こうした根無し草ばかりの環境に置かれたら、人間は普通、新しい空気を見つけようとするものだろう。少なくとも、スペインの太陽を求めるような行動に出たりするものだろう。しかし、若きオスナードは早くから自分はイギリスに合っていると思っていた。厳密には、イギリスが自分に合っていると。そして、剝奪《はくだつ》の幼少時代とおぞましい寄宿生活時代を送ったのち、二十《はたち》の頃《ころ》にはもう、まともな国が取り立てるまともな税額というものがあるなら、すでに自分はそれをずっと上まわる額をイギリスに払ったのだから、これからは払うのはやめ、集める側にまわろうと思うようになっていた。

問題はどうやってそれを実行するか。彼にはなんの特技も資格もなかった。ゴルフコースとベッド以外の場所で発揮できるような才能も。ただ、何よりよく知っているのはイギリスの腐敗で、イギリスの腐敗した機関が彼から奪ったものを取り戻すのに必要なのは、まさにそうしたイギリスの腐敗した機関にほかならなかった。それで、最初に思ったのが新聞界《フリート・ストリート》だった。彼はそこそこに文章が書け、原理原則にとらわれないところがあり、そして世間に対する恨みを持っていた。だから表層的には、マスメディアのニュー・リッチになれる素質は十二分に備えていた。が、〈ラフバラ・イヴニング・メッセンジャー〉

の駆け出し記者を二年やった時点で、それ以上新聞界に身を置くことができなくなる。〝われらが街の老人たちのセックス・ライフ〟という見出しの彼のきわもの記事が、編集主幹の女房との寝物語をもとに書かれていたことがばれてしまったのだ。

動物保護の慈善事業団に籍を置いたときには、いっときそれを天職と思った。劇場かレストランにでも向きそうな贅沢な会場で、イギリスにおける動物の絶対数の減少に関する熱っぽい議論が戦わされても、大会初日のお祭りもなければ、全員が正装する晩餐会《ばんさんかい》もおこなわれない。ただ煩《わずら》わしいということで、高給を得ている事業団の職員が動物の視察に外国に行くこともない。そんな事業団ではあったが、すべての計画が実を結んでいただろう。〈ロバ救済即応基金（設立委員、A・オスナード）〉と〈オールド・グレーハウンド・デイ制定計画（財務担当、A・オスナード）〉が、盛大な拍手をもって迎えられたのと時を同じくして、彼の先輩ふたりが重大詐欺特捜班に任意出頭を命じられるなどという事件さえ起きなければ。

そのあと、セックスと舌先三寸が得意科目の不可知論者にはすみやかな昇進が約束されることでつとに知られる、イギリス国教会に取り憑《つ》かれ、めくるめくような一週間を過ごしたこともあったが、自分で調べた結果、破滅的な投資のためにイギリス国教会の台所は火の車で、国教会全体がキリスト教的赤貧に喘《あえ》いでいることが判明すると、彼の信心は雲散霧消する。その後は、人生の追い越し車線で、計画性に乏しい、半ば自棄的な冒険に次から次と手を出すものの、どれも長続きせず、結果はすべて失敗に終わり、以前にも増して〝職業〟に固執するようになる。

「BBCなんかどうでしょう？」と彼は大学に戻って理事に尋ねた、五回目か、十五回目のときに。

　白髪で、実際の歳より老けて見える理事はめっそうもないといった顔をした。

「その募集はもう終わってるよ」

　だったら、ナショナル・トラストは？　とオスナードは尋ねた。

「きみは古い建物が好きなのか？」と理事はまるでオスナードが遺跡に爆弾でも仕掛けるのを恐れるかのように訊き返した。

「ええ、強く惹《ひ》かれるものがあるんです。残骸中毒なんです」

「なるほど」

　理事は指先を震わせながらファイルの端をめくり、中をのぞき見た。

「もしかしたら採用してくれるかもしれない。きみは評判もよくなければ、これといった魅力もない。ただ、バイリンガルではある。彼らがスペイン語を気に入ればの話だが。試しても損はないだろう、たぶん」

「ナショナル・トラストの話ですか？」

「とんでもない。スパイだよ。これだ。隅の暗がりで読みなさい。それから、必要事項はあぶり出しインクで記入するように」

それこそまさに天職だった。真のイギリス国教会――予算があり余っているイギリスの腐った機関をとうとう見つけたのだ。そこには国家の最もひそやかな祈禱《きとう》者がいた、博物館に保存されていてもおかしくないような。さらには懐疑主義者、夢想家、狂信者、頭のいかれた修道院長がいた。そして、そういった彼らを現実のものにする金があった。

彼が採用されることはもちろん初めから決まっていたわけではない。そこは、過去の枷《かせ》もなく、堅牢《けんろう》な保守主義の中にありながら階級もなく、パブリックスクールの教育を受けた郊外族のさまざまな階層から選ばれた男女から成る、新しい軽量所帯の部局で、ほかの者同様、オスナードもまた都合よく選ばれたひとりにすぎなかった。

「兄君《あにぎみ》リンジーに関する悲しい出来事だが――兄君自ら命を断ってしまわれた件だが、そのことはきみにどんな影響を与えた？」よく磨かれたテーブル越しに、奥目の情報官僚はいかにも恐ろしいことを口にしたといったように顔をしかめて言った。

オスナードはリンジーを子供の頃から嫌っていた。が、あえて健気《けなげ》な顔をつくって答えた。

「それはもう深く傷つきました」

「どんなふうに？」と情報官僚はまた顔をしかめて言った。

「自分にとって何が大切なのか、しみじみ考えさせられました。自分は何を求めているのか。自分はこの世で何を相手にしていけばいいのか。そういったことを考えさせられました」

「考えた結果がこの仕事ということになったのかね？」

「そのとおりです」

「しかし、きみは——これまで世界じゅうを渡り歩いてきた——きみの血縁は世界のあちこちに、いたるところに散らばっている——パスポートも二重に持っている——この手の仕事に就くには、きみはあまりに非イギリス的すぎると思わないか？　われわれのひとりというより、きみはあまりに世界市民的ではないかな？」

愛国主義は訊く側にとってもきわどい質問だった。それにどんな反応が返ってくるか。あたりさわりのない答をするか。逆に荒っぽい答を返してくるか。あるいは、悪感情を吐露するか。しかし、オスナードに関するかぎり、そんな心配は無用だった。彼が彼らに求めているのは、自分の無道徳性の捌《は》け口、投資の対象だったのだから。

「イギリスは自分がいつも歯ブラシを置いている国です」と彼は答え、面接官は安堵《あんど》の笑い声を上げた。

オスナードは、その時点からすでにゲームを理解しはじめた。何を言うかではなく、どう言うか。それが問題なのだ。自分の足で立って、ものが考えられるか。すぐに怒るか。人を騙《だま》せるか、恐れを知っているか、人を説得できるか。嘘《うそ》を思いつきながらほんとうのことが言えるか。思いついた嘘をちゃんと言えるか。

「オスナード君、われわれは過去五年におけるきみの異性関係について調べた」と髭《ひげ》づらのスコットランド人は、どんなことも見落とすまいとするかのように眼を細めて言った。「そのリストはなかなか長いものだ」――歯の隙間から息を吸う音――「きみの人生がまだそれほど長くないことを考えると」

オスナードも相手の笑いにつきあった。おざなりに。

「恋愛の善し悪しを計る最善の物差しは、それがどんな形で終わったか知ることだとか言います」と彼はことさらへりくだって言った。「自分の場合、たいていきれいな終わり方をしました」

「たいていでない場合は？」

「そうですね。しかし、人は誰《だれ》しもボタンをかけちがえるということが人生何度かはあるものです。ちがいます？」

テーブルのまわりの六人にとっては、そういうことはないようだった。髭づらの面接官にとっては特に。用心深い笑い声をまた上げはしたが。

「きみはファミリーだ。知ってたかね、そのこと？」と人事部長は節くれだった歓迎の握手をしながら彼に言った。

「ええ、今そうしていただけたのなら」とオスナードは言った。

「そうじゃない。ほんとうのファミリーだ。うちにはきみの叔母さんのひとりと従兄弟のひとりがすでにいるんだよ。ほんとうに知らなかったのか？」

オスナードはまったく知らなかった。人事部長はそれがご満悦の体《てい》だった。オスナードはそのふたりが実際誰なのか聞かされると、腹の底から笑いが込み上げてきた。が、顔に出す直前、それを驚きと懐かしさの笑みにすり替えた。

「ラックスモアだ」と髭づらのスコットランド人は人事部長と同様ちょっと変わった握手をして名乗った。「担当はイベリアと南アメリカ。ほかにも二、三、関わってるところがあるが。そのうちフォークランドに関わる些細《ささい》な問題で話をすることになると思う。基礎訓練できみが取得できるだけのものを取得したら、すぐにきみを探そうと思ってる」

「そのときが今からもう待ちきれません」とオスナードは熱意を込めて答えた。

実際、待ちきれなかった。冷戦後のスパイは最良にして最悪のときを過ごしている、と彼は思った。彼の部局には燃やすほど金があった。が、火はいったいどこにある？　マドリッドの電話帳の〝編集会社〟の項目に名を連ねてもさしつかえない、〝スペイン・セラー〟と呼ばれる支局で、見習いオスナードは、カチューシャを頭に巻いたチェイン・スモーカーのゲイの中年男と鼻を突き合わせ、イギリス政府という市場《ホワイトホール》に向けて、彼の直接の雇用者がつけた付け値を鬱々《うつうつ》と書きなぐった。

アイルランド・フリーク――いつもの仕事だよ。長く見込める利点はあるが、ほかの部署と分け合うと儲《もう》けは薄くなる。

イスラム圏担当の好戦家――よくある混乱だ。あまり期待はできない。赤色テロの代用にはまったく利用できない。

〈武器と麻薬〉公開有限責任会社――失敗だ。でも、猟場の番人になるべきなのか、密猟者になるべきなのか、われらが部署にはそれさえ判断できてないんだからね。

イギリスが誇る諜報《ちょうほう》活動が現代においても有用なのは産業スパイ活動があるからだが、

それも台湾の暗号をいくつか解読し、韓国のタイピストを何人か買収すれば、もうイギリスの産業界のためにできることはただ憐《あわ》れむことしかなくなる、とオスナードは思った。あるいは、そう思い込んでいた、スコッティ・ラックスモアに呼ばれるまでは。

「パナマだ、オスナード君」――部屋いっぱいに敷きつめた絨毯《じゅうたん》の上を行ったり来たりしながら、指を鳴らし、肘《ひじ》を張り、片時も動きを止めることなくラックスモアは言った――「きみのような才能を持った若者にうってつけの場所だ。財務省のアホどもにもう少し先を見る視力さえあれば、われわれみんなのためになる国だ。きみにことばを惜しもうとは思わない。フォークランドの場合と同じ問題がパナマにもある。なのに、財務省のやつらは耳さえ傾けようとしない。寝込みを襲われでもしないかぎりわからんのさ、彼らは」

ラックスモアの部屋は広くて天国に近かった。防弾スモーク・ガラスを入れた窓からは、テムズ川越しに国会議事堂の威容が望めた。ラックスモア自身は小さな男で、いかに立派な髭をはやそうと、きびきびした足取りで歩こうと、足りない身の丈を補うことはできていなかった。若い男たちの世界の中の老人。走っていなければ、今にも倒れそうな男、とオスナードは思った。ラックスモアは、まるで永遠になくならない飴玉《あめだま》でも舐《な》めているかのように、音を立てて前歯の隙間から息を吸って言った。

「それでも、われわれは前進している。商務省とイングランド銀行のドアはこじ開けた。外務省も、彼らの常としてヒステリーを起こすのではなく、慎重に関心を表明している。思い出すね。誤った呼称、マルビナス（フォークランド諸島のスペイン語名）に関するガルティエリ将軍（一九二六〜二〇〇三。アルゼンチンの政治家。フォークランド紛争の責任を取って大統領職を辞任）の意向について忠告してやったときにも、彼らが同じような表明をしたのを」

　そこでオスナードの心は沈む。「しかし、ミスター・ラックスモア――」と彼は身につけた熱心な新参者の注意深い声音で言った。

「なんだね、アンドルー？」

「いったいパナマの何にイギリスは関心を持たねばならないんです？　これは愚問でしょうか？」

　ラックスモアはオスナードの屈託のない率直さを歓迎した。活動の第一線で充分通用する若者をつくることが、彼の何よりの愉しみだった。

「何もない。どんな形であれ、国家としてのパナマにはイギリスのためになるようなものは何もない」とラックスモアはいたずらっぽい笑みを浮かべて言った。「立ち往生するであろう何隻かの船舶、数億ポンド規模の投資、減りこそすれ増えることのない大英帝国時代からの移住者、活動休止状態の諮問機関。パナマ共和国に関するわれわれの関心はその程度のものだ」

「だったら――」

ラックスモアの手の一振りに命じられ、オスナードは黙った。ラックスモアは防弾ガラスに映った自分の影に向かって話していた。

「きみが最初に言った質問を少し変えたら、オスナード君、また異なる答が出てくるだろう」

「どういうことでしょう?」

「いったいパナマの何にイギリスは地理的関心を持たねばならないのか。そう自問してみたまえ」ラックスモアは遠くにいる。「われわれは何に最も関心があるか。われらが貿易国家の生命が最も危険にさらされるのはどこか。われらが島々の将来の安寧に望遠レンズを向けたとき、どこに最も暗い嵐雲が集まっていると思う、オスナード君?」ラックスモアは飛んでいる。「全世界に眼を向けたとき、借りた時間の中で生きている第二の香港はどこだ? 次に破滅を迎えるのは?」ラックスモアは川の向こうをじっと見ている。「野蛮人はもう門のところまで来ている。世界のあらゆるところから捕食者がやってきて、パナマに降り立っている。そして、パナマの時計はアルマゲドンに至るまでのときを刻々と刻んでいる。財務省はそれを心にとめているか。答はノーだ。彼らはまた手で耳を覆ってしまっている。次の千年に向けて最も大きな獲物を得るのはいったい誰なのか。アラブなのか？　日本なのか？　日本人は今〝刀〟を研いでいるのか？　もちろんだ！　中国か、東南アジアか、それとも、何十億ドルというドラッグ・マネーに支えられたラテン主義の共同企業体《コンソーシアム》か。われわれを除いたヨーロッパなのか。またしてもドイツなのか、手練手管のフランスなのか。いずれにしろ、わがイギリスではないのだよ、アンドルー。これはもう疑いの余地がない。なのに、財務省のやつらときた日にゃ――パナマなんてわれわれの半球にあるわけじゃなし、われわれの運河でもない。パナマになんぞなんの関心もないね、あんな時代遅れのものになんぞ。議論の価値がないとまでは言わんが、ま、これぐらいにして昼食でも食べに行こう――それがやつらだ！」

「いかれてる」とオスナードはつぶやく。

「いや、いかれてはいない。彼らは正しい。確かにこれはわれわれの管轄ではないのだからな。これは裏庭《バック・ヤード》における問題なのだから」

そこでくじかれかけたオスナードの意気がまた上を向く。裏庭！　このことばを基礎訓練中何度聞かされたことか。裏庭！　イギリスの情報官僚の黄金郷！　アメリカの裏庭――中米における力、そして影響力！　甦《よみがえ》る特別な関係！　ツイードのジャケットを着たイェールとオックスフォードの息子たちが、同じパネル張りの部屋に肩を並べて坐《すわ》り、帝国主義者の夢を語り合うのだ。望まれて久しい黄金時代の復活！　ラックスモアはまたオスナードの存在を忘れて、自分に向かって話している。

「アメリカはまたやらかした、そう、驚くばかりの未熟さをまたもや露呈した。国際社会における責務を放棄してしまった。それもこれも、外交問題における繊細なリベラリズムというものを、誤って理解している人間が力を得てしまったせいだ。ここだけの話、われわれもフォークランドで起きた不和に関しては、同じような問題を抱えていた。そうとも」ラックスモアは手をうしろで組んで、口を開けた奇妙なしかめっつらをしてみせる。そして、小さな足の拇趾球《ぼし》に体重を乗せて背伸びをする。「アメリカはまるで計画性のない条約をパナマと結んだだけでは足りず――店をただで手放した。どうもご親切に、ミスター・ジミー・カーター、だ！――彼らは今もその路線を遵守して、結果、撤退することを考えている。悪いことに、同盟諸国を孤立無援の真空状態にして。そこにまた空気を戻すのがわれわれの仕事だ。空気を戻すよう彼らを説得するのが。彼らのやり方の過ちを指摘するのが。そして、トップ・テーブルにわれわれの正当な席を確保するのが。昔ながらの話だよ、アンドルー、われわれは最後のローマ人だ。われわれには知恵があり、彼らにはパワーがある」そこで彼はずる賢そうな眼をオスナードに向ける。が、片眼の視線は、当のパナマ人がこっそり忍び込んできたりしていないか確かめようと、部屋の隅に向けられる。「われわれの仕事は――きみの仕事はアメリカに目を覚まさせるのに必要な土壌づくりだ。さまざまな議論、証拠を見つけてほしい。わかるかね？」

「まだはっきりとは――」

「それはまだきみには全体像を見通す力がないからだ。しかし、いずれ見通せるようになる。嘘じゃない。必ずそうなる」

「はい」

「全体像というものはいくつかの構成要素から成り立っている。だから、現場からの充分根拠のある情報もまた、そうした構成要素のひとつだ。生まれながらのスパイというものは、見つけるまえに自分が何を探しているかちゃんと心得ている者のことだ。そのことを忘れないことだ、オスナード君」

「はい」

「生まれながらのスパイは、直感でものを知り、選び、味わう。イエスとノーははっきりとしていて、決して悪食ではない。好みについてはむしろうるさいほうだ。わかるかね？」

「それもはっきりとは――」

「よろしい。機が熟せば――すべてではなく、一部だけでも――きみにもよくわかるようになるだろう」

「そのときが待ちきれません」

「待つのだ。忍耐もまた生まれながらのスパイの美徳だ。スパイはすべからくインディオの忍耐心を持たねばならない。彼らの第六感も。そして、地平線の先まで見通せるようにならねばならない」

ラックスモアはその方法を示すかのように、川上の格式ばった官庁街《ホワイトホール》の要塞《ようさい》群に眼をやり、顔をしかめた。しかし、そのしかめっつらはアメリカに向けられたものだったことがわかる。

「〝危険な気おくれ〟と私は呼んでいる。世界のスーパーパワーが、なんともはや、ピューリタン的原則に振りまわされてるのだからね。スエズのことを彼らは知らないのだろうか。あの国には幽霊がいるのさ、墓から這《は》いだしてきたにちがいない幽霊が。政治の世界では、オスナード君、誇らしい自らの力を行使しないことほど犯罪的なこともない。今こそアメリカは剣を振るわねばならないのだよ。さもないと、彼ら自身が剣難にあい、われわれも道づれにされかねない。われわれは、値段のつけようもない西洋の遺産が丁重に異教徒に渡されるのをただ見ているべきなのか。われわれは、われらの商業力が衰微し、貿易の血が指の隙間から垂れていくのを、日出《いず》るジャップの円が狙《ねら》いを定めて襲いかかってくるのを、東南アジアのトラに食われて、われわれの手足がばらばらになるのを、ただ黙って見ているべきなのか。それがわれわれイギリス人なのか。それが若い世代の考えなのか、オスナード君？　そうなのかもしれない。だとしたら、われわれはただ時間を浪費してるだけのことだ。私の疑いを解いてくれ、アンドルー。これは洒落《しゃれ》や冗談で言ってるんじゃない」

「今言われた若い世代の考えというのは、私の考えではありません。それだけはきっぱりと申し上げることができます」とオスナードは熱意を込めて答えた。

「よろしい。それは私の考えでもない。ありえない」ラックスモアはそこでことばを切って、さらにどこまで話していいものか考えながら、オスナードの眼を値踏みするように見た。

「アンドルー」

「はい《サー》」

「ありがたいことに、われわれは孤立してはいない」

「それはいいことです」

「いいことか。きみはどれだけ知ってる？」

「あなたが言われることだけです。それと、以前から感じていることだけです」

「基礎訓練ではこういう話はなかったか？」

オスナードは思う。こういう話とはなんの話だ？

「ええ、何も」

「〈計画及び実行〉委員会の名で知られる機関のことだが、聞いたことは一度もないかね？」

「はい、ありません」

「ジェフ・キャヴェンディッシュという男が委員長をしている。心が広く、影響力の行使と平和的説伏に長《た》けた人物だ」

「存じません」

「そしてアメリカ人という人種を誰よりよく知っている男だ」

「はい《サー》」

「秘密の回廊に吹いているニュー・リアリズムの風の話もなかったか？　裏政策の土台を広げるという話も？　秘密の旗のもとにあらゆる階級のすぐれた男女を結集するという話も？」

「聞いておりません」

「大臣、産業界の大立者、新聞王、銀行家、船主、それが誰であれ男女を問わず、この国を偉大にしてきたあらゆる分野の人間に祖国を救わせようというものだが」

「はい」

「そういった人たちと一緒に計画を立て、立てたら実行する。つまり、経験豊かな外部の知恵を慎重に受け入れ、たとえわれわれの行動が世間のアホどものたわごとを招きそうな場合にも、これからは躊躇《ちゅうちょ》をしないということだ。何も聞いてないのか？」

「ええ、何も」

「だったら、私はことばを慎まねばならん。きみもだ、オスナード君。今後、この部署は首を吊るロープの太さと強さを知るだけでは充分とは言えなくなるだろう。神の助けを得て、そのロープを切る刀を振るわねばならなくなるだろう。いずれにしろ、今言ったことは忘れてくれ」

「わかりました」

予言はそこで終わったようで、ラックスモアは一時的に放置されていた話題に戻る新たな正当性を見いだす。

「世界で最も重要な商業の通り道の管理など言うに及ばず、パナマ人にはコーヒー・スタンドの経営ひとつ満足にできないということは、われらが勇敢な外務省にしろ、アメリカ議会にしろ、どちらにとってもやはり心配の種なのではないか。また、彼らが腐敗し、ただ快楽を求めるだけで、度しがたいまでに賄賂《わいろ》に弱いということも」彼は観客席のうしろから起こった反対の声に反駁《はんばく》するかのように振り返る。「彼らは誰に身売りするのか。誰が彼らを買うのか。なんのために？　そして、それはわれわれの権益にどのような影響を与えるのか。たとえ私がここで壊滅的ということばをつかったとしても、それは不注意に選んでつかったことばということにはならないだろう」

「だったら、犯罪的というのは？」とオスナードは試しに言ってみる。

ラックスモアは首を振る。オスナードは、スコッティ・ラックスモアの形容詞の使い方を難なく正せるほどには生まれついていない。オスナードの自任よき師、自任よき案内人はさらにもう一枚カードを見せる。オスナードとしては見ざるをえない。実際、誰にも見られていないと、ラックスモアのすることには急にリアリティがなくなる。ホワイトホールのオリンポス山に住む重要人物につながる緑の電話の受話器を取り上げ、ラックスモアはふざけているようにも真面目《まじめ》なようにも同時に見える表情をつくる。

「タグ！」いかにも嬉しそうな声――一瞬、オスナードはそれを号令か何かと聞きまちがえる。が、すぐに相手の渾名《あだな》とわかる。「ちょっと訊きたいんだが、タグ、〈計画及び実行〉委員会の会合が確か今度の木曜日に誰かの家で開かれるんだったね？――やはりそうか。それならかまわない。われわれスパイ族もそういつもいつも時間に正確とは言えないからね。ああ、そうだ。タグ、その日の昼食をともにするという名誉を私に与えてくれないか？　きみも試練に向けて心の準備をしておいたほうがいいだろうし……ははは。で、その席にジェフ・キャヴェンディッシュも来るようなら、私はそのことをきみが彼を嫌っていない証拠と受け取るよ。今度は私がおごる番だ。それだけは譲れない。場所はお互いどこがいいだろう？　メインストリームからは少し離れたところを考えてたんだが。めだつ社交場は避けよう。エンバンクメントからちょっとはずれたところに小さなイタリア料理店があるんだが——書くものを持ってるかね、タグ？」

その間、ラックスモアは踵《かかと》に重心を置いて反転したり、爪先《つまさき》立ちをしたりしている。足元の電話のコードにつまずかないようゆっくりと膝《ひざ》を上げたりも。

「パナマ？」と人事部長は嬉しそうな声を上げた。「最初の配属が？　きみが？　きみのその歳であんなところに？　ゴージャスなパナマ娘がうようよいるところに？　麻薬、犯罪、スパイ、悪党だらけのところに？　ラックスモアは気がふれたにちがいない」

ひとり愉しんでから、人事部長はオスナードが予期したとおりのことをした。すんなりとオスナードをパナマに配属した。オスナードの経験のなさは障害にはならなかった。裏技を用いることにかけての彼の早熟さは、彼の基礎訓練にあたった者のお墨付きだった。

彼はバイリンガルで、作戦上の用語で言えば〝汚れて〟もいなかった。

「第一スパイ《ヘッド・ジョー》は自分でこれから探してもらわなきゃならない」と人事部長はまるであとから思いついたかのように言った。「あっち方面の人材リストには誰も載ってないんだよ。あそこはもうアメリカに任せたような恰好《かっこう》になってしまってるからね。ちょっと甘かったな。報告はラックスモアに直接してくれ。いいかね？　それから、別途指示があるまでは情報アナリストには知らせなくていい」

……まず銀行家を見つけるんだ、オスナード君――歯の隙間から息を吸う音――世界というものを知ってる人物だ。古いタイプではなくて、悩みを抱えてる現代の銀行家。そう言えば、フォークランドの騒ぎのときにも、ブエノス・アイレスにふたりほど見つけたよ……

その存在を議会にも政府にも否定されている、セントラル・コンピューターの助けを得て、オスナードはパナマ在住のイギリス人銀行家全員のファイルを作成する。しかし、そもそも数が少なく、詳しく調べると、〝世界を知って〟いそうな者はひとりもいないことがわかる。

……それなら、若手の実業界の大物だ、オスナード君――皺《しわ》の寄った賢いスコットランドの眼差《まなざ》し――どんなことにも首を突っ込んでるような人物《フィンガー・イン・オール・ザ・パイズ》だ!……

オスナードは、パナマ在住イギリス人ビジネスマンの選りすぐり全員に電話をかける。その中には若い者もいる。が、食べたくなるようなパイすべてに指を突っ込んでいるような人物《フィンガー・イン・オール・ザ・パイズ》はいない。

……だったら、ブン屋だ、オスナード君。ブン屋は関心を惹かずに人に質問ができ、どこにでも行って危険を冒すことができる。どこかにひとりぐらいうってつけのやつがいるはずだ。そいつを探し出せ。探し出して、今すぐ私のところに連れてこい!……

オスナードは、パナマに関する記事を時々書いていることで知られ、スペイン語が話せるイギリス人ジャーナリスト全員に電話をかける。立派な口髭をはやした、接近可能な、育ちのよい男がひとり見つかる。名前はヘクター・プライド、初めて耳にする、コスタリカ発行の〈ラティーノ〉という英字月刊誌に寄稿している。父親はスペインのトレドのワイン輸送業者。

……そいつだ、オスナード君――ラックスモアは荒々しく絨毯の上を歩きまわって言う――そいつを雇え。買え。金はいくらでもある。財務省のしわん坊どもが金庫を開けてくれなくても、スレッドニードル街(ロンドンのシティの銀行街)が自分たちの金庫を開けてくれる。その点は最上層部の保証がすでに得られている。奇妙な国だよ、オスナード君、この国は。情報が欲しけりゃ、自分の金で買え。そんなことを国のほうから資本家に言わなきゃならないんだから。しかし、それがコストなしには何も始まらないこの世界の苛酷な宿命というものだ……

オスナードは、偽名を使い、外務省の調査官という偽装をまとい、ヘクター・プライドを〈シンプソンズ（ローストビーフが売りもののロンドンのレストラン）〉にランチに誘う。そして、ラックスモアに許された経費の二倍の額をつかう。職業柄、プライドはよくしゃべり、よく飲み、よく食べ、人の話を聞こうとしない。オスナードはプディングが出てくるまで用件を持ち出すのを待つ。さらに、ゴルゴンゾーラ・チーズが出てくるまで。しかし、ほんとうはプライドのほうがしびれを切らしている。ペルーの現代思想に見られるインカ文化の影響についての問わず語りをやめると、いきなり下卑た笑い声を上げて、オスナードをうろたえさせる。

「早く言い寄ってこいよ、ええ？」とプライドは両脇《りょうわき》のテーブルの客まで驚かせるほど大きな声で言う。「おれのどこが気に入らん？　タクシーに女でも待たせてるのか？　だったら今から行って、スカートの中に手を入れてこいよ！」

結局のところ、プライドはオスナードの部署とは犬猿《けんえん》の仲のほかのイギリス情報部の部署に雇われており、彼のコスタリカの月刊誌も情報部が出していることがわかる。

「このまえお話ししたペンデルという男ですが」とオスナードはラックスモアの渋面をと

らえて思い出させる。「女房が運河委員会で仕事をしてる男です。この夫婦は理想的ではないでしょうか。そんな気がしてなりません」

彼は昼も夜も考えていた。ほかにはもう誰も考えられなかった。〝チャンスは心構えのできている者だけに訪れる〟。彼はペンデルの前科を調べ、正面と横から撮った顔写真を穴のあくほど眺め、ペンデルの供述書を繰り返し読んだ。もっとも、それは明らかに聴取者によってでっち上げられたもののようだったが。精神科医とケースワーカーの報告書、刑務所での服役記録を読み、さらにルイーザと小さなゾーニアンの世界に関しても、可能なかぎり調べた。オカルトがかった占い師のように、ペンデルの魂の波動を求めてアンテナを広げ、霊媒師が未踏のジャングルに姿を消した飛行機を探すように、ペンデルの人物研究に没頭した。これからおまえを見つけにいく。おまえの居場所はわかっているのだから。待っていてくれ。〝チャンスは心構えのできている者だけに訪れる〟

ラックスモアは熟思する。つい一週間前、この高度な任務にはペンデルは不適当という判断を下したばかりなのだ。

……そいつを私のヘッド・ジョーにするのかね、アンドルー？　きみのヘッド・ジョーに？　こんなに重要なポストに？　仕立屋を？　そんなことをしたら、最上層部のいい笑い者だ！……」

オスナードはその話をまた持ち出して、もう一押しする。今回は昼食のあとなので、ラックスモアもいくらか寛大な気分になっている。

「……私は偏見とは無縁の男だ、オスナード君。また、きみの判断を尊重もしている。しかし、だ。イースト・エンドの連中というのは、だいたいがいずれきみの背中を刺すような輩《やから》だよ。それが彼らの血なんだ。われわれは前科者を雇うほど落ちぶれてはおらんよ！……」

それからさらに一週間が経ち、パナマの時計の音がそれだけ大きくなっている。

「もしかしたら、われわれは金のなる木を見つけたのかもしれない」ラックスモアはオスナードの簡潔なファイルにふたたび眼を通し、歯の隙間から息を吸いながら言う。「最初にほかの背景も調査したことはわれわれとしても賢明なことだった。その点は最上層部も必ず評価してくれることだろう」──少年ペンデルの信じがたい供述書がラックスモアの頭にちらついている。少年はすべての罪をひとりでかぶり、ほかの誰も罪に陥れなかった──「表層から深層に眼を移すと、この男のすぐれた資質が見えてくる。まさに小さな犯罪国家にもってこいの人材だ」──歯の隙間から息を吸う音──「フォークランドのごたごたのときにも、この男と似ていなくもない人材をブエノス・アイレスの港で実は使ったことがある」彼の視線がしばらくオスナードの上に落ち着く。しかし、彼がオスナードにもまた犯罪社会に適した資質を見て取っていることは、その眼差しからはうかがい知れない。「この男の弱みを握ってつけ入る必要があるな。相手はイースト・エンド出の仕立屋だ。おそらくは一筋縄ではいかない男だろう。できるか？」

「と思います。ときに応じて、適切なアドヴァイスをしていただければ」

「ゲームをするのに、悪党も悪いものではない、そいつがこっちの悪党であるかぎりは」

――ペンデルの知らない父親に関する移民局の書類――「この男の女房。これも大いに利用できそうだ」――歯の隙間から息を吸う音――「すでに片足を運河委員会に突っ込んでくれてるんだから。技師の娘でアメリカ人か。アンドルー、この女はおそらくは冷静沈着な女だろう。しかもクリスチャンだ。われらがイースト・エンドの紳士はなかなかうまくやったようだな。ことを進めるのに宗教的な問題もない。となると、いつものことながら、私利私欲が前面に出てくる」――歯の隙間から息を吸う音――「アンドルー、われわれの眼のまえの空に像が徐々にできあがりつつある。ただでひとついいことを教えてあげよう。この男の預金口座を三回見るんだ。こいつはきっと金を受け取るだろう。抜け目がなさそうで、勘もよさそうだからな。そういう男をきみは操れるか？　誰が誰を操るのか。それが重要な問題となるだろう」――ラックスモアは、失踪《しっそう》した母親の名前が書かれたペンデルの出生証明書を見やる――「この手の男は、人の懐にもぐり込む術をしっかりと心得ているものだ。それには疑問の余地がない。そして、法外な要求を突きつけてきたりもする。そういう輩のもとにきみを送り込むわけだが、ちゃんと対処できるか？」

「できると思います」

「もちろんだ、アンドルー、私もそう信じている。むずかしい相手だが、それでもわれわれの側にいる。そこが肝腎《かんじん》なところだ。まわりに同化する術を生まれながらに身につけ、さらに刑務所で鍛えられ、世間の裏通りと」――歯の隙間から息を吸う音――「人の心の汚れた下っ腹を知っている男だ。そういう男は危険だ。が、そこがいい。最上層部もきっと私と同じ考えだろう」ラックスモアはファイルを勢いよく閉じると、また歩き出す、今度は広い歩幅で。「その男の愛国心に訴えることができなければ、脅して、金で釣るんだ。よろしい。アンディ、それでは、ヘッド・ジョーについて話をしておこう」

「お願いします、サー」

〝サー〟というのは伝統的に局長に対する尊称だが、そう呼べばラックスモアが自力飛行にいよいよ力を入れることをオスナードは心得ている。

「悪いヘッド・ジョーにあたることもないではない。そういうやつは、ダイアル錠の番号を頭に叩き込み、敵の金庫のまえに立たせてやっても、手ぶらで帰ってきてしまうことがある。私自身、そういう悪いタマにあたってしまった経験がある。フォークランドのときがそうだった。が、いいやつは目隠しをして砂漠に放り出しても、一週間で獲物を嗅《か》ぎ出してくる。それはなぜか？　そういうやつは根っからの盗人《ぬすっと》だからだ」――歯の隙間から息を吸う音――「そういうケースを私はこれまでに何度も見ている。だから、アンディ、覚えておきたまえ。そいつが盗人でなければ、そんなやつにはなんの価値もない」

「わかりました」

ラックスモアはまたそこで演技をする。まっすぐに机に向かう。そして、電話に手を伸ばし、受話器に手を置いたまま、オスナードに命ずる。「登録局に電話をして、われわれのコードネームを適当に選ばせておいてくれ。コードネームというのは、意思表明みたいなものだからな。それから提案書を書いてくれ。しかし、一ページを超えないように。上はみんな忙しい人たちばかりだからね」そこでようやく受話器を取り上げ、番号を叩く。「私のほうは、守秘することを誓った匿名の民間の実力者、ひとりかふたりにプライヴェートに電話を入れておく」――歯の隙間から息を吸う音――「財務省の素人どもが横槍を入れてくるのは眼に見えてるからな。アンドルー、きみは運河のことだけを考えていたまえ。すべては運河にかかってるのだから」そこでことばを切り、受話器を架台に戻して、スモーク・ガラスの外に眼をやる。黒い雲が国会議事堂を脅《おびや》かしている。脅かすだけじゃなくて、叩くんだ。「そのことはみんなにも言っておこう、アンドルー」彼はそこで息をつく。「すべては運河にかかってるということだ。あらゆる階層を相手にするときには、それをわれわれのスローガンにすればいい」

しかし、オスナードは現実的なことを考えている。「ペンデルの報酬のことですが、それなりの額をひねり出すには、それなりに巧妙な手だてを講じる必要があるのではありませんか?」

「それはどういうことだ? そんなことは考えるまでもない。ルールというものは破られるためにつくられるのだよ。基礎訓練では誰も教えてくれなかったのか? まあ、そうだろうな。教官どもはみな落ちこぼれだからな。きみの質問は理解したが、心配は無用だ」

「それでは……」

「なんだね、アンドルー?」

「現在の彼のパナマにおける経済状態を見たいと思います。それで、もし彼が大金を稼いでいるようなら――」

「貯め込んでいるようなら?」

「こちらもそれなりの大金を呈示しなくてはなりません。ちがいますか? すでに二十五万ドルの年収のある者に二万五千ドル呈示しても、その者を誘惑することはむずかしいと思うのです。おわかりになりますか？」

「だから？」——笑み。オスナードに自由に話させることを愉しむ笑み。

「それで、思ったのですが、あなたのシティのご友人のどなたかにお願いして、なんらかの口実を設け、ペンデルの懐具合を調べてもらうわけにはいかないでしょうか？」

ラックスモアはもう電話に手を伸ばしている、もう一方の手でズボンの折り目を押さえつけながら。

「ミリアム、ジェフ・キャヴェンディッシュを見つけてくれ。見つからなければ、タグでもいい。ミリアム？　これは緊急の用件だ」

さらに四日経って、オスナードはまた呼び出される。ラックスモアの机の上には、ラモン・ラッド経由で届けられた、ペンデルの惨憺《さんたん》たる経済状態を示す書類が置かれていた。ラックスモアはいつものように窓ぎわにじっと佇《たたず》み、この歴史的一瞬を味わっていた。

「この男は女房の金までつかい込んでいる。一ペニー残らず。その結果、高利の借金をしてしまってる。よくある話だ。どうやらわれわれはこの男の急所をつかんだようだ」

彼はオスナードが数字を読み終えるのを待った。

「となると、サラリーを払うというやり方はよくないですね」とオスナードは言った。ラックスモアにとってはさほどではなくても、オスナードにとっては金に関する問題はより熟慮を要する問題だった。

「ほう。どうして？」

「サラリーだと、そのままこの支店長のポケットにはいってしまうからです。ペンデルには第一日目からまとまった資金を提供する必要があります」

「いくらぐらい？」

オスナードはすでに心の中で額を決めていた。が、その額の倍を言った。思いどおりにことを進めるには初めが肝腎と彼は心得ていた。

「おいおい、アンドルー、そんなに必要か？」

「もっと増やさなければならないかもしれません」とオスナードはこともなげに言った。

「もう二進《にっち》も三進《さっち》もいかないような状態になっているところを見ると」

ラックスモアはシティのスカイラインを眺め、心を休めた。

「アンドルー？」

「はい」

「全体像はいくつかの構成要素から成り立っている。そういう話をしたね」

「はい」

「そのひとつに規模がある。くずは送ってよこすな。寝言もだ。〝さあ、この骸骨。これを情報アナリストに見せて意見を聞いてください〟などというたわごとは聞きたくない。わかるか？」

「いえ、正確には」

「ここにいるアナリストはみな阿呆《あほう》どもだ。彼らには文脈というものが読めない。彼らにはまた空に形づくられている像も見えていない。善因は善果をもたらし、悪因は悪果をもたらす。わかるか？　偉大なスパイは行為ひとつの中にも歴史を読み取る。三階にいる九時から五時まで族——何より気がかりなのがマイホームのローンといったようなちっぽけな連中には、歴史を読み取ることはできない。では、われわれにはできるのか。行為ひとつの中にも歴史を読み取るには、ヴィジョンというものがなくてはならない。ちがうか？」

「全力を尽くします」

「私を失望させないでくれ、アンドルー」

「ご期待を裏切らないよう全力を尽くします」

しかし、もしそこでラックスモアが振り向いていたら、オスナードの態度がその従順な受け応《こた》えとはまったく裏腹なのを見て、大いに驚いたことだろう。見るからに正直そうな顔には勝利の笑みが浮かび、眼には強欲の微光が宿っていた。荷造りをし、車を売り、半ダースほどの女友達ひとりひとりに忠誠を誓い、出立にともなう雑事をすませ、アンドルー・オスナードは、外地で女王に仕えるために、模範的なイギリスの若者なら決して踏み出すはずのない一歩を踏み出した。まず、西インド諸島に住む遠い縁者を通じて、番号だけ登録する口座をグランド・ケイマン島の銀行に開いた。何かと融通の利くその銀行がパナマ・シティに支店を持っていることを確かめた上で。

第13章

オスナードは運転手に料金を払って、ポンコツのポンティアックから夜の通りに降り立った。ちくちくする静けさとほの暗い明かりは、彼に〝少年院〟を連想させた。汗をかいていた。このろくでもない気候の中で、彼は常に汗をかいていた。下着が股《また》を嚙《か》んでいた。シャツは濡れた布巾《ふきん》のようになっていた。この我慢のならない蒸し暑さ。ライトをつけていない車が乾いた音を立てて、濡れた道路をこそこそと走っている。刈り込まれた背の高い垣根が、プライヴァシーをことさら強調している。雨がまた降り、またやんでいた。オスナードは鞄《かばん》を手にタール舗装した中庭を横切った。六フィートの高さのプラスティックの裸のヴィーナス。性器の内側から気色の悪い光を放っている。彼は草花を植えたプランターに爪先をぶつけ、スペイン語で悪態をつき、ろうそく型の薄暗い電球がそれぞれの番号を照らしている、戸口にビニールのリボンを何本もぶら下げたガレージのまえまで歩き、〝8〟という番号のところで立ち止まり、リボンを搔《か》き分け、奥の壁に取り付けられて赤い光を放っているスウィッチのところまで手探りで歩き、そのスウィッチを――虚構のボタンを押した。彼の来訪を感謝する、男とも女とも判然としない声が〝向こう〟から聞こえてきた。

「コロンボだ。予約してある」

「スペシャル・ルームはどうです、セニョール・コロンボ？」

「予約した部屋でいい。三時間。いくらだ？」

「スペシャル・ルームにお変えになったらどうです、セニョール・コロンボ？　ワイルド・ウェスト、アラビアン・ナイト、タヒチ。あと五十ドルで変えられますが」

「要らない」

「百五ドルです。それではごゆっくり」

「三百ドル分の領収書をくれ」

ブザーが鳴り、彼の肘のあたりにあった郵便受けに明かりがつき、それが開いた。彼はその赤い口の中に、百ドル札一枚と二十ドル札を一枚入れた。郵便受けはすぐに閉まり、紙幣がほんものであることを調べる間がいっときあって、釣り銭もきちんと計算され、インチキ領収書が出てきた。

「またどうぞ、セニョール・コロンボ」

白光がひとすじ射して、一瞬、眼がくらんだ。足元に深紅色《しんく》のドアマット。チューダー様式を模した電子ドアがかすかな音を立てて開いた。オーヴンの熱気のような、消毒薬のむっとする臭い。眼に見えないバンドが『オー・ソレ・ミオ』を演奏していた。汗が滴り落ちる。オスナードはエアコンを探してあたりを見まわした。スウィッチが勝手にはいって、エアコンのファンがまわりはじめた音がした。ピンク色の鏡が壁と天井に張られていた。その中で招集をかけられたオスナードが互いに睨《にら》み合っていた。鏡のベッドヘッドとフロック加工した深紅色のベッドカヴァーが、吐き気を催すような照明を受けて光っていた。ただでもらえるケース付きの櫛《くし》、歯ブラシ、コンドーム三個、アメリカ製のミルクチョコレートふたつ。テレビ画面の中では、ふたりの中年女と尻に毛のはえている四十半ばのラテン系の男が、どこかの応接間でふざけ合っている様子が映し出されていた。オスナードは消そうとしてスウィッチを探したが、コードが直接壁につながっていた。

なんとなんと。なんとよくできていることか。

オスナードはベッドに腰かけると、みすぼらしいブリーフケースを開け、商売道具をベッドカヴァーの上に広げた。地元でつくられているタイプ用紙に見せかけた、新しいカーボン紙のロール一本。殺虫スプレーの缶の中に入れられた、超小型カメラ用フィルム六リール。どうして本部がつくる秘密兵器は、どれもみなロシア政府の官給品払い下げ店で買ってきたみたいに見えるのか。偽装されていない超小型テープレコーダー一台。スコッチ一本。それはヘッド・ジョーと担当官双方のためのもの。二十ドル札と五十ドル札で七千ドル。それが出ていってしまうのを見るのは癪だが、着手金と思えばいい。

ポケットからは、四枚からなる光輝あまねくラックスモアの電報。オスナードは、読みやすいようにそれを一枚ずつ並べた。そして、口を開けたまま、眉をひそめ、一枚選び、その内容を覚えかけ、と同時に拒否した。スタニスラフスキー・システムで台詞《せりふ》を覚えようとする俳優のように。ここのところは話そう。しかし、話し方は変えよう。ここはいっさい話すまい。ここはおれもやるが、彼のやり方ではやらない。ナンバー8のガレージに車がはいってくる音が聞こえた。オスナードは立ち上がると、四枚の電報をすばやくポケットに入れ、部屋の中央に移動した。ブリキのドアが閉まる音がした。四輪駆動車だ、とオスナードは思った。足音が近づき、〝くそウェイターのくそ歩き〟みたいだと思った。その足音以外に不審な物音はしていないか。ハリーがおれを売ったということはないか。おれを逮捕させるために、武装兵を一連隊引き連れてきているということはないか。もちろんそんなことはない。しかし、教官たちの話では、そういうことも一応考えておいたほうが賢明だということだった。だから考えたまでのことだ。ノックの音。三度短く、間を置いて一度。オスナードは鍵を開けて、ドアを手前に引いた。が、目一杯開けはしなかった。ペンデルは戸口の上がり段に立っていた、洒落た旅行鞄を抱えて。

「驚いたね。いったいあれはなんなんだい、アンディ？　ベニー叔父がよく連れていってくれた、〈バートラム・ミルズ・サーカス〉の軽技師、スリー・トリノズを思い出したよ」

「なんなんだ、その鞄は！」とオスナードは苛立たしげに言って、抱え込むようにすばやくペンデルを中に入れた。「〈P&B〉でございと宣伝して歩きたいのか？」

椅子《いす》は一脚もなかったので、ふたりはベッドに坐った。ペンデルはパナブリサ（薄手のコーテン）を着ていた。一週間前、彼はオスナードに、パナブリサだけは願い下げだと言っていた。涼しくて、洒落ていて、着心地がよくて、それで五十ドル。なのにどうして気に入らないのか、自分でも不可解なのだが。オスナードはすぐにいつもの用件にはいった。この仕立屋と客のあいだに出会いはなかった。彼らがしていることは、昔ながらのスパイ学校の教科書に従った、大がかりな、祖国から二万五千マイル離れた地でおこなわれている奉仕だった。

「ここに何か問題でも？」

「いや、別に。すべて申し分ないよ、アンディ。あんたは？」

「あんたの手にあるより、おれの手に移ったほうが値打ちの出るものは？」

ペンデルはパナブリサのポケットを探って、凝った装飾のライターを取り出した。そして、さらにもう一度探って今度はコインを見つけ、ライターの底のネジをコインではずしてから、黒い小さな筒を振り出し、ベッド越しにオスナードに手渡した。

「悪いんだけど、アンディ、十二枚しか撮れてない。でも、何もないよりはいいだろ？　われわれの若い頃はフィルムを使いきらなきゃ、現像に出したりしなかったもんだが」

「ここへ来るのに誰にも尾《つ》けられなかっただろうな？　見られなかっただろうな？　バイクにしろ、車にしろ。あまり顔を合わせたくないようなやつの姿を見かけたりもしなかっただろうな？」

ペンデルは首を振った。

「邪魔がはいったらどうするか」

「釈明はすべてあんたがやる。私はできるだけ早くここを離れる。私の協力者にも、表に出ないようにするか、休暇を取ってしばらく外国で過ごすか忠告する。ほとぼりが冷めたら、私からあんたに連絡する。あんたはそれを待つ」

「連絡の方法は？」

「緊急時における手順に従う。電話ボックスから電話ボックスへ決められた時刻にかける」

オスナードはペンデルに決められた時刻も言わせた。

「それがうまくいかなかったら？」

「そのときには店がある。ツイードのジャケットの仮縫いが遅れているから、それで完璧《かんぺき》な口実ができる。実際、すばらしいジャケットになるはずだ」とペンデルはつけ加えた。

「そういうことは生地を裁断したときにわかるんだよ、アンディ」

「このまえ会ったときから何通おれに手紙を出した？」

「三通だけだ。でも、それが精一杯だった。信じられないほど仕事が舞い込んできてるもんでね。あの新しいクラブが大いに効を奏してね」

「どういう形で出した？」

「二通は請求書で、一通は今度ブティックで新しく売り出す目玉商品の事前販売会の招待状だ。ちゃんと読めてるんだろうね？　それが時々気になるんだけれど」

「もっと筆圧をかけて書いてくれ。コピーではところどころ見えなくなってるところがある。使ってるのはボールペンか鉛筆か？」

「あんたに言われたとおり、鉛筆を使ってるけど」

オスナードはあれこれ詰め込んだブリーフケースの中を手で探り、なんの変哲もない木の鉛筆を取り出した。「次からはこれで書いてくれ。2Hだ。これでもっと力を入れて書いてくれ」

テレビの画面では、ふたりの女が男を見捨て、互いに慰め合っていた。


小道具。オスナードはスペアのフィルムのはいった殺虫スプレーをペンデルに渡した。ペンデルはそれを振り、缶の上のボタンを押し、一本フィルムが出てきたのを見て、にやりと笑った。そして、カーボン紙が古くなってしまっているということはないだろうか、と意見を言った。オスナードはどっちみち渡すつもりだった新しいカーボン紙を渡し、古いものはすぐに処分するように言った。

情報網。オスナードは新たな情報源づくりの進捗《しんちょく》状況を訊いて、手帳に書き留めた。新情報源、サビーナ――マルタが巧みに創り出した彼女の分身――反体制の学生で、エル・チョリジョの毛沢東主義者の秘密組織のリーダーは、ありもしない印刷機が古くなったので、新しいものを要求してきていた。見積もりは五千ドル。それとも、オスナードはどこかから中古品を見つけてくるだろうか？

「買えばいい」とオスナードはあっさりと言って、〝印刷機――一万ドル〟と手帳に書いた。「取引きはどこまでも公正でなければな。彼女は今でもヤンキーに情報を売ってると思ってるのか？」

「ああ、アンディ。セバスチャンが彼女によけいなことを吹き込まないかぎりは」

セバスチャンというのもマルタの作品で、サビーナの恋人だった。反ノリエガ運動の元活動家にして、虐げられた人々のための弁護士。その貧乏な顧客たちから得られる、パナマのアラブ系イスラム社会の水面下の実態といった類いの裏情報を提供していた。

「アルファとベータは？」

ベータはペンデル自身だった。国会の運河諮問委員会の委員で、見苦しくないマイホームを探しているパートタイムの為替ディーラー。アルファはベータの叔母で、パナマ商工会議所の秘書。パナマでは誰にも、何かしら役に立つところに勤めている叔母がいる。

「ベータは今、選挙民のご機嫌うかがいに田舎に戻っててね、アンディ、そのためこのところ音沙汰《さた》がないんだよ。でも、木曜日には商工会議所のメンバーとミーティングをやって、金曜日には副大統領と夕食をともにするようだから、トンネルの先に明かりが見えてきたといったところだね。でも、ロンドンは彼の最新ニュースが気に入ったんじゃなかったのかい？　彼は自分があまり高く評価されてないんじゃないかと思っているようだけれど」

「問題ない。これまでのところは上々だ」

「彼はちゃんとボーナスを払ってもらえるのかどうか心配していた」

オスナードも心配になったのにちがいない。手帳にその件を記し、数字を書き込み、それを丸で囲った。

「この次に会ったときに知らせる。それじゃ、マルコは？」

「これといった苦労もなく、相変わらずぬくぬくと暮らしている。このあいだ、夜に街中で会った。奥さんとも。一緒に犬を散歩させて、そのあと映画を見にいった」

「彼にはいつ切り出すつもりだ？」

「来週には。そういう気分になれたら」

「だったら、なることだ。最初から週に五百ドルのサラリー。三カ月後にはそれが前金になる。署名すれば、五千ドルのボーナスだ」

「マルコに？」

「何を寝ぼけたことを。あんたにだよ」とオスナードは言って、ウィスキーを注いだグラスをペンデルに手渡した。ピンクの鏡すべてに一斉にグラスが映った。

オスナードは、互いに合意できそうにないことを言わなければならないときに、権限を持つ側が送る合図を送っていた。テレビ画面上に現れているアクロバティックなたわむれを見て、弾性のあるその顔に、どこかすねたような表情が広がった。

「今日はまた一段と機嫌がよさそうだな」と彼はむしろ咎めるように言った。

「これはどうも。すべてはあんたとロンドンのおかげだ」

「借金があってかえってついてたってわけだ、ええ？　なあ、ついてたんじゃないのかって訊いてるんだが」

「アンディ、最近は毎日神に感謝してる。日々働いて借金を返しているという思いが、私の足取りを軽くしてくれてるんだろう。何か都合の悪いことでも？」

オスナードはすでに攻勢をかけるまえの態勢に完全にはいっていた。もっとも、そうしなければならないのは、彼自身攻勢をかけられた結果だったわけだが。

「そう、そのとおりだ。実際、かなり悪い」

「ほんとかい？」

「あんたはあんたなりに満足してるようだが、ロンドンはそれほど満足していない、残念ながら」

「何が悪いんだね、アンディ？」

「大したことじゃない。まったくなんでもないことだ。ただ、ロンドンはこんな判断を下したんだ、スーパースパイ、H・ペンデルは、不忠実で、盗人で、ふたつの顔を持つ詐欺師で、自分たちは彼に多く払いすぎてる、とね」

ペンデルの顔から笑みがゆっくりと、そして、最後には完全に消えた。肩を落とし、それまで上体を支えてベッドの上にあった手を体のまえにまわした。悪意のないところをオスナードにことさら示すかのように。

「何か特別なことでも？　それとも、それが私という人間に対する全体的な彼らの最近の見方なのか？」

「彼らはミッキー・くそったれ・アブラカスにはまったく満足していない」

ペンデルはすばやく頭を起こした。

「どうして？　ミッキーが何をしたと言うんだね？」とペンデルは思いがけず熱っぽく訊き返していた。〝思いがけず〟というのは、もちろん彼自身にとってもということだ。

「ミッキーはこのことにはまだ何ひとつ関わってないじゃないか」と彼は挑むようにつけ加えた。

「このこと？」

「ミッキーはまだ何もしてない」

「ああ、そうだ。だから、そこが問題なのさ。時間がかかりすぎてるということだ。あんた自身、信頼の証しである一万ドルをありがたく受け取ったこと以外、何をした？　あんたもまた何もしてない。自分の臍《へそ》を眺めてるミッキーをただ眺めてるだけだ」その声音には、パブリックスクールの男子学生の皮肉の棘《とげ》が含まれていた。「一方、おれは何をしたか？　生産性を見込んだ上で、すこぶる気前のいいボーナスを払うことで信頼の証しを示した。生産性を見込んだ上で？　ジョークだな、これは。もっとわかりやすいことばで言えば、恐ろしく非生産的な情報源——すなわちミッキー・アブラカス、暴君を倒す刺客にして民衆のチャンピオン——を確保するために。ロンドンの連中は大笑いをしてる。現場の担当官——おれだ——はちょっと〝青すぎる〟のではないか。ちょっと〝トロすぎる〟のではないか。ミッキー・アブラカスやあんたのような怠け者で、金の亡者で、海千山千の詐欺師とやり合うには。彼らはそう思ってる」

オスナードの長広舌はペンデルの耳を聾《ろう》した。が、ペンデルはじっと耐えて〝自分を消す〟のではなく、逆にそろそろと自分を動かし、そのことを愉しんでいるように見えた。そしてそのことは、なんであれ、彼の恐れていたものが過去のものとなったことを示していた。今彼らが扱っているのは小ジョッキ一杯のビールにすぎなかった、彼の悪夢に比べれば。彼は手をまた両脇に戻し、足を組み、ベッドヘッドにもたれ、むしろ同情するように尋ねた。

「それで、ロンドンは彼のことをどうしようと思ってるんだね？」

オスナードは、威張り散らすような口調から、義憤やるかたなしといった口調に変えて言った。

「博打の借金がどうしたこうしたなんてたわごとをぬかしやがって、まったく。それがおれたちにどんな関係がある？　アブラカスはわれわれを意のままに操ろうとしてるのさ——〝今日はまだ言えない。来月話すよ〟——ありもしない計画で気をもたせやがって。彼しか話せない学生？　学生にしか話さない漁師？　いったい自分を何様だと思ってやがるんだ、アブラカスは？　いったいわれわれをなんだと思ってるんだ？　ただのアホか？」

「それは彼だって忠誠を尽くさなくてはならないからだよ、アンディ。持ってる情報源の繊細さはあんたも彼も変わらない。それに、彼は全員の同意を得なきゃならないわけだからね」

「何が忠誠だ！　その忠誠のおかげでわれわれは三週間も待たされてるんだぞ。それほど忠誠心が強いと言うなら、そもそも活動の話なんかあんたにもすべきじゃなかったのさ。なのに彼はあんたに話した。で、あんたとしては、彼を利用できると思った。この世界では、ハリー、利用できるときには利用しなきゃならない。アル中愛他主義者の負け犬が友達の許可を得るのに三週間かかると言ってるからと言って、宇宙の意味に対する答が出るまでみんなを待たせたりしちゃいけないんだ」

「それであんたはどうするつもりなんだね、アンディ？」とペンデルはおだやかな声で尋ねた。

もしオスナードがある種の耳、あるいは、ある種の心を持っていたなら、数週間前、昼食の席でミッキーの〈サイレント・オポジション〉を巻き込むという話が初めて出たときと同じものを――表面とは裏腹なひそかな強い力を――今のペンデルの声音にも感じ取っていたことだろう。

「あんたにしてもらわなきゃならないことをはっきり言おう」とオスナードはまた上官のマントを頭からすっぽりかぶって、ぴしゃりと言った。「ミスター・くそったれ・アブラカスのところへ行ってこう言うんだ。〝ミッキー、こんなことは、ほんとうは言いたくないんだけど、私の頭のいかれた億万長者はもう待てないと言ってる。だから、どういうことを誰と企んでるにしろ、反逆を指揮したかどで、また刑務所《ムショ》に逆戻りしたくないのであれば、今すぐ言うんだ。言えば大金が待っていて、言わなきゃ小さな部屋の硬いベッドが待ってる〟とな。あの壜《びん》にはいってるのは水かな？」

「そうだ、アンディ。そうだと思うよ。要るんだね？」

ペンデルは、疲れた客を蘇生《そせい》させるために用意されている水をオスナードに渡した。オスナードはそれを飲み、手の甲で口を拭い、人差し指で壜の口を拭いて、ペンデルに返した。ペンデルは別に咽喉《のど》は渇いていなかった。気分が悪かったが、それは水を飲めば癒せるようなむかつきではなかった。親しい仲間で、ペンデル同様、服役体験者であるミッキーとの友情と、その友情を壊せというオスナードの提案に関わるむかつきだった。オスナードが飲んだあとの壜に口をつけるというのは、そんなペンデルが今、何よりしたいこととは言えなかった。

「かけら、かけら、かけら、だ」とオスナードは不満を言った。まだ馬上からペンデルを見下ろしてしゃべっていた。「結局、それはなんだ？　はったりだ。空約束だ。なりゆき任せだ。いつまで経っても全体像が見えてこない。でかい情報は常に陰に隠れてる。ロンドンが欲しがってるのはそれなのに。彼らにしてももう待てない。われわれもだ。わかるか？」

「ああ、よくわかるとも。よくわかるよ、アンディ」

「ならいいが」とオスナードは不満げながらもペンデルとの今後の関係も考慮して、なだめる調子も含ませて言った。

そして、ミッキーよりさらにペンデルの心に迫る相手に話題を変えた。すなわちルイーザに。

「デルガドは着実に階段を昇ってる。ちがうか？」とオスナードはさりげなく始めた。

「おれの見るところ、マスコミは彼を運河委員会の貴族にまで仕立て上げた。あとはもうあのかつらでも燃やさないかぎり、これ以上高いところへは昇れないところまで昇ってしまった、といった感さえある」

「そうだね。そのことは私も読んで思った」とペンデルは言った。

「なんで読んだ？」

「新聞だよ。ほかに何がある？」

「新聞？」

笑みを浮かべる番がペンデルからオスナードに変わった。

「ルイーザから聞いたんじゃないのか？」

「公にならないかぎり妻は話さない」

私の友達に近づくな、とペンデルの眼は言っていた。私の妻にも。

「どうしてちがう？」とオスナードは尋ねた。

「妻はとても慎重な人間だ。義務感の強い人間でもある。そのことはもう話したと思うけど」

「奥さんは、あんたが今夜こうしておれと会ってることを知ってるのか？」

「知ってるわけがないだろうが。私をなんだと思ってるんだね？　頭のいかれた男とでも？」

「しかし、何かが進行してることには彼女も気づいてる、だろ？　少なくとも、あんたの生活が変わったことには気づいてるだろうが。彼女も盲目じゃないんだから」

「今、私は事業を広げている。妻としたら、それだけ知ってればいいことだ。実際、そうなんだから」

「事業の広げ方にはいろいろある。その全部がいい知らせとはかぎらない。奥さんにとって」

「妻なら心配は要らない」

「おれが奥さんから受ける印象はちょっとちがうがな、ハリー。エニータイム島に行ったときも、心になんらかのわだかまりを抱えてるみたいだった。まあ、それをことさら大袈《おおげ》裟《さ》に考えたりはしてなかったが。そういうのは彼女のやり方じゃないってわけだ。ただ、あんたの歳でノーマルと言えるのかどうかということは訊かれたよ」

「ノーマル？　何が？」

「始終誰かといることだ。二十四時間ずっと。ただ奥さんを除いて。街じゅうを駆けずりまわるのもどんなものなのかって訊いてきた」

「で、なんと答えたんだね？」

「四十になるまで待ってくれたら、教えるよって言っておいた。奥さんはたいした女だよ、ハリー」

「ああ。そうだ。だから、妻を巻き込むのだけはやめてくれ」

「ちょっと思ったんだが、奥さんの心をもっと楽にさせてやったら、あんたはもっと彼女を幸せにできるんじゃないのか？」

「彼女は今のままで充分幸せだよ」

「おれとしちゃ、もうちょっと泉に近づきたいのさ。ただそれだけのことなんだがな」

「泉？」

「泉だよ。水源だ。情報の源泉。デルガド。奥さんはミッキーのファンだ。彼を崇拝さえしてる。それは自分で言ってた。デルガドも崇拝してる。裏口から運河を売り飛ばすような考えに対しては、あからさまに嫌悪感を示してた。結局、そうなるのはもうまちがいないが。少なくとも、おれにはそうとしか思えない」

ペンデルの眼が刑務所にいた頃の眼になっていた。内に閉じこもった陰鬱な眼に。オスナードはそのペンデルの内なる撤退に気づかず、演繹《えんえき》的に考えられるルイーザの立場を言った。

「言うなれば、最初からずっとあった完璧に自然な情報源だ」

「誰のことだね？」

「〝運河のことだけを考えるんだ〟」とオスナードは続けた。「〝すべては運河にかかってるのだから〟――ロンドンの連中に考えられるのはそのことだけなのさ。誰が運河を手にするのか。そいつは運河を今後どうするのか。デルガドはいったい誰と密談をしてるのか。イギリス政府全体《ホワイトホール》がその相手を突き止めようとして、ちびって縞《しま》のズボンを濡らすほど躍起となってる」オスナードは何かを思い出そうとするかのように眼を閉じた。「奥さんは最高だ。ふたりといないほど。岩のように硬く、カサガイのようにしっかりとして、死ぬほど忠実だ。文句のつけようのない素材だ」

「なんのための？」

オスナードはスコッチを舐めた。「少しばかりあんたの助けがあれば、いや、もっと正確に言えば、奥さんを正しく説得できれば、それでなんの問題もなくなるということだ」なおも記憶を探るように続けた。「何か直接的な行動を要請してるわけじゃない。アオサギの宮殿に爆弾を仕掛けてくれとか、学生と寝てくれとか、漁師たちと海に出てくれとか言ってるわけじゃない。やってもらいたいのは、ただ見て聞くことだけだ」

「何を見ろと？」

「きみの仲よし、アンディの名前を出す必要はない。アブラカスやほかのやつにも出さなかったんだから、奥さんにもそうすればいい。婚姻の絆《きずな》を強調して。それがいい。彼女は一面古風な女だ。きっとあんたに従うよ。で、あんたにブツを渡し、あんたはおれに渡し、おれはロンドンに送る。いとも簡単なことだ」

「妻は運河を愛してるんだよ、アンディ。だから、運河を裏切るような真似は絶対にしない。そういう女だ」

「何を馬鹿なことを！　奥さんは運河を裏切ったりしない。彼女は運河を救うんだろうが、ええ？　彼女は、太陽はデルガドのケツの穴から昇ると思ってる。だろ？　ちがうのか？」

「妻はアメリカ人だ。デルガドを尊敬してると同時に祖国を愛してもいる」

「いい加減にしろよ、ハリー。奥さんはアメリカも裏切らない。そもそも今度のことは、アンクル・サムを今後も使ってやろうという話じゃないか。アンクル・サムの軍隊をこのままここに残させようという話じゃないか、基地を残そうという。彼女にそれ以上のどんな望みがある？　彼女は、運河を悪党から救うことでデルガドを助け、パナマがどんなへマをかましそうか、それをわれわれに教えることでアメリカを援護するんだぜ。そういうことが明らかになればなるほど、アメリカ軍が居残る正当な理由が増えるんだから。ええ？　何か言ったのか？　聞こえなかったけど」

ペンデルは確かに何か言っていた。が、ことばが咽喉にひっかかり、相手にも聞こえるような声にはならなかったのだ。オスナードのように体を起こして、ペンデルは言い直した。

「以前、あんたに訊いたことがあったね。あんたはルイーザのことを自由市場ではどれぐらいの価値があると思ってるのか」

オスナードはその実務的な質問を大いに歓迎した。それはいずれ自分のほうから持ち出すつもりでいた話題だった。

「あんたと同等の価値があると思ってる。まったく同等だ」と彼はすこぶる生真面目《きまじめ》な口調になって言った。「同じ基本給で、ボーナスも同じ。それはおれの普段からの主義でもある。女もわれわれと変わらない。いや、われわれよりすぐれた生きものだ。この話はつい昨日ロンドンにも伝えてある。報酬は同じ、さもなきゃ取引きは成立しないと。要するに、あんたたちの取り分はそれで二倍になるというわけだ。片足を〈サイレント・オポジション〉に、もう一方の足を運河に。そういうことだ。そのふたつに乾杯」

テレビ画面のビデオは別なものに変わっていて、深い峡谷の底で、ふたりのカウガールがひとりのカウボーイの服を脱がせていた。そばにつないだ馬に眼をそらさせて。

ペンデルは夢の中でしゃべっていた。ゆっくりと機械的に、オスナードにというよりむしろ自分に。

「ルイーザは絶対にやらないよ」

「どうして？」

「妻には妻の信念がある」

「だったら、その信念を買えばいい」

「妻の信念は売りものじゃない。そこのところは母親そっくりでね。強く押されると、よけい頑《かたく》なになる」

「どうして強く押さなきゃならない？　奥さんの自由意思に任せて跳ばせればいいじゃないか」

「ジョークとしては面白いけど」

オスナードは片手を広げ、もう一方の手で胸をつかむと、芝居がかった調子で言った。

「〝おれはヒーローだ、ルイーザ！　きみもおれと同じようにヒーローになれる！　おれと並んで行進してくれ！　十字軍に参加してくれ！　運河を救うんだ！　デルガドを救うんだ！　腐敗を暴くんだ！〟。あんたのかわりにおれがそう言ってやろうか？」

「いや、けっこうだ。それにそんな真似は賢明とは言えないだろう」

「どうして？」

「率直に言って、ルイーザはイギリス人が嫌いなんだよ。私に我慢してるのは、私は躾《しつけ》がいいからだ。しかし、ことイギリス上流階級の人間に関するかぎり、ルイーザの考えは彼女の父親の考えとほぼ変わらない。イギリス上流階級の人間というのは、どんな人種、どんなタイプであろうと例外なく、下衆《げす》な二枚舌ばかりだと思ってる」

「おれはけっこう気に入られたんじゃないかと思ってたんだがな」

「それにそもそも妻がデルガドを裏切るなんてありえない」

「大金を積まれても？　どうだ？」

ペンデルはなおも機械的に答えた。「妻に金は通用しないよ。自分たちは金持ちだと思ってるしね。それに彼女には、金というものを邪悪なもの、いずれこの世から消えてしまえばいいものと思ってるふしが少なからずある」

「だったら、奥さんの報酬は彼女の愛する夫に払うことにしよう。現金で。借金の返済のことは今さら言わなくてもいいと思うが。あんたは金の係、彼女は愛他主義の係だ。金のことはひとことも彼女に知らせなければいい」

しかし、ペンデルはこの幸せなスパイ夫婦の肖像については、どんな受け応えもしなかった。どんな表情も浮かべず、じっと壁を見つめ、長い直線コースに向けて、心の準備をしようとしていた。

テレビ画面では、カウボーイが馬に掛ける毛布の上に仰向けになって横たわっていた。カウガールは帽子とブーツだけになって、カウボーイの頭と足のところにひとりずつ立っていた。まるでどういうやり方で彼を包み込もうかと思案でもしているかのように。しかし、オスナードはブリーフケースの中身を引っ掻きまわすのに忙しくて、それには気づかず、ペンデルは相変わらず壁に向かって眉をひそめていた。

「まったく——もう少しで忘れるところだった」とオスナードは言った。

そして、ドル紙幣の束をひとつ取り出した。さらにもうひとつ。それが最後には七千ドルになって、殺虫スプレーやカーボン紙やライターとともにベッドの上に並べられた。

「ボーナスだ。遅れてすまん。経理担当のアホどものせいだ」

ペンデルはまるで見たくないものを見るかのようにベッドに視線を移した。「私はボーナスに値するようなことは何もしていないよ。ほかの誰も」

「いや、そんなことはない。サビーナは、年長の学生たちを戦時に備えさせた。アルファは、デルガドがジャップ相手に私人としてやってる商売の情報を提供してくれた。マルコは大統領の深夜のミーティングを教えてくれた。だろ？」

ペンデルは怪訝《けげん》な思いのまま首を振った。

「サビーナに三つ星。アルファにも三つ星。マルコはひとつ星。全部で七千だ」とオスナードはペンデルの反応など意に介さずに言った。「数えてくれ」

「その必要はないよ」

オスナードは領収書とボールペンをペンデルに押しつけた。「一万ドル。七千は現金、三千はいつもどおり寡婦と孤児の基金だ」

ペンデルは心の奥深いところでサインをした。が、ベッドの上の金には手をつけなかった。見ただけで、すぐに手を出そうとはしなかった。一方、オスナードは強欲に眼をくらませ、ルイーザを新兵に採用する件を執拗《しつよう》にまた持ち出した。ペンデルは私的な思いがつくる影の中にまた身を隠した。

「奥さんはシーフードが好きだったな？」

「それが何か？」

「奥さんの機嫌を取るのによく連れていくような店はないのか？」

「〈ラ・カサ・デル・マリスコ〉。エビのモルネー・ソースがけとオヒョウ。いつも決まってるんだ」

「テーブルとテーブルのあいだが離れてるようなところだな？　ちゃんとプライヴァシーを保てるところだな？」

「結婚記念日と誕生日に行くところだ」

「あんたらのスペシャル・テーブルは？」

「窓ぎわの隅」

オスナードは甘い夫を演じ、眉を吊り上げ、気取って小首を傾《かし》げて言った。「〝ダーリン、言っておかなきゃならないことがある。もうきみにも知らせてもいい頃だと思う。これまた市民の義務だ。有能な人間に真実を知らせるということも〟。どうだね？」

「うまくいくかもしれない。ここがブライトン埠頭なら」

「〝きみのお父さんがお墓の中で安らかに眠れるように。きみのお母さんも。きみの理想のために。ミッキーの理想のために。そして、私自身の理想のために。これまでは保安上の理由からそのことをひた隠しにしてきたけれども〟」

「子供のことに関してはなんと言えばいい？」

「子供の未来のため、だ」

「なんともすばらしい未来だ。親がふたりとも刑務所にはいってるんだから。おたくは刑務所の窓から突き出されている手を見たことがあるかい？ 私は一度それを数えたことがある。それは一度でも塀の中にいた人間はたいていすることだ。ひとつの窓に二十四本の腕が突き出ていた。そして、監房には窓はひとつしかないんだよ」

オスナードは、ペンデル以上に自分を傷つけることばを発しなければならないことを悔やむかのようにため息を洩《も》らした。

「あんたはおれに強硬路線を取れと命じてる」

「命じてなどいないよ。誰も命じてなど」

「そういうことはしたくないんだが、ハリー」

「だったら、しなければいい」

「したくないから、角の立たないように言ったんだが、ハリー、どうやら無駄だったようだ。しかたがない。結論を言おう」

「そんなものはないはずだけど、そっちには」

「証書にはあんたらふたりの名前が載ってる。あんたとルイーザのふたりの名前がな。つまりあんたらは一心同体ってわけだ。その証書を取り返したいのなら——店も農園も——

ロンドンに対してきちんとした貢献をしなきゃならない、あんたらふたりで。そういうものが得られないとなると、ロンドンの連中も黙っちゃいないだろう。甘い愛も酸っぱくなって、金の供給は止まり、あんたは差し押さえられ、競売にかけられる。店も、農園も、ゴルフ・クラブの会員権も、四輪駆動車も、子供もな。そうなりゃ、あんたは身の破滅だ」

ペンデルが顔を起こすにはいささか時間がかかった。判事の身柄拘束の判決が被告に理解されるのにいくらか時間がかかるように。

「それじゃまるで脅迫じゃないか、アンディ？」

「市場原理だ」

ペンデルはゆっくりと立ち上がると、ベッドの上の紙幣を立ったまましばらくじっと見つめてから、紙幣を封筒に戻し、その封筒をカーボン紙と殺虫スプレーと一緒に旅行鞄に詰めた。

「何日か欲しい」彼は床に向かってしゃべっていた。「ルイーザを説得しなきゃならないんだからね」

「救済策はあんたの手に委ねられてる」

ペンデルは頭を垂れ、力の抜けた足取りでドアに向かった。

「じゃあな、ハリー。次の日時も場所もわかってるな？　幸運を祈ってるよ。じゃあ、気をつけて」

ペンデルは立ち止まると振り返った。その顔には、罰を甘んじて受ける人間のあきらめ以外何も浮かんではいなかった。

「おたくも。それから、ボーナスとウィスキーをありがとう。ミッキーと家内についての提案も」

「どういたしまして」

「ツイードのジャケットの試着に来るのを忘れないように。頑固で趣味がいい。そんなふうに言いたくなるようなジャケットになったと思う。あんたもそろそろイメージチェンジをしていい頃だからね」

一時間後、オスナードは金庫室の奥に設えられたケージの中で、秘密の電話のやけに大きな送話口に向かって話し、自分のことばがラックスモアの毛むくじゃらの耳の中で数字に翻訳されているさまを想像した。ロンドンのラックスモアは、オスナードのその連絡を受けるために、その日はいつもより早く机に向かっていた。

「ニンジンと鞭《むち》の両方を与えておきました」とオスナードはラックスモア用に取ってある

幼いヒーローの口調で言った。「残念ながら、鞭のほうはいささかきつく。それでも、彼はまだ迷っています。彼女が参加してくるか、こないかはまだなんとも言えません。その点について彼は言明を避けました」

「思いきりの悪いやつだ」

「私もそう思いました」

「しかし、金はまだ欲しがってるんだな？」

「そのようです」

「ああいう素性の人間には無理もないことだ。その点は同情してやろう」

「彼女を説き伏せるのに時間が要ると言っています」

「賢い猿《さる》だ。それはむしろわれわれを説得する時間ということか。彼女はなんで買えると思う、アンドルー？　率直なところを言ってくれ。いやはや、今後はもっとあの男の手綱を引き締めんとな」

「彼は数字については何も言いませんでした」

「そうだろうとも。あの男は根っからの商売人だからな。あいつには自分がわれわれのキンタマをぎゅっとつかんでることがよくわかってるのさ。きみの見込みは？　あいつを一番よく知ってるのはきみだ。最悪の場合どうなる？」

オスナードは考えているように思わせるための間を置いてから慎重に言った。

「あれはなかなか手強《てごわ》い男です」

「そんなことは初めからわかってる。連中はみんなそうだ。そんなことはきみも知っていれば、最上層部の連中だって知ってる。ジェフだって知ってる。私の親しい投資家だって知ってる。あの男は最初からそうだった。今後も問題が重要になればなるほど手強くなるだろう。もっといい選択があれば、とっくにそうしてるよ！　フォークランドのいざこざのときに使った男なんぞ、ぶったくるだけぶったくっただけで、うまみのある情報など何ひとつ持ってこなかった」

「結局、結果が問題だと思います」

「つまるところ、それはどういうことだ？」

「より大きな額のサラリーは、ただ彼にのんびり構えさせるだけの結果に終わるように思われます」

「同感だ。百パーセント同感だ。やつをひそかにほくそ笑ませるだけのことだ。やつらはみんなそうなのさ。われわれから金をむしり取って、笑ってやがるんだ」

「一方、より大きな額のボーナスには、彼の眼を覚まさせる効果があるかと思われます。そういう場面は以前にも見ていますし、今夜もそうでした」

「そうなのか？」

「彼が紙幣を旅行鞄に詰めるところをお見せしたかったです」

「なるほどな」

「いずれにしろ、実際、彼はアルファにベータ、さらに学生たちを用意してくれました。また、ベアーを半ば意識していると言える立場に置いてもくれました。アブラカスをある程度巻き込んだ形にもし、マルコについてはほぼ抱き込んでくれました」

「われわれはそのたびに払ってきた。少なからぬ額を気前よく。その結果、これまでに得られたものはなんだ？　約束だけだ。些細な情報だけだ。〝でかい情報はもう少し待ってくれ〟だと？　胸くそが悪くなる。アンドルー、ほんとうに。胸くそが悪くなる」

「私としてもその点については、こう言ってよければ、本人には相当に厳しく言っておきました」

ラックスモアはそこで急に声を和らげて言った。「もちろん、わかってる。きみに誤解されるような言い方になっていたのだとしたら、それは本意ではない。すまなかった。さきを続けてくれたまえ」

「これはあくまで私個人の推論にすぎないのですが――」とオスナードはことさらおずおずとした調子で切り出した。

「きみの考えだけが唯一意味のあるものだ、アンドルー！」

「——結局のところ、誘因の問題ではないでしょうか。彼が何かを持ってくるかぎり、われわれは彼に金を払ってきました。彼の場合には、その何かというのが彼の妻にもあてはまるのではないでしょうか？」

「なんだと、アンドルー？　彼がそう言ったのか？　女房を売ると？」

「まだそうと言ってはいませんが、彼の妻が市場に出ているのは事実です」

「アンドルー、この部署に籍を置いて二十年、こんなことは初めてだ。いや、本部署始まって以来のことだろう、金のために自分の女房を売るやつが現れたなどというのは！」

金の話をするときには、オスナードはそれだけのための特別な声音を持っていた。なめらかなエンジンのような低い声で彼は言った。

「それで、思うのですが、彼が新たな情報源を探してくれば——彼の妻も含めて——そのたびに彼に決まったボーナスを出すのです。その額は、新たな情報源のサラリーを基に算出し、そのレートは一定にします。そして、彼女にボーナスが出るようなときには、彼にもある程度出してやることにするのです」

「決まったボーナスとは別にか？」

「ええ、別に。そう言えば、サビーナから学生に払わせる額についてもまだ決まっていないんです」

「彼らを甘やかすんじゃないぞ、アンドルー！　アブラカスは？」

「アブラカスの組織が〝計画〟を伝えてきたときには――これはあくまで仮定の話ですが――ペンデルに同じレートのコミッションを払うことになります。つまり、ボーナスという形でアブラカスと彼のグループに払われる額の二十五パーセントです」

ラックスモアはしばらく黙り込んでから言った。

「アンドルー、今きみは〝仮定の話〟と言ったのかね？　そこのところがよく聞こえなかったんだが」

「申しわけありません。しかし、アブラカスはわれわれを騙しているのではないのか、という疑念がどうしても私には拭いきれないのです。もしかしたら、われわれを騙しているのはペンデルかもしれませんが。そろそろ切り上げてもよろしいでしょうか。こっちはもうかなり遅い時間でして」

「アンドルー」

「はい」

「よく聞け、アンドルー。これは命令だ。〝計画〟は確かにある。ただ疲れたからといって、心までなくすんじゃない。〝計画〟はもちろんある。それはきみも信じてる。私も信じてる。世界で最も偉大なオピニオン・リーダーのひとりも信じてる。個人的に。固く。新聞街《フリート・ストリート》の最も優秀な頭脳たちも信じてる。いや、今はまだ信じてなくても、すぐに信じるようになるだろう。〝計画〟は現に、そこに、あるんだから。邪悪なパナマのエリートどもの徒党によって取り繕われ、運河のど真ん中に鎮座ましましてるんだから。それを見つけなくてどうする！　アンドルー？」突然の警報。「アンドルー！」

「サー？」

「よかったら、スコッティと呼べ。〝サー〟はもういい。きみは今、心おだやかに過ごしてるのか、アンドルー？　それともストレスに喘いでるのか？　きみはぬくぬくとしてるのか？　私はもう居ても立ってもいられない気持ちだ。だから、今回の件の真っ只中《ただなか》にいて、きみが今どのような精神状態にいるかなど、気づかっている余裕はないのだよ。私も、近頃は最上層部に対して少なからぬ影響力を持つようになった。川向こうの連中に対しても、だ。だからよけいに悲しくなる、この実利主義の時代にあって、真摯で忠義な若者が自らに何も望まぬことを目のあたりにすると」

オスナードは真摯で忠義な若者が照れ臭い思いをしたときに上げる笑い声を上げた。

「まだお話があるようでしたら、寝るのはいつでもできます」

「寝たまえ、アンドルー、今すぐ。好きなだけ。これは命令だ。われわれにはきみが必要なのだから」

「わかりました。それではおやすみなさい《グッドナイト》」

「おはよう、アンドルー。こっちは朝だ。だから、きみが目覚めたときには、〝計画〟がきみの耳の中ではっきりとした大きな音で鳴り響いていることだろう、狩猟らっぱのように。きみはその音を聞くなりベッドから跳ね起き、すぐさまその調査に乗り出すことだろう。きみはきっとそうする。私にはそれがわかる。それは私にも経験のあることだからだ。私も聞いたことのあるらっぱだからだ。われわれはその音を聞いて戦争に行ったのだから」

「グッドナイト、サー」

しかし、真摯な若きスパイマスターが一日を終えるのにはまだだいぶ間があった。〝記憶が鮮明なうちにファイルしろ〟。それはげっぷが出るほど教官に言われたことだった。ケージから金庫室に戻り、彼だけが数字を知っているダイアル錠が取り付けられた、気味の悪い金属製の棺を開け、その中から、内容も重さも航海日誌に似ている手綴《と》じの赤い冊子を取り出し、それに巻きつけられている鉄製の貞操帯の鍵も開けた。そして、自分のオフィスに戻ると、机の上に――読書用スタンドの近く、スコッチの脇に――その冊子を置き、ブリーフケースから取り出した手帳とテープレコーダーも並べて置いた。

その赤い冊子は、彼が〝創造的〟な報告書を作成するのになくてはならないもので、その秘密の大巻の中には、情報収集者のために、情報本部の知られざる領域——別名、情報アナリストのブラックホールが親切に記載されていた。が、何を知らないと言って、情報アナリストは自分たちがチェックできないということを知らない。それがオスナードの単純明快な意見だった。チェックできないものの粗探しはできない。それでも、新人報告者のご多分に洩れず、オスナードも自分でも思いがけないほど批評に対して繊細な自分をすでに発見しており、二時間かけて手直しし、磨き上げ、研ぎ上げ、推敲《すいこう》した。バカンの情報データが旋盤加工した釘《くぎ》のようにぴたりと、アナリストのブラックホールに収まるまで。簡潔にして荘重な文体に、常に用心を怠らない懐疑主義。そこここに疑念を散りばめることでもっともらしさが増すのだ。自分の手書き原稿に満足して、彼は暗号用の助手、シェパードに電話をかけ、ただちに大使館に登庁するように命じた。そして、昼に届くメッセージより、非社会的な時間帯に届くメッセージのほうがより重要に見えるという信念に基づいて、手書き暗号のままの〈最高機密バカン〉に関する原稿を渡し、暗号電報を作成してただちに送るように命じた。

「できればあんたとは情報を共有したいんだが、シェパード」とオスナードは〝とうとう朝になってしまった〟という声で言った。シェパードはまるで恋人でも眺める眼つきで意味不明の数字の羅列を見ていた。

「それはこっちもだ、アンディ。でも、必知事項（機密管理などにおいて知る必要がある人だけに知らせる事項）というのは、必知事項だから必知事項なんだよ。ちがうかね？」

「そうだな」とオスナードは同意して言った。

シェパードというヴェテランを送るよ、と人事部長は言ったのだった。若いきみを品行方正のままにしておくために。

オスナードはアパートメントには直接帰らなかった。目的を持って運転していた。が、それがどういう目的なのかは彼自身判然としていなかった。分厚いドル紙幣の束が彼の乳首をこすっていた。すばやく動く光。イルミネーションに飾られた額の中の裸の黒人女性の写真。多言語で書かれた〝ライヴ・エロティック・セックス〟の看板。敬意は払うが、今夜はそういう気分じゃない。彼は運転しつづけた。ポン引き、売人、お巡り、ゲイ。誰もが金を探してる。三人連れのGI。若い中国人女性が売りもののコスタ・ブラバ・クラブのまえを通った。ありがとう、ダーリン、でも、もっと歳を取っていて、一緒にいて居心地のいいのがいい。さらに車を走らせた。感覚の命ずるままに。感覚にはそういう仕事をさせるのが彼の好みだった。原罪を背負う太古のアダムが彼の内部で体をもぞもぞさせている。すべてを味わう。それしかない。それが欲しかったかどうかは買ってみないとわからない。心がラックスモアのもとに飛んでいく。〝世界で最も偉大なオピニオン・リーダーのひとりも信じている……〟。ベン・ハトリーのことにちがいない。ラックスモアは、ロンドンで何度かその名をぽろりと口にしていた。駄洒落を言えば、われらが給付金《ベン・エフィット》基金。愛国的メディア王の祝福《ベン・ィスン》。〝きみは聞いたりしてないよ、オスナード君。ハトリーの名前が私の口から洩れるわけがない〟――歯の隙間から息を吸う音――あのまぬけ野郎。

オスナードは車の尻を振り、前輪を歩道に乗り上げて駐車させた。おれは外交官だ。だから何人とでもやってやるぞ。〈カジノ＆クラブ〉という看板が出ており、ドアには〝銃はすべて検査されます〟という表示板が掛かっていた。ひさしのある帽子をかぶり、ケープをまとったふたりの大男が入口の警備にあたっていた。網タイツにミニスカートという恰好の女が数人、赤い階段の下で体をくねらせていた。おれにぴったりのところだ。

午前六時。

「なんなのよ、アンディ・オスナード。びっくりするじゃないの」彼がベッドの脇にもぐり込んできたのを見て、フランチェスカが言った。「いったいどうしたの？」

「女にへとへとにさせられてたんだ」

しかし、見るかぎりもうすでに回復していた。

第14章

押しボタン式の愛の家を出たときにペンデルを襲った途方もない憤りは、四輪駆動車に乗り込んでも、荒っぽい運転で赤い霧の中を家に帰っても、ベタニアにある彼の家のベッドの自分の側に、心臓の鼓動を高鳴らせながら横になっても、翌朝、眼覚めても、さらに翌々朝になっても鎮まらなかった。〝何日か欲しい〟と言いはしたが、ペンデルがそのとき数えていたのは日数ではなかった。年数だった。これまでに選ぶことを余儀なくされてきたすべての分かれ道の数だった。ベニー叔父が〝空騒ぎ《ゲワルト》〟と呼んでいたものを惹き起こすより、〝自分を消す《ドラックン》〟ことを選び、より大きな善を為すために呑《の》んできたすべての屈辱の数だった。外に出さずに咽喉で止めてきたすべての叫び声の数だった。多くの性格を持ち、より正確な命名ができず、ハリー・ペンデルという名で商いをしてきた男の心に、満たされず、招かれず、突然訪れた終生の憤怒の激しさだった。

そして、それは角笛の音《ね》となって彼を眼覚めさせた。爆風となって彼を蘇生させ、叱咤《しった》し、彼のほかの感情をひとつの旗のもとに結集させた。愛と恐れと怒りと恨み。その四つが志願兵の第一陣だった。また、それはペンデルの心の中で現実と虚構を隔てていたちっぽけな壁を取り払った。それはこう言っていた、〝もうたくさんだ！〟〝あとは攻撃するのみ！〟と。それは脱走兵を認めなかった。しかし、何を攻撃するのか？　何を武器として？

〝あんたの友達を買いたいのさ〟とオスナードは言っていた。〝買えなきゃ、われわれは彼を刑務所《ムショ》に逆戻りさせる。あんた、刑務所《ムショ》にいたことは、ペンデル？〟

ああ、いたとも。ミッキーもいた。私が面会に行っても、彼には〝ハロー〟のひとことを言う元気さえ残っていなかった。

〝あんたの奥さんを買いたいのさ〟とオスナードは言っていた。〝買えなきゃ、われわれは奥さんを道端に放り出す、ガキともども。あんた、路頭に迷ったことは？〟

そこが私の故郷《ふるさと》だ。

それらの脅しはほんものの銃だった。夢ではなかった。オスナードがペンデルの頭に突きつけた銃だった。わかった、とペンデルは嘘をついた。それが嘘と言えるなら。彼はオスナードが聞きたがっていることを言ったのだ、そのためにこれまでどんなこともやってきたのだ。もちろん、その中には話をでっち上げたことも含まれた。世の中には、嘘をつくことが愉しくて嘘をつく人間がいる。嘘をつけば、地を這って真実を語る凡庸な体制順応主義者より、自分のほうが勇敢にも利口にも思えるのだろう。ペンデルは、そういう人間ではなかった。彼はむしろ順応するために嘘をついてきた男だ。しかし、それは常に適切なことを言いたかったからだ、適切なことと真実が別々のところにあるような場合でさえ。そうやってその場の重圧とうまくつきあう。その場を逃れ、家に帰れるときが来るまで。

しかし、オスナードの重圧は彼をその場から逃してはくれなかった。

ペンデルは自らをなじり、お定まりのコースをたどった。自分を責める達人として、髪を掻きむしり、悔恨の姿を神に見てもらおうとした。もう身の破滅です！　天罰が下ったのです！　私はまた牢獄《ろうごく》に逆戻りしてしまった！　私の人生そのものが牢獄なのです！　塀の中だろうと外だろうと！　自分で牢獄をつくってしまうのですから！　しかし、怒りは消えなかった。彼は協力を旨とするルイーザのキリスト教精神を避け、ベニー叔父が、パブ〈ウィンク&ノッド〉で空のビールのジョッキに向かってよくつぶやいていた、うろ覚えの贖《あがな》いのことばに助けを求めた——私たちは損ない、堕落し、破滅しました……私たちは罪深い裏切り者です……私たちは盗み、人を中傷しました……誘惑に負け、道に迷いました……私たちは過ちを犯しました……私たちは真実から自らを切り離し、世俗の愉悦にふけりました……私たちは娯楽と玩具《がんぐ》の陰に隠れました――怒りはそれでも引き下がろうとはしなかった。ペンデルがどこへ行こうとついてきた、悪趣味なおとぎ芝居に出てくる猫のように。ペンデルが順を追って、最初の日から今日までのおのれの卑しい行動を、情け容赦なく分析しているようなときにさえ、その怒りは彼の胸から剣《つるぎ》を抜いて、人の道から彼を転落させた誘惑者にその切っ先を向けることを彼に強いた。

はじめに難《かた》きことばありき、とペンデルは自分に言い聞かせた。オスナードはそのことばとともに店にやってきたのだ。そして、そのことばには抗えない重圧があった。サマーコートの一件ばかりか、ルイーザと子供たちには神として知られる、ブレイスウェイトにも関することばだったのだから。確かにブレイスウェイトは存在しない。しかし、どうして存在しなければならない？　どんな神も存在しなければ仕事ができないというものでもないだろう。

そうしたことの結果として、私は情報収集者の仕事を請け負った。そして収集した。耳にはいってくるものを集めた。頭の中だけで聞こえているような、実際には聞こえていないものも含めて。しかし、かかる重圧のもとではそれはむしろ自然なことだ。サーヴィス業者がサーヴィスを尽くしただけのことだ。それがそんなにいけないことか？　そのあとひとつの段階として、開花期と呼べるような時期があった。聞けば聞いただけ聞くことにも慣れてくる。スパイに関してひとつ言えることがあるとすれば、商売同様、セックス同様、どんどんよくならないようなら、そんなものは忘れろということだ。

その結果、私はいわば〝積極的聴取〟とでもいった領域にはいった。人は頭の中で思いついたことばをいつも口に出すとはかぎらない。しかし、思いついていたら、きっと口にしていたにちがいないと決めつけ、実際に言われたことばにしてしまう、そういう領域だ。しかし、これは誰でも日常やっていることではないか。私はルイーザのブリーフケースの中のものを写真に撮った。やりたくはなかったが、オスナードは喜んだ——彼に幸いあれ——彼はことのほかその写真には満足している。しかし、私のしたことは盗みではない。ただ見ただけだ。見ることは誰でもできる。そういうことだ。ポケットにライターを持っていようとなかろうと。

そのあとのことは、オスナードが犯した一方的な過ちだった。私が彼に勧めたことではない。彼が言ってくるまで思いもよらなかった。私から枝分かれした新たな情報源の開拓を求めてきたのだ。今はまだそうと知らずに情報を提供している者の中から、画期的な飛《ひ》翔《しょう》が期待できる、それぞれ羽根の色の異なる鳥を集めろ、と。そうすれば、私にも少なからぬ見返りがもたらされる、〝あんたが考えてることについて言えば〟。しかし、〝彼ら〟については、ひとこと言っておかなければならない。それは、〝彼ら〟の世界に一歩足を踏み入れればすぐにわかることだが、〝彼ら〟はすこぶるつきの善人だということだ。現に存在して、名前を挙げることができる人々よりずっと。〝彼ら〟はこっちから命じないかぎり、口答えもしなければ、どんな問題も起こさない。〝彼ら〟は実際の友人たちとほぼ変わらない人間ではあるが、本人たちがなりたがっているであろう人間でもあり、厳密に言えば、決してならないであろう人間でもある。あるいは現在の彼らを見るかぎり、本人としてはもうなりたがってはいないかもしれないが、もしかしたら道義的にはそうなっていたかもしれない人間だ。

たとえばサビーナ――マルタがその人物像のあいまいな土台にはなっているが、完全にマルタというわけではない。最善ではなく、〝最悪〟を尽くすときを待っている爆弾づくり、典型的な怒れる学生だ。アルファとベータ、それにほかの何人かは、安全確保という理由から匿名のままにしてある。ミッキーと〈サイレント・オポジション〉、誰にもこれと指差すことのできない彼の〝計画〟。私の個人的な見解を言えば、これは天才的な思いつきだった。もっとも、それが今では、オスナードのしぶとい重圧のせいで、そうのんびりと構えてはいられなくなってしまったわけだが。誰もが満足する形で、これと指を差さなければならなくなってしまったわけだが。聴診器を持ったミッキーと学生がいないと、見つけることもできない橋の向こうの人々――ほんとうのパナマの心。女房に、まえまえから欲しがっていた急速冷凍冷蔵庫とセカンド・カーの話をさせるまでは、なかなか首を縦に振らなかったマルコもそうだ。ほかの領域についても要求に応えてくれるようなら、子供をアインシュタイン校に入れるのに、いくらか便宜をはかれなくもないんだけどね――その点に関しては、また新たに彼の女房に話をさせる必要があるだろうか？すべては〝夢をつくる力《フリュエンス》〟のなせる業だ。私はすぐにもほどけてしまう糸を宙からつかみ取って布を織り、採寸し、そして裁断したのだ。

新たな情報源をいくつも築き上げ、彼らにかわって情報収集もし、心配もし、彼らにかわって調査もし、資料も読み、彼らに関するマルタの話を聞いて、適材を適所に配し、彼らの理想、問題、流儀に関しては、総じて見栄えがいいように装飾する。それは私が日々店でやっていることだ。そして金を払う。それも適切に。彼らのポケットに現金すべてを押し込むような真似はしない。一部は何かのときのためにとっておいてやる。それで、あちこちで札びらを切って人の眼を惹き、さらには法の注意を喚起するなどという愚かな行為から、彼らを守ってやることができる。ただひとつ問題なのは、私の新たな情報源が実際にポケットに金をしまうことは決してないということだ。なぜなら、彼らは自分がそんな金を稼いでいることを知らず、中にはポケットそのものを持っていない者さえいるからだ。だから、しかたなく私が持っているのだ。しかし、彼らとしてもほんとうにその金を稼いだわけではない。私が稼いだのだ。そう考えると、これはこれで公正なことではないか。私は現金を受け取る。あるいは、オスナードが私にかわって寡婦と孤児のための基金に振り込む。新たな情報源は何も知らない。ベニー叔父なら、〝無血詐欺〟とでも呼ぶことだろう。しかし、つくりものでないとしたら、人生とはなんなのか。人生とは自分をつくることから始まるものではないのか。

四人は自分だけのモラルを持っている。これはよく知られていることだ。それは私も変わらない。

自分自身を殻竿《からざお》のように振りまわして束縛から解き放つと、気が楽になった。黒猫はまだ彼を睨んではいたが。心のその小康状態は武装した感情の寄せ集めで、それらの中に築かれた憤りは、これまで何度も不当な扱いを受けてきた彼としても、たえて経験したことがないほど強く、明らかなものではあったが。彼はその憤りを手に感じた。まるで手がその憤りに力を得たかのようにひりひりと感じられた。背中にも、肩甲骨のあいだに。そこが家にしろ店にしろ、歩いているときには腰と踵かとにも。そういった感覚が昂たかぶると、拳こぶしをつくり、囚人である自分を取り巻く木の壁を叩き、自らの潔白を叫ぶことができた。かぎりなく真実に近い潔白を。

裁判長、これを審議するのに、傲慢《ごうまん》な笑みを引っ込めてさえいただければ、私にはほかにも申し上げたいことがあります――それは、要するに、タンゴはひとりで踊れないということです。そして、女王陛下のアンドルー・オスナード氏は、えも言われぬ神々しいばかりのタンゴだったということです。私にはそれが感じられた。彼もまたそれを感じていたかどうかはわかりませんが。まあ、私の印象では感じていたものと思います。人間にはときとして知らずに何かをしてしまうことがあるものですが、私はオスナード氏にそそのかされたのです。彼は私を実際の私以上の人間に仕立て上げようとしました、すべてを二度数え、一度しか数えていない振りをすることで。そして、彼には嗜虐癖《しぎゃく》がありました。私にはそのことがすぐにわかりました。しかし、ロンドンは彼よりおぞましい。

ペンデルは彼の造物主、裁判長、あるいは自分自身に話しかけるのをやめ、ミッキー・アブラカスの人生改革スーツ――妻を引き戻すための新たなスーツを裁断する手も止め、仕事部屋の眼のまえの壁を睨んだ。ミッキーのスーツはすでに何着もつくっているので、ペンデルには眼を閉じてさえ裁断することができた。が、そんな彼の眼が今は大きく見開かれ、口もまたあんぐりと開けられていた。酸素不足に陥った人のように。高い窓のおかげで、彼の仕事部屋には外から酸素がふんだんに供給されているにもかかわらず。モーツァルトを聞いていたのだが、今はもうモーツァルトの気分ではなかった。見もせず、片手でスウィッチを切った。もう一方の手に持った鋏《はさみ》を置いた。が、その眼は少しもひるんではいなかった。じっと壁を見つめていた。その壁には、ほかのどんな壁とも異なり、珪石《けいせき》のグレーでも、ねばつくグリーンでもなく、彼と室内装飾業者の苦心の作、心を和らげるクチナシの白が塗られていた。

彼は声に出して言った。ひとこと。

しかし、それはアルキメデスが言ったとされるような言い方ではなかった。はっきりとした感情のともなった言い方でもない。むしろ子供の頃、駅に置かれていたしゃべる体重計のような言い方だった。機械的な、しかし、きっぱりとした声音だった。

「ヨナ」と言ったのだ。

ハリー・ペンデルはようやく全体像をつかもうとしていた。それは今このときにも眼のまえに浮かんでいた。手つかずのまま、眼も綾《あや》に、燐光《りんこう》を放ち、完全無欠で。しかし、それは初めからあったのだ。彼は今になってそのことに気づいた。無一文になったと思い、足掻《あが》き、焦り、飢《かっ》え、未だ持たざる知識を身につけようと懸命にもがいていたあいだにもずっと存在していたのだ、彼の秘密のポケットにずっと収めつづけられている札束のように。未だ持たざるものと思い込んでいただけで、知識は初めから身についていたのだ。ずっとあったのだ、彼の秘密の倉庫に、彼自身が所有すべきものとして。ただ、今まではその存在を忘れていただけで。それが今、眼のまえに現れ、神々しいまでに多彩な輝きを放っている。壁のふりをしているおれの全体像。大義を見つけたおれの〝計画〟。そのオリジナル・ノーカット版。それが大衆の求めに応じてスクリーンに映し出されたのだ。怒りに燦然《さんぜん》と輝いて。

その名がヨナだった。

実際には一年前のことだ。が、ペンデルの逸《はや》り立つ記憶の中では今ここに、眼のまえの壁の上にある。ベニー叔父が死んで、一週間が経ったときのことだ。マークがアインシュタイン校に入学した二日後、ルイーザが運河委員会の有給の職員に復帰した次の日のこと、ペンデルは四輪駆動車を運転している。行き先はコロン。目的はふたつ。ひとつはミスター・ブルットナーの生地倉庫の月例訪問。もうひとつはついに結《ブラザーフッド》社の一員になること。

人々がコロンに向かうときの常として、ペンデルもかなりのスピードで運転している。それは、ひとつにはハイウェイ強盗を恐れ、ひとつには道路の先には自由地帯《フリー・ゾーン》の富が待っているからだ。彼は、家庭でのよけいな物議を避けて店で着替えた黒いスーツ姿で、六日分の無精髭をはやしている。ベニー叔父は友人を亡くしたときには、いつも髭を剃らなかった。それぐらいのことは、ベニー叔父のためならなんでもない。彼はホンブルグ帽まで持ってきている。それは後部座席に置かれたままになってはいるが。

「顔に湿疹《しっしん》ができてしまったんだ」と彼はルイーザにはそう説明している。家庭内の平和と彼女の心の安寧を思い、ベニー叔父の死は、彼女には知らされていない。ベニー叔父はアルコール中毒のまま、人知れず数年前に死んでおり、だから、ベニー叔父がペンデル一家の暮らしを脅かす心配は無用とルイーザは思っている。「ブティックで売ろうかと思って、スウェーデン製の新しいアフター・シェイヴ・ローションを試したせいだ」とペンデルは言って彼女の注意を惹く。

「ハリー、スウェーデン人には、あなた、手紙を書くべきね。あなたたちがつくっているローションは危険だって。繊細な肌には合わないって。子供にはそういうものが生死に関わることもあるのよ。スウェーデンの清潔なイメージからすると、あまり彼らしくないことだけど、でも、いつまでも治らなかったら、裁判でも起こして徹底的にやっつけたらいい」

「その手紙の下書きはもうできてる」

ペンデルを結社《ブラザーフッド》の一員にすることが、ベニー叔父の最期の望みで、その旨を弱々しい手跡で走り書きした手紙が彼の死後、店に届いたのだ。


ハリー・ボーイ、おまえがずっと私にとって高価な真珠のような存在だったことは言うまでもないが、ただひとつ、チャーリー・ブルットナーの結社《ブラザーフッド》の一員になっていないことだけが私には心残りだ。おまえはいい仕事をして、子供もふたりもうけた。子供はこれからも増えるのかもしれないが、すばらしいものはほかにもある。それは今もおまえの眼のまえにある。なのに、この間ずっとおまえはそれを手に入れようとはしてこなかった。私は理解に苦しむ。パナマでチャーリー・ブルットナーが知らない人物というのは、知る値打ちのない人物ということだ。いい仕事というものは、常に実力者とともにあるものだ。結社《ブラザーフッド》の後ろ盾があれば、仕事も生活もいっさい心配要らなくなるだろう。まだドアは開かれている、とチャーリーは言っている。私に対する借りを彼はまだ忘れていない。それはおまえに対する私の借りに比べれば、些細なものだが。私は今天国の廊下で順番を待っている。私の意見を言えば、私が天国に迎えられる可能性はかぎりなく低いが、このことはルース叔母さんには言わんでくれ。ラビが好きなら、ここも悪い場所ではない。

ベニー

コロンのミスター・ブルットナーは、ハイネックのブラウスに黒いスカートという恰好の愉しげな秘書たちとコンピューターのあふれる、広さ半エーカーの多目的オフィスを〝統治〟している。アーサー・ブレイスウェイトに次ぐ世界で二番目に立派な男。毎朝七時に自家用機に乗り、コロンのフランス・フィールド空港まで二十分で飛び、コロンビアの輸出入業者らの派手な配色の飛行機が居並ぶあいだに降り立つ(コロンビアの輸出入業者は、免税店でちょっとした買いものをするために――自分が忙しければ、買いものは妻か娘かメイドに任せるために――コロンに立ち寄った連中だ)。そして、毎夕六時には家に帰る。三時に帰る金曜日と、彼の会社が休みとなるユダヤ教の贖い《ヨム・キッパー》の日を除くと。そんなミスター・ブルットナーが、ベニー叔父が一週間前に亡くなった今となっては、本人しか知らない罪を償う。

「ハリー」

「ミスター・ブルットナー。お元気そうで何よりです」

いつも変わらない。謎《なぞ》めいた笑み、形式ばった握手、防水加工されたようなそつのない物腰、ルイーザのことは話題に出ない。ただ今日は、笑みも悲しげで、握手も普段より長く、ミスター・ブルットナーは黒いネクタイをしめている。

「きみのベニー叔父さんは偉大な男だった」と彼はペンデルの肩を小さな手で叩きながら言う。

「巨人でした、ミスター・B」

「きみの仕事の師でもあった」

「私は幸せ者です、ミスター・B」

「地球はどんどん温かくなってるそうだが、きみがそんなことを気に病んでるとは思えない。このままだと誰もジャケットを買ってくれなくなるのではないかなどとはね」

「神は太陽を発明したときに、賢明なことにエアコンも発明してくれましたからね、ミスター・ブルットナー」

「いずれにしろ、きみは私の何人かの友達とも会いたくなった。そういうことだね？」とブルットナーは笑みをきらめかせて言う。

ミスター・ブルットナーはペンデルよりいくらか単刀直入なところがある。

「どうして私は今までそれを延ばしてきたんでしょうね」

ほかの日なら、彼らは裏の階段を昇って繊維部に行き、そこでペンデルは新しく入荷したアルパカを嘆賞したことだろう。が、今日は混み合った通りに出る。ミスター・ブルットナーは港湾労働者のように汗をかきながら、きびきびとした足取りで歩き、何も表に書かれていないドアのまえで立ち止まる。手に鍵を持っている。が、まずはペンデルにいたずらっぽい笑みを送る。

「ハリー、きみはわれわれが処女《ヴァージン》を生け贄《い にえ》にしても気にしたりしないだろうね？ 黒人《シュヴァーッ》男《アー》の体にタールを塗り、羽根だらけにしても、きみにはなんの問題もないだろうね？」

「ええ、それがベニー叔父の私に対する望みであるなら、ミスター・ブルットナー」

何かを企んでいるような眼を通りの左右にすばやく向けて、ミスター・ブルットナーは鍵をまわし、ドアを勢いよく押し開ける。一年、いや、すでに一年以上もまえのことだ。が、それが今ここにある。眼のまえのクチナシ色の壁の上に、同じドア、手招きする同じ漆黒の闇《やみ》がある。ペンデルは今それを見ている。

第15章

ペンデルは、弾けるような陽光に背を向け、案内役に導かれ、真っ暗な夜に足を踏み入れ、自分を見失い、じっと立って、眼が暗闇に慣れるのを待った。見られている場合を考え、微笑みながら。誰に会うことになるのか。どんな不気味な衣装をまとった相手に。彼は臭いを嗅いだ。臭ったのは、香でも生温かい血の臭いでもなかった。煙草《たばこ》の煙とビールの臭いだった。それから徐々に拷問室の道具がその姿を現しはじめた——カウンターの中に並んだ酒壜、酒壜の奥の鏡、年配のアジア人のバーテンダー、はしゃぎまわる女の子たちの下手な絵が、持ち上げられた蓋に描かれたクリーム色のピアノ、音を立てて天井でまわっている木の扇風機、開閉のためのひもが途中で切れて短くなっている高い窓。そして最後に——彼らも別段光り輝いてはいなかったので——ペンデルがこれから仲間となる〝光〟の探求者たち。彼らは十二宮の衣装も円錐形《えんすい》の帽子も身につけておらず、パナマの商人のくすんだ仕事着——白い半袖《はんそで》のシャツ、煉瓦《れんが》職人のような腹の下にベルトのバックルが見えるズボン、赤いカリフラワー模様のネクタイという恰好だった。

何人か見知った顔もあった。〈クラブ・ユニオン〉のメンバーのつつましやかな部類。オランダ人のヘンク――最近、女房に逃げられた男。彼の女房は中国人の訪問セールスマンとジャマイカに逐電してしまったのだ、彼の貯金を全額おろして――が水滴のついた錫《すず》のマグを両手に持って、いたって生真面目な顔で近づいてきた。「ハリー、ブラザー。やっと来てくれたんだね。きみが仲間になったこと、それ自体が私には誇らしい」まるでペンデルがオランダの干拓地を苦労して旅し、ヘンクに会いにきたのをねぎらうような言い方だった。度の強い眼鏡をかけ、金《かね》のたわしみたいなかつらをつけたスウェーデン人の呑んだくれ海運エージェント、オラフは偽のオックスフォード訛りで吠《ほ》えるように言った。「これはこれは、ブラザー・ハリー。古き友。よく来てくれた。さあ、乾杯」自称クズ鉄業者でコンゴ通のベルギー人、ヒューゴはヒップフラスクを振りながら、〝おたくの国のとびきりの品〟と言って、それをペンデルにも勧めた。

縄につながれた処女《ヴァージン》もいなければ、恐怖に震える黒人男《シユヴァーツァー》もおらず、ぶくぶくと煮え立つタールもなかった。あるのは、今までペンデルが参加を見合わせてきた、相も変わらぬ役者による相も変わらぬ田舎芝居。〝きみはどんな毒薬を飲んでるんだね、ブラザー・ハリー？〟〝あんたのそのグラス、満タンにしようや、ブラザー〟〝ここに来るのになんでそんなに時間がかかったんだい、ハリー？〟。しかし、それもミスター・ブルットナー自身が、ロンドン塔の守衛のようなケープをまとい、市長がつけるような鎖を首にかけ、傷んだイギリスの狩猟らっぱを二度鳴らすまでのことだった。両開きのドアが両方とも勢いよく蹴《け》り開けられ、頭にトレーをのせ、一列になったアジア人の給仕が、ミスター・ブルットナーの〝そいつを押さえろ、ズールーの戦士よ〟というかけ声に――その拷問的とも言える速さに――足並みをそろえて現れた。ミスター・ブルットナーは、たとえば思春期の非行といったような、自分の若年時代に欠けていたものを今取り戻そうとしている。ペンデルにもそのことがようやくわかりはじめた。

ミスター・ブルットナーは全員をテーブルに呼ぶと、自分はその真ん中の席に着いた。ペンデルは嬉しそうに気をつけの姿勢を取って、その脇に立った。全員がテーブルにつくと、オランダ人のヘンクが、不可解な食前の祈りを長々と捧げはじめた。同席した者はみな、眼のまえの料理を食べることで以前にもまして有徳の士になれる、というのがそのおおよその内容だった――ペンデルはその内容をもっと詳しく訊いてみたいと思いながら、また、ベニー叔父に近所のミスター・カーンの店に最後に連れていかれたときのことを思い出しながら（ルース叔母は祈りを捧げに〈シオンの娘〉の集まりに出かけていた）、そのときからすでに運命づけられていたにちがいない、全人格を変えることになるカレー料理の最初のひとくちを食べた。

全員が坐るなり、ミスター・ブルットナーがすっくと立ち上がり、ふたつの朗報を伝えた――今日はわれらがブラザー・ペンデルが初めてここに姿を現してくれた――大きな拍手。おどけた猥褻《わいせつ》なことば。誰もがほろ酔い加減になっている――さらにもうひとり、紹介するまでもない人物の紹介もあえてさせてもらいたい。流浪の賢者にして長年の光の僕《しもべ》、深淵の探求者にして未知の探検家、今日このテーブルに集まった誰より暗い場所を突き抜けてきた男――卑猥な笑い――この世にただひとり衝動に生きる男にして不死たるヨナにさらに大きな拍手を。氏はつい最近、オランダ領東インドをまわる苦難の探検から戻ってきたばかりだが、いずれそのことに関しては諸君も何かで読まれることだろう。（〝どこだって？〟と尋ねる大声）

ちょうどその一年前のときのように、ペンデルはヨナを見ることができた、クチナシ色の壁の上に。黄ばんだ肌とトカゲのような眼をした、猫背で意地の悪そうな男。几帳面に自分の皿に気に入った料理だけを取っている。赤くて辛いピクルス、スパイスの利いたパパド（カレーと一緒に食べる煎餅のようなスナック）にチャパティ、細かく刻んだ唐辛子、ナン、それにペンデルがすでにひそかに、精製されていないナパームと命名した、中から汁がぽつぽつとしみ出ているずんぐりした赤茶色の塊。ペンデルはその声まで聞くことができた。われらが流浪の賢者、ヨナ。クチナシ色の壁のサウンド・システムは完璧だった、ふざけた乾杯の音頭と猥談がかもす騒がしさをしのぐ声を出すのには、ヨナも苦労をしていたが。〝この次の世界戦争は〟とヨナはオーストラリア訛りの強い英語でしゃべっていた。〝ここパナマで起こるだろう。その日時もすでに決まっている。そして、このことはほぼまちがいない。諸君のようなクソどももそれだけは信じたほうがいい〟

この断定に最初に反論したのは、ピートという南アフリカ人の技師だった。

「それはもうすんだことだよ、ヨナ。〝大義名分〟作戦だ。ジョージ・ブッシュが取り立て代理業をやったあれだ。それで何千もの人間が死んだ」

その発言は、〝その侵攻のとき、パパは何をしてたの?〟といった類いのあいまいな疑問と、それと同程度に〝知的な〟応答を誘発した。

あちこちで同時に攻撃と反撃の小論争が起こった。ミスター・ブルットナーは笑みを浮かべながら、それをいかにも愉しそうに眺めていた。テニスの試合を見るように、誰かが発言するたびに発言者のほうに顔を向けて。しかし、ペンデルには自分の腹がごろごろ鳴っている以外、あまり聞くことができず、ようやく一部意識を取り戻したときには、ヨナは運河の欠点に話題を移していた。

「今の船はあのくそ運河を使えないのさ。鉱石のコンテナもスーパータンカーもコンテナ船もでかすぎるんだ」と彼は断言した。「ありゃもう恐竜みたいなものなのさ」

それに対しては、スウェーデン人のオラフが、閘門《こうもん》をもっと増やす計画のあることを指摘した。ヨナはその手の指摘が当然受ける報いのように小馬鹿にして言った。

「これはこれは、旦那、いい考えだ。くそ閘門をもっととはね。すばらしい。信じられないくらいに。だけど、おれはどうしても考えてしまう。科学は次に何をするか。閘門を増やしているあいだに古いフレンチ水路《カット》も使えるようにしよう。ロッドマン海軍基地もちょこっと利用して。でもって、神の恩寵《おんちょう》と現代の驚異があれば、二〇二〇年には今よりほんの少し幅の広い、今よりずっと通過時間のかかる運河ができあがることだろうよ。あんたに乾杯だ、旦那。立ち上がって、くそ二十一世紀の進歩に乾杯だ」

ヨナはそう言って、煙草の煙の向こうで実際立ち上がったのだろう。クチナシ色の壁にそのリプレイを見ているペンデルには、ヨナが立ち上がったところを眼にした明確な記憶がある。立ち上がっても大して高さは変わらなかったが。それでも、ヨナが大仰な身振りで大ジョッキを掲げ、その中に、トカゲのような眼から何から、黄色い顔を突っ込んだところまで見える。一瞬、そのままそのジョッキの中に没してしまったようにも見えたが、さすがにダイヴァーはちゃんと自分の仕事を心得ている。

「と言って、閘門がひとつだろうが六個だろうが、アンクル・サムにはどうでもいいことだってわけでもないが」とヨナはどこまでも侮蔑《ぶべつ》を込め、相変わらず棘々《とげとげ》しい口調で続けた。「ヤンキーどもにしてみれば、閘門ってのは多ければ多いほどいいのさ。ご立派きわまるわれらがヤンキーが永遠に運河をあきらめたのは、もう何年もまえのことだ。それについちゃ、あの阿呆をぶっ飛ばしたがってるヤンキーがひとりやふたりいても、それは別に驚くには値しないことだ。だけど、なんでやつらに効率的な運河が要る？　やつらにはニューヨークからサンディエゴまで、早くて便利な貨物運送路線があるじゃないか、ええ？　やつらの〝乾いた運河〟だ。そう、やつらは喜んでそう呼ぶだろう。その〝運河〟は何人ものスペ公を使わなくても、頭は悪くても真面目なほんの一握りのヤンキーでまかなえるんだから。やつらにとっちゃ、ほかの国のことなんざどうでもいい。運河なんて時代遅れなものは、ほかの阿呆に使わせときゃいいってなもんだ――わかったかね、この低能チューリップ野郎」と彼はさきほど彼の知識のほどを疑ったオランダ人、ヘンクに向かって言った。もっとも、そのときにはもうヘンクはうたた寝をしていたが。

ほかの者はまだ疲れた頭を上げ、ヨナの怪しげな太陽にその酔眼を向けていた。ミスター・ブルットナーはと言えば、この当意即妙のやりとりの粋《すい》を聞き洩らすまいとして、半ば腰を浮かし、テーブルの上に身を乗り出して、ヨナの片言隻句に耳を傾けていた。流浪の賢者は新たな反論に再反論を加えていた。

「それはちがう。おれはおれのケツの穴の話なんかしちゃいないよ、アイリッシュ・くそ・ミック。おれは石油の話をしてるんだ。ジャップの石油の話を。昔は重くて今は軽い油の話だ。黄色い野郎どもによる世界支配の話だ。それとみんなが知ってるとおりのくそ文明終焉《しゅうえん》の話だ。それにはおまえさんの愛《いと》しい緑の島（アイルランドのこと）も含まれる」

機転の利く誰かが、ジャップは運河を石油であふれさせようとしてるとでも思うのかと茶々を入れたが、ヨナは無視して続けた。

「わがよき友、日本人《ニップ》は石油の使い方を発見するまで長いこと重油を掘ってた。で、今世紀ほぼ百年ものあいだ、飽きもせず国じゅうに巨大な備蓄タンクをつくってきた。一方、その間にも科学者たちは日に夜を継いで、石油を化学的に分解する方法を研究してきた。そして、彼らはそれを見つけた。だから、用心しろと言ってるのさ。探してキンタマがあれば、それを手できっちり守り、昇る太陽《ライジング・サン》にケツを差し出して、ケツにやさしくさよならを言うこった。それがおれの忠告だ。なぜなら、ニップはもう魔法の乳液を見つけたからだ。だから、ここパナマでのあんたらの地位も駅の時計であと五分ばかりは持つだろう。彼らにおべんちゃらを言って、サーヴィスにこれ努めれば、ビンゴ！　ほかのやつらと同じように石油も分けてもらえるだろう、目一杯。彼らが彼ら自身のパナマ運河をつくったら——それはすぐに、カゲロウがしょんべんをしてるぐらいのあいだに起こる——彼らはそりゃもう幸せな地位に立てるんだから、世界じゅうに石油をあふれさせられるぐらいの地位に。アンクル・サムの逆鱗《げきりん》にどれだけ触れようとな」

間《ま》ができた。そのあといささか混乱した反対意見がテーブルのあちこちから上がり、最後にそれを代表するようにオラフがもっともな質問をした。

「結局、何が言いたいんだ、ヨナ？——〝彼らが彼ら自身のパナマ運河をつくったら〟だって？　どこの〝穴〟の話をしてるんだ？　是非とも教えてほしいもんだ。あの侵攻以降、新しい運河建設なんて話はもう金輪際聞かれなくなったのを知らないのか？　おまえさん、ちょっと水にもぐりすぎて、地上で何が起きてるかもわからなくなってしまったんじゃないのか？　確かに侵攻のまえには、新しい水路《カット》の建設も含めて、今の運河の代替物を考える、三者から成る真面目で賢い委員会があった。合衆国、日本、パナマがそのメンバーだ。そんなものは今はもうないも同然だ。そして、アメリカはそれをことのほか喜んでる。彼らはそもそも委員会など気に入らなかったんだから。気に入ってる振りはしていたが、それは本心じゃなかった。閘門をいくつか新しくしたとしても、彼らにとっては今のままのほうがずっといいんだから。今後、さらに利益が期待できる終着港の管理は、自分たちの重工業会社に任せるのが一番なんだから。忠告はありがたいがね、そういうことはこっちだって先刻承知なんだ。それが私の仕事なもんでね。要するに、あんたが言ったことはもうとっくに終わってるんだよ。わかったかね、お利口さん」

しかし、ヨナのほうはひるむどころか見るからに勝ち誇ったような顔をしていた。

ペンデルはクチナシ色の壁を見つめ、ミスター・ブルットナーと同じように、この偉大な男の口からこぼれるお告げに一心に耳をすます。

「もちろんやつらはあのくそ委員会を嫌ってた。毛嫌いしてたさ、この知ったかぶりのヴァイキング野郎。もちろん、今もやつらは自分らの重工業会社、建設会社をコロンやパナマ・シティに寝かせて、そいつらに終着港の管理をさせたがってる。だいたいなんでやつらは一度参加しておきながら、今は委員会をボイコットしてるんだ、ええ？　そもそもなんでやつらはアホなこの国に侵攻したりしたんだ、ええ？　なんでできうるかぎりのやり方でこの国を粉々に叩きつぶしたんだと思う？　いけない将軍がアメリカにコカインを売るのを阻止するためか？　馬鹿も休み休み言え！　あれはすべてアメリカがパナマの軍隊を叩き、パナマ経済をがたがたにするためにやったことだ。そうすりゃ、ジャップには腐れパナマが買えなくなり、自分たちに便利な運河もつくれなくなる。すべてはそのためにやったことだ。なあ、ニップはどこからアルミを調達してるか知ってるか？　知らないのか、ええ？　だったら教えてやろう。ブラジルだ。だったら、ボーキサイトはどこからか？　それもブラジルだ。粘土は？　ヴェネズエラだ」彼はペンデルが聞いたこともないような原材料もさらにいくつか列挙した。「重要な原材料を運ぶのに今の運河は狭すぎ、さらに遅すぎるようにもなったら、ニップはそれらをまずニューヨークに運び、特急便でくそサンディエゴまで大陸輸送し、そこから船で送り出す。あんたはそう言ってるのかね？　石油を運ぶのにも、ニップはどでかいタンカーにホーン岬をまわらせる。あんたはそう言ってるのか？　それとも、たとえ時間は永遠にかかろうと、やつらは、くそ地峡に新しいくそ石油をくそポンプで流し込んで運ぼうとするだろうとでも？　運河が使えなくなったために、フィラデルフィアに陸揚げされるジャップのくそ小型車のくそコストが、五百ドルも跳ね上がるのをジャップはただ手をこまねいて見てるとでも？　運河の一番の利用者は誰だ？」

誰かが自発的に答えるまで、いっとき間があく。

「ヤンキーだ」と禿《は》げ頭の男が答え、その代償を払わされる。

「このアホ！　ヤンキーだと？　けっこう毛だらけの便宜置籍国での船舶登録（パナマ、リベリア、ホンジュラスなど、船主の国籍にかかわらず利用できる国籍による船の登録）のおかげで、便宜置籍国の国旗（税金逃れなどのために船を登録した他国の国旗）が上げられるという話を聞いたことがないのか、ええ？　結局、それらの船は誰が持ってるのか？　ジャップと中国だ。じゃあ、そのどっちが運河通航船の次世代を築くことになると思う？」

「ジャップだ」と誰かがぼそっと言った。

　神々しい陽光が裁断室の窓から射し込み、白い鳩《はと》のようにペンデルの頭にとまる。ヨナの声が響き渡る。それまでの卑語は、不要となった備忘録のように捨て去られる。「誰が最高水準のハイテクと最低コストと最高速度を持っているか。アメリカという巨人を除けば、それは日本だ。誰が最高の重機と手練手管の交渉者を持っているか。誰が最高の技術頭脳と最高の労働者と経営者を持っているか」ヨナは今やペンデルの耳元で熱く弁じ立てている。「誰が世界で最も令名高い水路を支配することを昼も夜も夢見ているか。今このときにもどの国の測量士と技師が、カイミト川の河口で地底千フィートの土壌サンプルを採取しているのか。ヤンキーが来て、猛攻撃を加えたからといって、彼らがあきらめたとでも思うのかね？　あんたは彼らがヤンキーに媚《こ》びへつらい、世界貿易を支配しようなどとだいそれた考えを持ってすみませんでした、と謝るとでも思うのか？　あのジャップが。互いにまだ紹介され合ったことのない、相性の悪い大洋をつなぎ合わせるという自然破壊をしたからと言って、彼らが〝切腹〟するとでも思うのか？　自分たちの死活がかかってるのに？　引き下がれと言ったら、おとなしく引き下がるとでも思うのか？　あの日本人が？　これは地政学の問題なんかじゃない。もう火の手はあがってるんだよ。それなのに、われわれはただ坐して、ここが爆発するのを待ってる。そういうことだ」

ブラザー・ヨナ、あんたのシナリオでは中国はどんな役割を果たすのか、と誰かがおずおずと尋ねる。その誰かとはまたオラフで、偽のオックスフォード訛りもそのままだ。

「つまり、ブラザー・ヨナ、私が言いたいのは、日本人は中国人を嫌ってる。が、それは日本人に対する中国人の感情でもある。なのに、どうして中国は、ジャップが力と栄光を自分のものにするのを、ただ突っ立って黙って見てなければならないんだね」

ペンデルの頭の中のヨナは、今ではもうすっかり寛容と慈愛の人物になっている。

「それは中国も日本と同じものを望んでるからさ、ブラザー・オラフ。彼らもまた拡張を望んでるからだ。富の拡大、地位の向上を。世界会議における発言権を。黄色い人間に対する世界の敬意を。では、ジャップは中国に何を望んでるか。それもまたあんたは知りたいんだろうな。よかろう。その点も説明しよう。まずひとつ、ジャップは中国にはあくまで隣人でいてほしいと思ってる。さらに、日本製品の買い手でいてほしいとも思ってる。かかる日本製品をつくりだす安い労働源でいてほしいとも。ジャップは中国人を自分の亜種と思い、中国人は中国人で日本人のことを同じように思ってるが、それでも、日本と中国は、当分のあいだは血を分けた兄弟でいつづけ、結局のところ、わりを食うのは眼をまるくして驚いているわれわれということになるだろう」

その日の午後にヨナが言ったほかのことは、必ずしも事実とは言えない形でペンデルの記憶に残っていた。クチナシ色の壁も、ナパームとアルコールのダメージを受けた彼の記憶を修復することはできなかった。だから、失われたメッセージをアドリブで補うには、ベニー叔父の幽霊に脇に立ってもらわなければならなかった。

〝……ハリー・ボーイ、はっきりと言おう。わしはいつもそうだっただろ？　これは、その昔、関心を持ったバイヤーにエッフェル塔を売りつけようとした詐欺にも匹敵する。五つ星の大きな計略だ、おまえの友達のアンディをすぐさま銀行に走らせるくらいの。ミッキー・アブラカスが友達のためにだんまりを決め込んでるのも無理はない。それほどでかい計画だ。それに彼には友達に借りがある。ハリー・ボーイ、まえにも言ったことだが、また言おう。おまえは、パガニーニとジーリを併《あわ》せたより大きな〝夢をつくる力《フリュエンス》〟を持っている。だからおまえはこれまで、正しい日に正しい停留所にやってくる正しいバスをただ待っていさえすればよかった。それだけでもうすべて片がついたようなものだった。今、われわれがしてるのは、最先端技術を用いた、岸から岸まで海水面と高さの変わらない、幅四分の一マイルの日本製の運河の話だ。しかし、ハリー・ボーイ、これは、アメリカ人どもが新しい閘門建設の必要性をかまびすしく訴えてる陰で――誤った運河ながら昔のように、その仕事に自分たちの重工業ゴロを割り込ませようと騒いでる陰で、最も深いところで、ひそかに進められている計画だ。この計画に向け、パナマ人の主要な弁護士、政治家、〈クラブ・ユニオン〉のメンバーは、いつものことながら固く結束してる。せっせと皮算用をしながら、アンクル・サムをひそかに愚弄し、日本人からは遠慮会釈なく金を搾《しぼ》り取っている。アンディを常日頃苛立たせているそういったずる賢い連中の策動に併せて、コロンビアのドラッグ・マネーも動き出してる。やはり火薬陰謀事件（一六〇五年、カトリック教徒がイギリス議会を爆破し、ジェームズ一世と議員を殺害しようと企てた事件）のような不穏な要素もないとな。しかし、おまえが手にマッチを持っているところを誰がつかまえるか。答は、誰もいない、だ。金のことかね、ハリー・ボーイ？　日本人にしてもそんな大金はさすがに無理だとでも思うのかね？　日本人には自分の運河を持つ余裕はないとでも？　それじゃ訊くが、関西空港にはいくらかかったか知ってるか？　三百億ドルだ、ハリー・ボーイ、信頼できるすじからわしが聞いたところによれば。それぐらいどうってことはないのさ、彼らには。それじゃ、水面の高さが海水面と同じ運河の建設にはいくらかかるかわかるか？　弁護士の顧問料やら印紙税やらを入れると、関西空港の三倍はかかるだろう。しかし、ハリー、それぐらいだって、彼らには皿の下に置いていくチップみたいなもんだ。条約のことか？　パナマはアンクル・サムに対して、運河の機能を維持する強制的責務がある。それはそのとおりだ、ハリー・ボーイ。

だけど、今の運河はもうだいぶ古くなっている。だから、パナマとしては、その条約上の責務を履行するには、むしろ運河を新しくする必要があるわけさ。〟

クチナシ色の壁は最後にひとつ印象的な場面を描いてみせる。

ペンデルとミスター・ブルットナーは、ミスター・ブルットナーの大店舗の戸口に立って、何度も互いにさよならを言い合っている。

「知ってるかね、ハリー？」

「何をです、ミスター・B？」

「あのヨナという男は世界でも最大級のほら吹きだ。あの男はオリマルジョン（天然オリノコに水と界面活性剤をまぜた化石燃料）はおろか、日本の産業界のことなど何も知らん。日本人の拡張の夢――そういうものは、まあ、確かにあるだろう。パナマ運河に関するかぎり、日本人は昔からずっと不可解な態度を取ってきたが、問題は、彼らが運河を管理運営できる頃には、もう誰も大型外洋船など使ってはおらんだろうということだ。石油も誰も必要とはしていないだろうということだ。その頃には、もっとクリーンでもっと安くてもっと便利なエネルギー源が開発されているだろう。彼が言った鉱物のことだが」――彼は首を振った――「もしそういう鉱物が必要なら、彼らはもっと本国に近いところから調達するだろう」

「でも、ミスター・B、あなたはとても愉しそうにしていらしたじゃないですか?」ミスター・ブルットナーはいたずらっぽい笑みを浮かべて言った。「ハリー、教えてあげよう。それはヨナの話を聞くたびに、私はきみのベニー叔父の話を聞いてるような気がするからだ。ほんとうにベニーはほら話が好きな人だった。さて。われらの会にはいる気持ちは固まったかね?」

ミスター・ブルットナーがどういう返事を期待しているのか、ペンデルにはわからなかった。それは彼とのつきあいで初めてのことだった。

「まだ自分にはその用意ができていないような気がします、ミスター・B」とペンデルは生真面目に答えた。「もっと成長せねば――そんな気がするのです。その努力は続けるつもりです。ですから、いずれ機は熟すと思います。そのときが来たら、準備が整ったら、飛んできたいと思っています」

しかし、今はすでに準備ができていた。〝計画〟は完成し、動きはじめていた、オリマルジョンなどあろうとなかろうと。怒れる黒猫は戦いに向けてゆっくりとその爪を研ぎはじめていた。

第16章

ペンデルがオスナードに言ったのは〝日にち〟だった。何日か欲しい、と。お互いを思いやり、結婚生活を立て直すのに要する何日か。ペンデルが夫として、愛に生きる男として、崩れた橋を伴侶のもとに架け直し、自分の最もプライヴェートな領土に導いて、隠しごとなどいっさいせず、妻を全体像に寄与する親友に、内助の者に、同僚のスパイに任命するのに要する何日か。

ルイーザのために自分を作り直したように、今度は世界のためにルイーザを作り直すのだ。ふたりのあいだに秘密はなくなり、互いにすべてを知り合い、すべてを分かち合い、一心同体となるのだ。主情報源と副情報源も互いに知り合い、オスナードとも知り合い、同じ目的を持って、強い絆で結ばれた、気の置けないパートナーとなるのだ。実際、互いに共有しているものはいくらもあるのだから。たとえばデルガド——勇敢な小国パナマの運命に関する共通の知的情報源だ。ロンドンの人使いの荒いボスも共通のものだ。危機に瀕《ひん》しているアングロ・サクソンの文明も。守らなければならない子供も。今後も育てていかなければならない副情報源も。阻止しなければならない卑劣な日本の謀略も。そして守らなければならない運河も。有能な女で、母で、両親たちの戦いの後継者で、使命に応えない者がどこにいる？　偽装を凝らし、短剣を懐に呑み、運河の略奪者を倒そうと思わない者がどこにいる？　これからは全体像がわれわれの暮らしすべてを支配するのだ。すべてがそれに従い、たまさかのことばも、なにげない出来事も、そのひとつひとつが神々しいタペストリーに織り込まれるのだ。ヨナが見つけ、ペンデルが再生した〝計画〟に、今後はルイーザも加わり、不断の聖火を守る巫女になるのだ。デルガドも巻き込んだ〝計画〟のまえに立ち、勇ましくランプを掲げる巫女に。

たとえその新たな役割をことばでは充分に理解していなくても、ささやかな考えが結果としてもたらす実りには、彼女も心を動かされることだろう。

ペンデルは、大して重要ではない約束はどれもキャンセルし、クラブルームも夕刻には閉めて、家路を急ぐ。そして、待機中のスパイを訓練し、観察し、彼女の行動のパターンを研究して、職場における彼女の言動の断片を収集する。その断片の中で、やはり最も顕著なのは、彼女が憧《あこが》れ、崇拝する高潔の士――嫉妬《しっと》するペンデルの眼には――過大評価としか映らない彼女のボス、エルネスト・デルガドと彼女との関係だ。

今までは妻を概念の中でしか愛してこなかった、とペンデルは思う。自分の複雑さを補足してくれる率直さ。彼は彼女をそうした目安にし、そんな彼女しか愛してこなかった。それはそれで悪いことではなかっただろう。が、今日からは概念的愛は脇に置いて、彼女のために彼女を知るのだ。婚姻の柵を揺するというのは、これまでは外に出たくてしたことだが、これからは中にはいるために揺するのだ。今後、彼女の日常生活はどんな小さな断片も重要なものになる。無双無比の彼女のボスに関する彼女のどんなコメントも。彼の行動も、電話も、約束も、会議も、気まぐれも、癖も。普段の仕事と変わった動きはどんな些細なものであれ。彼女のオフィスを通って、偉大な男に謁見しにいく人々の名前と身分。これまでは片方の耳で儀礼的に聞いてきた瑣末《さまつ》事が、彼女に感づかれないよう好奇心のほてりを冷まさねばならないほど、今後は重大な関心事になる。作戦上の条件は変わっても、休みなく書きとどめねばならない記録者の仕事は同じ理由からなおも継続される、書斎で——片づけなきゃならない請求書がたまってしまってね、ルイーザ——あるいは、トイレで——何を食べたのか思い出せないんだけど。魚だろうか？

請求書は朝オスナードに手渡しする。

そういったことを繰り返すうち、ペンデルは、デルガドの社会生活とほぼ同じくらいにルイーザの社会生活に魅了されるようになる。自分の土地で異郷生活を送らされているほかのゾーニアンたちとの退屈な集まりも、これまでは生ぬるいビール程度にしか〝ラディカル〟に見えなかった、彼女が属する〈ラディカル・フォーラム〉も、亡母に対する孝心から彼女が出席している〈クリスチャン相互扶助グループ〉も、どれもが大きな興味の対象となって、彼はそれらを仕事用の手帳に、自分で考案した暗号で——省略形とイニシャルで意図的に汚く書かれたその文字は、訓練された者にしか読み取ることができない——せっせと書き取る。さらに、彼女の社会生活は、彼女の知らないところで、ミッキーの社会生活と切り離し不能なまでにからまり合う。現実はともあれ、ペンデルの頭の中では、〈サイレント・オポジション〉が反体制学生から、良心的クリスチャン、橋の向こうに住む善良なるパナマ人へと、その秘密の境界線を広げる過程で、妻と親友は運命的にリンクする。そして、かつてのゾーニアンの集会所が秘密裏にバルボア通りに甦り、夜の帳《とばり》が降りると、人が三々五々そこに集まるようになる。

離れながら彼女にこれほど接近したことは、ペンデルにはこれまで一度もなかった。逆に、一緒にいるときにこれほど彼女から遠く離れたことも。時々、彼は自分のほうが彼女よりすぐれているように感じて、そのことに驚く。が、それも当然とすぐに気づく。こっちは彼女以上に彼女の人生を知っているのだから。自分こそ、〈サイレント・オポジション〉が鍵を握る〝途方もない計画〟のために、敵の本部に送り込まれた勇敢な秘密諜報員である彼女——魔法の登場人物——のただひとりの観察者なのだから。

時折、仮面が剝《は》がれ、芸術的虚栄心のようなものが、頭をもたげることもあった。そんなとき彼は、秘密の創造力を持つ魔法の杖《つえ》で彼女の行動すべてに触れることで、彼女に恩恵を施しているのだと思った。彼女を救っているのだと。彼女の重荷を軽減しているのだと。欺瞞《ぎまん》と欺瞞がもたらす悲惨な結果から、物理的にも倫理的にも彼女を守っているのだと。彼女を監獄から遠ざけているのだと。常に行きづまる日々の思案から彼女を救っているのだと。囁《ささや》き声以外では決して互いに口を利き合わない、鍵をはずした個別の部屋で、彼のように骨折り仕事をするのではなく、自分の思索と行動を健全な人生に結びつける自由を彼女に与えているのだと。しかし、また仮面が戻されると、彼女は彼の勇敢なスパイに戻った。戦友に。不正を犯してまでとは言わないまでも、必要とあらば、法に触れるぐらいのことはいとわないほど懸命に、文明をわれわれの知っているままに残す活動に参加している戦友に。

ルイーザに対する負い目に苛《さいな》まれ、ペンデルは一日休暇を取るよう彼女を説得して、早朝のピクニックに彼女を連れ出す。子供が生まれるまえのように、ルー、ふたりだけで。子供の学校の送り迎えは、オークリー夫妻に頼み、ガンボア（ガトゥン湖の南東、運河地帯にある町）まで——

〝プランテーション・ループ〟と呼ばれる美しい丘の頂上まで彼女を連れ出す。そこは彼らがカリドニアにいた頃からの思い出の場所で、アメリカ軍が舗装した、蛇のように曲がりくねった道路に沿って深い森を抜け、峰まで登ったところにあって、大西洋と太平洋を分け隔てる大陸分水界の一部にもなっている。そこを選んだ彼の思惑は明白だ。パナマ地峡。守らねばならないわれわれのもの。われわれの聖なる庇護《ひご》を必要としているリトル・パナマ。実際、そこはこの世にあるとも思えないほど、常時風の吹き荒れている変化に富む場所だ。二十一世紀よりはエデンの園に近い。ゴルフボールの形をした、高さ六十フィートの薄汚れたクリーム色のアンテナを除くと。もっとも、そのアンテナのために道路もつくられたわけだが。中国人、ロシア人、日本人、ニカラグア人、あるいはコロンビア人のつぶやきを聞くために。しかし、今は公的には耳をふさいでいる——自らを生け贄とする日々の緊張から逃れ、慰めを得ようとしてやってきたイギリスのスパイふたりに刺激され、本能的な陰謀癖と好奇心が頭をもたげ、その聴覚機能を回復していないようなら。

彼らの頭上では、ヒメコンドルと鷲《わし》が群れをなし、色と動きのない空を泳いでいる。森の切れ目に眼をやると、緑の丘の中腹から、はるかパナマ湾まで遠望することができる。まだ午前八時というのに、ふたりは汗をかきかき、四輪駆動車に戻って魔法瓶からアイス・ティを飲み、ペンデルがゆうべのうちにつくっておいたルイーザの好物、ミンス・パイを食べる。

「まさに最高の人生だ、ルー」ペンデルは、エアコンをフル回転させた四輪駆動車の前部座席にルイーザと手をつないで坐り、果敢にも請け合う。

「何が？」

「この人生が。われわれの人生が、だ。自分たちのしたことすべてがいい結果を生んでるんだから。子供たちも。われわれも。われわれは果報者だよ」

「あなたが幸せであるかぎりは」

ペンデルは今こそ偉大な企図に近づく時機が熟したと判断を下す。

「このあいだ、店でおかしな話を聞いたよ」と彼は声に含み笑いを忍ばせて始める。「運河の話だ。以前よく話題になった日本の計画がまた俎上《そじょう》に戻されたというのさ。そういう話が運河委員会でもされてるのかどうかは知らないけれど」

「日本の計画？」

「新しい水路をつくる計画だ。海水面と変わらない高さで。カイミト河口域を使って。となると、千億ドルという金が動くなんて噂《うわさ》されてるそうだ。ほんとうかどうかは知らないけど」

ルイーザは途端に不機嫌になる。「ハリー、あなたがわたしを丘のてっぺんまでわざわざ連れ出したのは、そんな日本の運河に関する噂を蒸し返すためだったの？　だったら、わたしにはそのわけがわからない。あれは不道徳な計画よ。反生態学的で、反アメリカ的で、反条約的な計画よ。だから、誰がそんな噂を流してるのかは知らないけど、その人のところへ行って、運河の未来はただでさえ楽観できないのに、それをさらに困難なものにするようないい加減な噂を撒《ま》き散らすのは、絶対にやめるように言っておいてちょうだい」

一瞬、途方もない敗北感に襲われ、ペンデルはもう少しで涙がこぼれそうになる。が、憤りがそんな思いに取って代わる。おれと一緒に来いと言ったのに、彼女はそれを拒否したのだ。彼女には型にはまった退屈な生活のほうがいいのだ。結婚生活というものは、一方通行では立ちいかないということを知らないのか？　相手を支えなければ、自分も倒れるということを。彼は高慢な態度を選ぶ。

「聞いたところによれば、この件はかなり上のほうでの秘密事項のようだから、きみの耳に達していなくても別に驚かない。実際、最上層部が関与していて、ミーティングも極秘に持たれてるそうだ。こと運河に関わるかぎり、日本人はまったく人の言うことを聞かないそうだけど、そうそう、きみのエルネスト・デルガドも一枚嚙んでるって言ってた。これも驚くに値しない。むしろ彼が関わっていないほうがおかしいだろうな。私はきみほど彼を買ってはいないけど。それから大統領《プレズ》もこの件には相当ご執心らしい。それがほんとうなら、これで極東訪問の際の失われた時間の説明もつく」

長い間《ま》ができる。彼女としてもきわめて長い間だ。最初、ペンデルは、彼女は彼がもたらした情報の大きさを推し量ろうとしているのだと思う。

「大統領《プレズ》？」と彼女は訊き返す。

「そうだ」

「パナマの？」

「そう、合衆国の大統領じゃない」

「どうして大統領を〝プレズ〟だなんて呼ぶの？　それはミスター・オスナードの言い方よ。どうして彼の真似なんかしてるの？」

「彼女は迷ってる」とペンデルはその夜電話で報告した。傍受されている場合を考え、きわめて小さな声で。「小さくはない問題だからね。自分にそんなことができるかどうか、迷ってるのさ。委員会に関することでは、彼女としても進んで知りたくないことがあるんだよ」

「たとえばどんな？」

「それも言ってはくれないんだけれど、とにかく彼女は今決断中ということだ。デルガドのことがどうしても気になるのさ」

「デルガドにばれることを心配してるのか？」

「その逆だ。デルガドの正体を見てしまうことを恐れてるのさ。ほかのやつらと同様、デルガドだって手に入れられるものはしっかり手に入れてる。あのミスター・クリーンのイメージはあくまで表向きのものでしかない。〝彼の隠された部分を見たくない気持ちがわたしにはまだあるのよ〟と彼女は言ってる。今のが彼女が言ったままのことばだ。で、今は勇気を奮い立たせてるところというわけだ」

その次の日の夜、ペンデルはオスナードの忠告に従って、ルイーザを〈ラ・カサ・デル・マリスコ〉でのディナーに連れ出し、窓ぎわにテーブルを取った。ルイーザはロブスター・テルミドールを注文した。ペンデルは驚いた。

「ハリー、わたしだって何も石でできてるんじゃないのよ。わたしにだってそのときの気分というものがあるの。だから変えたの。感情を持ったひとりの人間として。それでも、あなたはわたしにエビとオヒョウをどうしても食べさせたいの？」

「ルー、きみのしたいことをなんでもさせたい。きみにさせたいことが私に何かあるとすれば、そういうことだ」

彼女の準備は整った——ペンデルはルイーザがロブスターを食べるのを見て、そう判断した。全体像の一部になるまでに成長した。

「ミスター・オスナード、あなたさまが心待ちになさっておられた二着目のスーツが出来上がりましたこと、謹んでご報告申し上げます」翌朝、ペンデルは、今度は裁断室から電話をかけた。「きれいにたたまれ、薄紙に包まれ、もう箱に収められております。つきましては、お支払いのほうは近々いただければと存じます」

「すばらしい。で、いつみんなで集まれる？　早く試着したくて待ちきれない」

「それはできません、残念ながら。みんなというのは無理です。まえにも申しましたように。私は自分で採寸し、自分で裁断し、仮縫いも自分でいたします。つまり全部ひとりでやっておりますので」

「どういうことだ？」

「配達も私がやるということです。ほかには誰も関わりません。そういうことはいっさいないということです。あなたさまと私。第三者は直接的には関与しません。私といたしましても、何度も何度も説得を試みたのですが、頑として受けつけてもらえませんでした。取引きはすべて私を通じて。さもなければ、この話はなかったことに、ということでございます。それが彼らの鉄のルールなのです、私どもがいかに不満を訴えようと」

ふたりはエル・パナマ・ホテルの〈ココズ・バー〉で会った。ペンデルはバンド演奏に負けないように声を張り上げなければならなかった。

「それが彼女の倫理感なんだよ、アンディ、まえにも言ったと思うけど。そういう点、彼女には強情なところがあってね。彼女はおたくに敬意を払いもしていれば、好意も持っている。それでも、おたくは彼女が引いた線の上にいるということだ。夫を敬い、夫に従うことと、アメリカ人でありながら、イギリスの外交官のために自分のボスをスパイすることとは、それはまた別問題だというわけだ、そのボスが聖なる信頼を裏切っていようといまいと。偽善と呼べば偽善だし、女と言えば女と言える。〝ミスター・オスナードの名前は二度と出さないで〟と彼女はひとつの区切り点で言った。〝もう二度と彼を家には連れてこないで。子供たちにも話しかけさせないで。彼は子供を堕落させる人よ。それから、あなたがわたしに望んでる恐ろしい仕事をわたしが引き受けたとは、彼には言わないで。わたしが〈サイレント・オポジション〉に参加してることも〟とね。私もこんなことを言いたくて言っているわけじゃないけれど、率直に言ったほうがいいだろうからね。ルイーザは一度言い出したら梃《てこ》でも動かない。ステルス爆撃機でも」

オスナードはカシューナッツをひとつかみ手に取ると、頭をうしろにやり、大きく開けた口に放り込んだ。

「ロンドンとしては面白くないだろうな」

「でも、彼らとしてもそれで我慢せざるをえないんじゃないかな」オスナードはカシューナッツを噛みながらしばらく考えた。そして、最後に同意して言った。「確かに。たぶん我慢するだろう」

「それから、自分が書いたものを渡す気はないそうだ」とペンデルはそのとき思いついて言った。「ミッキーと同様」

「賢い人だ」とオスナードはなおも咀嚼《そしゃく》しながら言った。「彼女のサラリーは今月初めにさかのぼって支給される。経費も忘れず請求するように。交通費とか光熱費とか電気代とか。日付を入れて。おかわりをするか？　それともウィスキーにしようか？」

こうしてルイーザも雇われた。

翌朝、ペンデルは、これまでの長い努力と想像の歳月の中でも覚えがないほど強い〝多様性〟を自らに覚えた。彼にしてもこれほど何人もの人間になったというのは、たえてないことだった。その人間の中には見知らぬ者もいれば、刑務所にいた頃に見知った看守と服役者もいて、その全員が彼の脇に並び、彼とともに同じ方向に行進していた、彼が見ている全体像の共有者として。

「どうやら大変な週になりそうだ、ルー」と彼はシャワー・カーテン越しに妻に言い、新たなキャンペーンに火をつけた。「新しい注文が次々と来ていてね。あちこちに出向かなきゃならない」彼女は髪を洗っていた。このところ頻繁に洗うようになっていた。ときには日に二度も。歯は少なくとも日に五回は磨いていた。「今夜はスカッシュかい、ルー？」とペンデルはさりげなく聞こえるよう細心の注意を払って尋ねた。

彼女はシャワーを止めた。

「スカッシュって訊いたんだ。今夜やるのかい？」

「してほしいの？」

「木曜日だからね。店のほうはクラブの日だからね。木曜日はいつもスカッシュをやるんだと思ってたけど。ジョー・アンと」

「あなたはわたしにジョー・アンとスカッシュをやらせたいの？」

「ただ訊いただけだよ。きみに指図してるんじゃなくて、ただ訊いただけだ。きみはフィットネスに熱心だからね。その効果も眼に見えて上がってるから」

五まで数える。二度。

「ええ、今夜はジョー・アンとスカッシュをやるつもりよ、ハリー」

「わかった」

「仕事から家に帰ったら、着替えをして、クラブへ行き、ジョー・アンとスカッシュをする。コートは七時から八時まで取ってある」

「そう、彼女によろしく。いい人だよ、彼女」

「ジョー・アンは三十分単位の貸しコートを続けて取るのが好きなのよ。最初の三十分でバックハンドを練習して、あとの三十分でフォアハンドを練習するの。彼女のパートナーとしては、そのメニューは反対になるわね。その人がサウスポーじゃないかぎり。わたしはちがう」

「なるほど。わかった」

「子供たちはオークリーのところに行くことになってる」彼女はさらに告知板に書き足した。「そして、肥満のもとになるポテトチップを食べ、歯を蝕《むしば》むコーラを飲み、オークリー家の不潔な床に寝転がって、暴力的なテレビを見る。家族づきあいを円滑にするために」

「わかった、わかった。情報、いろいろとありがとう」

「どういたしまして」

彼女はシャワーの水を出すと、また髪を洗いはじめた。が、すぐにシャワーがまた止まる。

「スカッシュのあとは、今日は木曜日だから、また仕事をする。セニョール・デルガドの来週の予定を決めたり、調整したり」

「そうだったね。タイトなスケジュールだ。感心するよ」

カーテンを開けるんだ。そして、これからは百パーセント嘘のない人間になると彼女に約束するんだ。しかし、嘘のない現実はもはや彼のテーマではなくなっていた、百歩譲ってこれまでが仮にそうであったとしても。その朝、学校までの車の中で、彼は『マイ・オブジェクト・オール・サブライム』を全曲歌い、子供たちは父親のその浮かれぶりを奇異に思う。店にはいると、彼は魅せられた新来の客になって、新しいブルーの絨毯にも、洗練された調度品にも驚かされる。マルタのガラス張りのブースが〈スポーツマンズ・コーナー〉になっていることにも。ブレイスウェイトの肖像の新しい額にも。誰がそんなことをしたのか？　もちろん私だ。二階のクラブルームからマルタが入れたコーヒーの芳香が漂っていることと、作業台の引き出しに学生の抗議行動に関する速報がはいっていることに、彼は満足する。そして十時には、新しいヒントを約束するドアベルがすでに鳴りはじめる。

最初に彼の注意を惹いたのは、ディナー・ジャケット——本人はタキシードと呼んでいるが――の試着にきたアメリカの公使と顔色の悪い随員で、いかめしい顔つきのクルーカットの運転手が運転する、防弾装備を施したリンカーン・コンティネンタルが、まずペンデルの店のまえに停まった。公使は、裕福でひょうきんなボストン人で、プルーストとクロッケーに人生の大半を捧げてきた男だった。そんな彼の話題はどうしても、苛立たしい〈アメリカン・ファミリー感謝祭バーベキュー〉と〈花火大会〉――それは一年を通じてルイーザの心配の種でもある――に関するものとなった。

「ほかに選択の余地がないんだからしかたがないよ、マイケル」と公使はニューイングランドの旧家の出を思わせるアクセントで随員に言った。ペンデルは襟にチョークで印をつけていた。

「確かに」と顔色の悪い随員は答えた。

「彼らをちゃんと躾のできた大人として扱うか、信用のならない悪ガキとして扱うか」

「確かに」と顔色の悪い随員は繰り返した。

「しかし、人というものは、敬意には敬意をもって応えるものだ。それが信じられなければ、私も外交という喜劇に人生の全盛期を捧げたりはしなかったよ」

「途中につけましたこの印のところまで腕を曲げていただけますか、公使？」とペンデルは手のひらのつけ根を公使の肘に押しあてて言った。

「軍人たちには嫌われても」と随員が言った。

「ハリー、この襟はなんだかふくらんでないかな？　ちょっと大きすぎるような気がするんだが。どう思う、マイケル？」

「一度プレスすればそんなご心配はご無用かと」とペンデルは言った。

「私にはほどよく見えますが」と随員もペンデルに同意して言った。

「袖の長さはいかがでしょう？　これぐらいでしょうか、それとももう少し短くなさいますか？」

「迷っているのだよ」と公使は言った。

「袖のことですか？　それとも、軍のことですか？」と随員が尋ねた。

公使は袖をはたくと、吟味した。

「うん、これぐらいでいいね、ハリー。この長さにしてくれ。アンコンの丘の軍の連中に全部任せたら、武装した五千人の兵士が通りに並び、誰もが装甲兵員輸送車に乗らなければならなくなる」

随員は耳ざわりな笑い声を上げた。

「しかし、われわれは原始人じゃない。ニーチェは、二十一世紀に向けてのただひとつのスーパーパワーの理想的モデルとは言えない」

ペンデルは背中の部分をもっとよく見るために公使の脇にまわった。

「全体の長さはいかがでしょう、公使？　あと少し長くいたしましょうか？　それとも、このままでご満足いただけておりますでしょうか？」

「ああ、大満足してるよ、ハリー。申し分ない。今日はマイケルと勝手な話ばかりしてすまなかった。しかし、それもこれも新たな戦争を防ぐためなんだ」

「そういうことでございましたら、みなさまのご努力が報われることだけを念じております」とペンデルはいたって生真面目に答えた。公使は、随員とクルーカットの運転手を脇に従えて階段を降りていった。

ペンデルは彼らが帰るのが待ちきれなかった。仕事用の手帳の秘密の裏ページに一心に書きなぐる彼の耳には、天上の聖歌が聞こえていた。

……合衆国公使の意見によれば――起きたと仮定して――学生の暴動に対する合衆国軍と大使館との意見の相違はかなり大きなもので、二者のあいだには深刻な軋轢《あつれき》が生じてきている。公使自ら私に秘密裏に語ったことばは……

公使は何を語ったのか。浮きかすのような世間話だった。ペンデルは何を聞いたのか。栄光だった。が、リハーサルはまだ始まったばかりだ。

「ドクター・サンチョ」とペンデルは嬉しそうな声を上げ、両手を広げた。「それに、セニョール・ルクジョも。なんと嬉しい。お久しぶりです。マルタ？　マルタ？——どこに行ったんだろう？」

サンチョは、クルーザーを所有し、金持ちの妻とは不仲な美容整形外科医で、ルクジョは、いずれ莫大な遺産を相続するヘアドレッサーだった。ふたりともブエノス・アイレスに住んでおり、前回はヨーロッパ向けのダブルのヴェストにモヘアのスーツ、今回はヨット用に白いディナー・ジャケットが必要になったということだった。

「お故郷《くに》のほうはお変わりありませんか？」とペンデルは階上《うえ》でグラスを傾けながら、さりげなくふたりに〝現地報告〟を求めた。「不穏な動きなど何も？　よくこんなジョークを言わせてもらっています、南米というのは、ある週にスーツをつくらせてもらったら、その翌週にはそのスーツ姿の銅像が立っている、世界でただひとつの場所だとね」

そういう動きはないよ、とふたりは笑いながら請け合った。

「でも、ハリー、誰にも聞かれていないと思って、うちの大統領がおたくの大統領になんて言ったか知ってるかい？」

ペンデルは知らなかった。

「その部屋には三人の大統領がいた。パナマとアルゼンチンとペルーの大統領だ。そこでパナマの大統領が言った、〝きみたちはいいよ、二期目になっても再選されるんだから。一方、わが国では憲法で大統領の再選が禁じられてる。こんな不公平なことはないよ〟とね。それを聞いてわれらが大統領は言った、〝それはつまりこういうことではないだろうか、きみには一度しかできないことが私には二度できるということでは！〟。そこでペルーの大統領が――」

しかし、ペンデルはペルーの大統領がなんと言ったかなどもう聞いてはいなかった。彼の耳はまた天上の聖歌を聞いていた。狡猾《こうかつ》な偽善者、エルネスト・デルガドが、誰より信頼しているかけがえのない個人秘書、ルーことルイーザに打ち明けた、パナマ大統領の裏工作――日本びいきの大統領が自分の力を二十一世紀まで持続させようと企んでいる陰の策略について、仕事用の手帳に律義に書き記したときにも、その聖歌はたえず彼の耳の中で聞こえていた。

「反対勢力のあのくそどもは、おれに平手打ちを食らわそうと、ゆうべの会議の席に女を送り込んできやがった」とファン・カルロス議員はむしろ誇らしげに言う。ペンデルは黙々とカルロスのモーニング・コートの肩にチョークで印をつけている。「会ったこともない女だった。満面に笑みを浮かべて、取り巻きの中からつかつかと出てきたんだ。そこにはテレビのカメラ・クルーもいりゃ、ブン屋もいっぱいいた。で、気がついたときには、もうその女がおれにライトフックを叩き込んでいた。こっちはどうすりゃいい？　カメラのまえで殴り返せるか？　手を上げりゃ、暴力議員、ファン・カルロスってことになる。一方、黙ってりゃ、腰抜けってことになる。おれがどうしたかわかるか？」

「さあ、見当もつきません」――ペンデルはウェストを調べ、今後のカルロスの出世を思って一インチ余分に見る。

「その女の口にキスしてやったのさ。舌をその女の咽喉の奥まで突っ込んで。豚みたいに息の臭い女だったけど。しかし、これでもう拍手喝采《かっさい》さ」

ペンデルはめまいを覚える。頭がくらくらするほど感嘆する。

「あなたが何かの特別委員会の委員長になるという話はどうなったんです？」とペンデルは率直に尋ねる。「次はあなたの大統領就任式用の礼服をつくるのを愉しみにしてるんですが」

カルロスはしゃがれた笑い声を響かせる。

「特別委員会？　貧困対策委員会のことか？　国じゅうで一番お粗末な委員会だ。委員会自体、金もなきゃ、未来もない。われわれはただ坐って見つめ合い、貧乏人は気の毒だと言い合って、そのあと、まあ、まずくはない昼食を食べに出るのさ」

……運河委員会の有力者にして、日本とパナマとの秘密合意に向けての推進者、エルネスト・デルガドは、裏工作に従事する信頼できる部下に語った、運河の未来に関する極秘ファイルは、貧困対策委員会のファン・カルロスにもいずれ一読してもらわなければならない、と。そして、その部下が運河問題にどうして貧困対策委員会が関与するのかと尋ねると、秘密めかした笑みを浮かべて答えた、この世にあるものすべてが見た目どおりとはかぎらない、と……

彼女は机のまえに坐っていた。直通の番号にかけた彼には、そんな彼女の姿が手に取るようにわかった。換気をよくするためにドアをよろい張りにした、本部ビルの上層階にある洒落たオフィス。天井の高い彼女のそのオフィスからは古い鉄道の駅が眺められる。ただ、〈マクドナルド〉の看板がその景観を破壊しており、それは今でも彼女の癪の種になっている。コンピューターと呼び出し音を低くしぼった電話が置かれた、彼女のスーパーモダンな机。彼女は一瞬ためらってから受話器を取り上げる。

「今夜は何か特別に食べたいものがないかと思ってね、ダーリン」

「どうして？」

「家に帰る途中に市場に寄るから」

「だったら、サラダ」

「スカッシュのあとは軽いものがいいというわけだ」

「ええ、そうよ、ハリー。スカッシュのあとはサラダみたいな軽いものがいい。いつものように」

「今日も忙しかったのか？　例によってエルネストは今日も走りまわってるのかい？」

「用は何？」

「ただ声が聞きたかっただけだ。それだけだ、ダーリン」

彼女の笑い声が彼を苛立たせる。「だったら早くして。あと二分で、スペイン語はまるでしゃべれなくて、英語も大して話せなくて、ただひたすらパナマ大統領に会いたがってる、京都からの港長一団の来訪を告げる声に邪魔される予定だから」

「愛してるよ、ルー」

「そう願ってるわ、ハリー。悪いんだけど――」

「京都だって？」

「そうよ、ハリー、京都。じゃあね」

京都、と彼は恍惚《こうこつ》となって大文字で書いた。なんという副情報源。なんという女。なんという幸運。彼らはただひたすら大統領に会いたがっている。だったら、会わせてやろうじゃないか。マルコが彼らを光り輝く大統領の秘密の部屋に案内し、デルガドも自分で自分の光輪を掲げて同席する。そして、そのことはミッキーの耳にも達する。東京にしろ、ティンブクトゥにしろ、買収できるところにいる高価な情報源を通じて。稀代の詐欺師、ペンデルはそれらすべてを伝える。片言隻句過たず……

裁断室に閉じこもり、仕事の合間にペンデルは地元の新聞を調べ——このところすべての地元紙を買っている——〝今日の大統領の日程〟といった類いの日報記事に眼を通す。そのメニューには京都からの熱心な港長の一行はおろか、どんな日本人も載っていない。すばらしい。非公式の会合なのだ。高度な秘密の会合。マルコは裏口から彼らを通す。彼らはスペイン語を話せない港長を装った日本の銀行家であり、ほんとうはスペイン語も英語も流暢《りゅうちょう》に話すのだ。魔法のペンキを二度塗りすると、その仕上がりのすばらしさは計り知れない。しかし、ずる賢いデルガドのほかには誰が出席するのだろう？　もちろん、ギヨームだ！　計算高いフランス野郎。今、眼のまえに立って、木の葉のように震えているこの男だ。

「ようこそ、ムッシュー・ギヨーム。いつもながら時間に正確でいらっしゃいますね。マルタ、ムッシューにスコッチをお持ちしなさい」

ギヨームはリールの出身で、ネズミのようにすばしこい男だ。職業は探鉱会社のために土壌サンプルを採取する地質コンサルタント。五週間メデジン（コロンビア西部の都市。麻薬カルテルの拠点として有名）に滞在して帰ってきたところで、その間にメデジンでは、警察に通報されただけで十二件の誘拐事件が起こり、警察に通報されただけで二十一件の殺人事件があったと勢い込んで報告する。ペンデルは彼に、ヴェストとスペアズボンをつけた、淡い黄褐色のアルパカのスーツを仕立てているが、コロンビアの政治の話に巧みに話題を誘導する。

「率直なところ、彼らの大統領に人前に出る勇気があること自体、私には理解できかねます」と彼は言う。「あんなにスキャンダルと麻薬まみれになっていながら」

ギヨームはスコッチを飲み、驚いたようにまばたきをする。

「ハリー、私はつくづく自分がただの技術屋でよかったと思うよ。オフィスに出る。土を調べる。報告書を書く。オフィスを出る。家に帰る。夕食を食べる。女房と寝る。それだけのことだけど、でも、私はちゃんと存在してるんだから」

「さらに申し分のない報酬を得て」とペンデルは悪意のない口調で言う。

「それも前金でね」とギヨームは鏡に映った自分の姿をためつすがめつしながら言う。「そしてすぐに銀行に預ける。それはつまり、顧客があとから私を撃ち殺したくなっても、もう金は戻ってこないことが彼らにもわかってるということさ」

……秘密の会合に出席した最後のひとりは、今は官職を退いている高名なフランスの地質学者だ。世界的なコンサルタントで、政策立案レベルで、メデジン・カルテルとも密接なパイプを持っている。その名はギョーム・デラシュー。裏社会の黒幕と目され、パナマで五番目に危険な男だ……

最初の四人はまだ決めていないが、とペンデルは書きながら心の中でつけ加えた。

ランチのラッシュアワー。マルタのつくったツナ・サンドに人気が集中する。マルタ本人はどこにでもいて、どこにもいない。意識的にペンデルの視線を避けている。煙草の煙と男の笑い声。快楽主義者のパナマ人がペンデルの店に集まり、その本領を遺憾なく発揮している。ラモン・ラッドはハンサムな少年を連れてきている。アイス・バケットに入れられたビール、冷たく冷やした布に包まれたワイン。家から、あるいは外国から持ち込まれた新聞、これ見よがしに使われる携帯電話。ペンデルは仕立屋とホストとマスター・スパイの三役を演じ、仮縫い室とクラブルームを忙しく行き来し、その途中で立ち止まっては、手帳の裏ページに無邪気なメモを書きとめる、聞こえた以上に聞き、聞いた以上に思い出して。新兵を引き連れた古参兵となって。スキャンダルも、競馬の話も、金の話も。女の話も、そしてたまに運河の話も。玄関のドアが大きな音を立て、一瞬、ざわめきがやみ、すぐにまた盛り上がる。「ラフィ！　ミッキー！」アブラカスとドミンゴが例によって派手に登場する。何度目かの和解をした、かの有名なプレーボーイ・ペア。ラフィは金の鎖に金の指輪、金の歯にイタリアの靴という恰好で、〈P&B〉製の色鮮やかなコートを肩に羽織っている。ラフィはくすんだものが嫌いなのだ。とことん風変わりなものでないかぎり、ジャケットも好きにはなれない。好きなのは笑い声と陽の光、それにミッキーの妻。それがラフィ・ドミンゴという男だ。

一方、ミッキーはむっつりとしていかにも不幸せそうに見える。それでも友人、ラフィに懸命にしがみついている。まるですべてを飲み尽くし、浪費してしまったあとに残されたものは、ラフィしかいないとでもいうかのように。ふたりは騒がしさの中にはいったところで、別々になる。大勢がラフィのまわりに集まり、ミッキーは仮縫い室に向かう。ラフィのものより上品で、より派手で、より高価で、より涼しく、より魅力的なものでなければならない何着目かのスーツをつくりに——ラフィ、今度の日曜日の〈ファースト・レディーズ・ゴールド・カップ〉では優勝するつもりかい？

そこでざわめきがひとつの声に切り裂かれ、ぴたりとやむ。声の主はミッキーで、見るからにやるせない顔で、仮縫い室から飛び出してくると、新調しようとしている自分のスーツはくそだとわめきたてる。

一度ならず二度同じことを言う。二度目はペンデルに面と向かって。それはほんとうはラフィ・ドミンゴに叩きつけたい挑戦のことばだ。が、その勇気がなくて、かわりにペンデルにぶつけているのだ。ミッキーは同じことを三度言う。そのときにはもう集まった者たちもそれを期待している。ペンデルはと言えば、そんなミッキーから二フィートたらずのところに立って、固い表情をして待っている。これが別な日ならどんな日であっても、彼は攻撃をサイドステップでかわし、ぬくもりのあるジョークを言い、一杯ミッキーに勧めるか、もっと機嫌のいいときに出直すように言って、階段のほうへ彼を導き、タクシーに乗せるかしていただろう。刑務所《ムショ》仲間はこれまでにも同じような真似をしでかしては、翌日にはそれを認め、感謝と詫《わ》びのことばを綴《つづ》った卑屈なカードを添えた高価な蘭《らん》やワイン、あるいは珍しいパナマの工芸品を送ってくるのが常だった。

しかし、今日のペンデルにそういったことを期待するのは、黒猫を勘定に入れずに彼を値踏みすることにほかならない。今や彼の黒猫は、つながれていた綱を食いちぎり、爪と牙《きば》を剝いてミッキーに向かい、ペンデルからは誰も予想できない残忍さで、その爪と牙をミッキーに食い込ませていた。ミッキーの弱さを利用したこと、彼を中傷したこと、彼を食いものにしたこと、彼を売ったこと、泣き叫ぶ惨めな彼から眼をそらさなかったこと、それらすべてに対するうしろめたさが、変形した憤りに勢いづけられ、内から外にあふれ出る。

「どうして私にはアルマーニみたいなスーツがつくれないのか？」とペンデルは驚き顔のミッキーに向かって数度繰り返した。「どうして私にはアルマーニみたいなスーツがつくれないのか？　おめでとう、ミッキー。きみはこれで数千ドル倹約できたはずだ。アルマーニのところへ行ってスーツを買えばいい。そうしたら、あとはもう二度とここへは来ないでくれ。なぜなら、アルマーニみたいなスーツをつくるのは、アルマーニのほうが私などよりずっとうまいからだ。ドアはそこだ」

ミッキーは動かなかった。いかにも決まり悪そうな顔をしていた。ミッキーのような、山のような体型の男がいったいどうやって吊《つ》るしのアルマーニを買えばいいのか。が、ペンデルはすでに自分を抑えられなくなっていた。胸のうちでは、制御が利かないほどに激しく、恥と怒りと災厄の予感が脈打っていたが。ミッキー、私の創造物。ミッキー、私の失敗作。ミッキー、私の刑務所《ムショ》仲間。ミッキー、私のスパイ。そんな彼がこの私の安全な家で私を責め立てたのだ！

「わかるかい、ミッキー？　私がつくるスーツを着ても自分を宣伝することはできない。自分は何者なのか、それが明らかになるだけだ。だから、たぶんきみは自分を明らかにしたくないんだろう。それはつまり明らかにできるだけのものがきみには充分備わっていないということなんだろう」

ふたりのやりとりを特等席で聞いていた客から笑い声が上がる。ミッキーは何者なのか。寝取られ亭主。それを知らない者はいなかった。

「私のスーツは、ミッキー、酔っぱらってわめき散らすために着るものじゃない。ラインを、形を、〝ロック・オヴ・アイ〟を、シルエットを愉しむためのものだ。私のつくるスーツは、着る者について世界が知るべき最小限のことを知らせるためのものだ。ブレイスウェイトはそれを〝慎み〟と言った。だから、もし誰かが私のスーツに気づいたら、私はそのことを恥じるだろう。なぜなら、それはそのスーツにはどこかまずいところがあるということだからだ。私のスーツは、きみの見てくれをよくするためのものでもなければ、この部屋できみを一番可愛い男に仕上げるためのものでもない。私のスーツは誰かと対決するためのものでもない。暗示するものだ。ほのめかすものだ。誰もがためらわず、きみに楽に近づけるようにするためのものだ。きみが人生を改善し、借金を返済し、この世界で力を得ることを手伝うためのものだ。やがて私にも、天国の偉大な搾取工場で働いているブレイスウェイトのあとを追う日が来るだろうが、そのとき下界の通りを見下ろして、私はこう思いたいのさ、私のスーツを着て歩いてる人たちは、私のスーツを着て、きっと自分たちのことをよりよい人間と思ってるはずだとね」

もう自分だけの胸に収めておけないんだよ、ミッキー。少しはこの重荷を分かち持ってくれてもいいじゃないか。ペンデルは息をつき、自分を確かめたくなった。自分がしゃっくりをしているような気がしたのだ。それからまた始めかけた。が、見かねてミッキーがさきに言った。

「ハリー」と彼は囁いた。「絶対にまちがいない。ズボンなのさ。それだけだ。これじゃまるで年寄りみたいだ。それも昔の。だからあんたの哲学はもう要らない。それはよくわかってるから」

そこでペンデルの頭の中で角笛が鳴り響いたのだろう。彼は客たちの驚き顔を見まわしてから、またミッキーに視線を戻した。ミッキーは彼をじっと見つめていた。問題のアルパカのズボンを手に握りしめて――まるで誰かに剝ぎ取られることを恐れでもするかのように。その昔、大きすぎるオレンジ色の囚人服のズボンをしっかりとつかんでいたのと同じように。ペンデルはマルタを見た。彼女は、砕かれたその顔に不賛成と警戒の色を浮かべ、彫像のようにじっと立っていた。ペンデルは握り拳を脇に垂らし、居心地のよさを取り戻すためのプレリュードとして、まず姿勢を正した。

「ミッキー、そのズボンにはなんの問題もない。完璧なものになる」と彼はおだやかな声音で請け合った。「千鳥格子は選びたくなかったけれども、それもきみの好きにすればいい。そして、きみのその判断はまちがっていないだろう。で、その柄のズボンを穿《は》けば、世界じゅうがきみに恋するだろう。ジャケットも同じだ。ミッキー、聞いてくれ。スーツをつくるのには誰かがその責任を負わなきゃならない、きみにしろ、私にしろ。今回はどっちが責任を負う?」

「もういいよ」とミッキーはつぶやくと、ラフィの腕の中にこそこそと逃げ込んだ。

客たちが引き上げ、店には誰もいなくなって、午睡の時間になる。金は稼がれねばならず、愛人と妻は慰撫《いぶ》されねばならず、取引きは成立させられねばならず、馬は馬屋に返されねばならず、ゴシップは交わされねばならない。マルタもどこかに姿を消していた。彼女にとってはこれからが勉強の時間なのだ。どこかで本に頭を突っ込んでいるのだろう。ペンデルは裁断室に戻り、ストラヴィンスキーをかけ、作業台の上から茶色の薄紙と生地と鋏とチョークをどけ、仕事用の手帳を取り出し、彼独自の暗号で書かれはじめている裏ページを開いて、手のひらで押しつけた。旧友を攻撃してしまったことを悔いる気持ちが心のどこかにあるにしろ、彼はそれを認めようとはしなかった。彼にはほかに考えなければならないことがあった。

リングで綴じた送り状控え帳から、〈ペンデル&ブレイスウェイト〉の王冠のようなロゴの下に、カッパープレート書体で〝ミスター・オスナード向け請求明細書〟と書いた罫《けい》紙《し》を一枚取り出した。宛て先の住所は、パイティージャ岬にあるオスナードのアパートメント、請求額は二千五百ドル。彼はその送り状を作業台の上に広げ、ブレイスウェイト神話に基づく年代物のペンを取り上げ、顧客とのコミュニケーションを取るのに長いこと役立ってきた古風な書体で、〝近々さらなるご配慮をいただきますれば幸いでございます〟と書き添えた。それは、そこに記載された請求以外にも用向きのあることを示すふたりの符丁だった。それから、彼は机の真ん中の引き出しに入れたフォルダーから、以前オスナードから与えられた、罫線も透かしもはいっていない白紙を一枚取り、いつもやるようにまず臭いを嗅いだ。何も臭わなかった。ただ、刑務所にはいっていた頃に嗅いだ消毒薬のほんのかすかな臭い以外には。

魔法の薬品が染み込ませてあるんだよ、ハリー。一度だけ使えるカーボンのないカーボン紙だ。

受け取ったほうはどうするんだね？

現像するのさ。少しは頭を使え。どうすると思った？

現像と言ったってどこで？　どうやって？

なあ、自分の頭の蠅《はえ》だけ追ってろよ、ええ？　バスルームで、だ。もういい加減にしてくれ。あんたと話してると、こっちが恥ずかしくなる。

ペンデルは送り状の上にカーボン紙を慎重に重ね、カーボン紙用にオスナードから与えられた2Hの鉛筆で、ストラヴィンスキーの大仰な和音に合わせて書きはじめた。が、ストラヴィンスキーが急にうるさく思えて、すぐにスウィッチを切った。悪魔はいつも最高の音楽を奏でる。これはルース叔母がよく言っていたことばだ。彼はバッハにかけ替えて、そこでバッハはルイーザのものだったことを思い出し、バッハもやめ、友の誰もいない静寂の中で仕事に取りかかった。それは彼にしては珍しいことだった。眉をひそめ、舌先を唇から突き出し、ミッキーのことはきっぱりと忘れ、徐々に体内にみなぎる力を駆使して、怪しげな足音と、ドアの向こう側で耳をすましている敵のひそひそ話に耳をすました。読みにくい手帳の文字とカーボン紙に交互に眼をやりながら、創造もし、つぎはぎもし、組み替えもし、修復もし、補完もし、拡大もし、ねじ曲げもし、混沌《こんとん》に秩序をもたらした。話すことは山ほどあり、時間はあまりに少なかった。そこらじゅうに日本人がいて、中国人が日本人を扇動していた。ペンデルは、自分の素材の上になり、下になり、飛んでいた。ときに天才となり、ときに自分自身の想像力に従う卑屈な編集者となり、雲の王国の支配者にも、王子にも召使いにもなった。そんな彼の傍らには常に黒猫がいて、フランス人もまたいつものようにどこかにいた。暴発だ、ハリー・ボーイ、肉欲の暴発だ。怒りがどこまでもふくらんで、最後に破裂する。あとは自由だ。地球に馬乗りになり、神の恩寵の証しとなり、借りを清算する。創造することの罪深いめまい。贖罪《しょくざい》は棚上げにされ、黒猫は鞭のようにしっぽを振る。われを忘れ、狂喜する怒れるひとりの男によってなされる略奪と窃取と歪曲《わいきょく》と改竄《かいざん》の罪深いめまい。彼はカーボン紙をまるめ、新しいものと取り替え、古いものはくずかごに放る。それからまたすべての銃に弾丸《たま》を込め、撃ちにかかる。手帳のページを破り、すぐに火にくべる。

「コーヒー、飲む？」とマルタが尋ねた。

世界の偉大な謀略者はドアに鍵をかけるのを忘れていたのだ。彼のうしろでは、炎がまだ立っており、炭化した紙が揉《も》みつぶされるのを待っていた。

「いいね。ありがとう」

彼女はうしろ手にドアを閉めてはいってきた。固い表情で、笑みはなかった。

「手伝いましょうか？」

彼女の眼はまだ彼を避けていた。彼は息をついて言った。

「ああ、頼む」

「なんなの？」

「もし日本がひそかに海面レベルの運河の建設を計画していて、隠れてパナマ政府を買収しようとしていることがわかったら、学生たちはどんな行動に出るだろう？」

「今の学生の話？」

「きみの学生の話だ。漁師たちとの接点を持っている学生だ」

「暴動になるでしょう。通りを占拠して、大統領府を襲って、議会になだれ込み、運河を封鎖して、ゼネストを呼びかけ、ほかの国の支援も求め、ラテン・アメリカ全体に向けて反植民地闘争の十字軍を募り、パナマに自由を、と訴えるでしょう。日本人の経営する店は全部焼かれ、裏切り者は吊るし首になるでしょう、まず大統領から。これぐらいでもういいかしら？」

「ありがとう。それだけ聞けば充分だ。いや、橋の向こう側の人々と連帯することも忘れちゃいけないな」とペンデルはあとから思いついて言った。

「もちろん。学生というのは労働運動のあくまで牽引車《けんいんしゃ》なんだから」

「ミッキーのことは後悔してる」とペンデルはややあってぽつりと言った。「自分を止められなくなってしまったんだ」

「敵を傷つけられないとき、わたしたちはよく友達を傷つけてしまうものよ。そんなことはあなたもよく知ってると思うけど」

「ああ」

「ベアーが電話してきたわ」

「記事のことで？」

「記事のことは何も言わなかった。会いたいんですって。すぐに。いつものところにいるそうよ。なんだか脅してきてるみたいな口調だった」

第17章

〈ブールヴァード・バルボア〉は、バルボア通りにある、ポリスチレンの天井に、刑務所にあるような、木の箱に入れたストリップライトといった、いつも閑散としている安ビア・レストランだった。何年かまえに爆破されたことがあったが、その理由を覚えている者は誰もいない。大きな窓からはバルボア通り越しに海が眺められた。長テーブルでは、顎の肉のたるんだ男が、ダークスーツ姿のボディガードに守られ、テレビカメラに向かって何やら勿体《もったい》ぶってしゃべっていた。ベアーはいつもの席にいて、自分の記事が載っている新聞を読んでいた。彼のまわりのテーブルには誰ひとり坐っていなかった。〈ペンデル&ブレイスウェイト〉製のストライプのブレザーに、ブティックで買った六十ドルのパナマ帽。まるでシャンプーでもしているかのように光って見える、海賊のような真っ黒な髭が、眼鏡の黒のフレームとよく合っていた。

「電話をくれたんだって、テディ？」新聞に隠れる位置に坐り、ややあってからペンデルは自分から声をかけた。

新聞がおもむろにおろされた。

「なんで？」とベアーは訊き返した。

「おたくから電話があったから来た。ジャケットには別に問題はなさそうだけど」

「誰が農園を買い取ってくれたんだね？」

「友達だ」

「ミッキー・アブラカス？」

「もちろんちがう」

「どうして？」

「彼にそんな金はないよ」

「誰がそう言ってる？」

「自分で言ってる」

「だったら、あんたが彼に金を払い、彼があんたのためになんらかの仕事をしてるんだ。あんた、彼と何か商売をしてるんだろ？　麻薬か？　彼の親爺《おやじ》さんみたいに」

「テディ、気でもちがったんじゃないのか？」

「どうやってラモン・ラッドに借金を返したんだね？　ラッドにはいっさい分け前を与え

ようとはしない、あんたが自慢してる頭のいかれた億万長者というのは誰のことなんだね？　ラッドにしてみればこれほどの屈辱もないと思うが。それから、どうして店の階上《うえ》にあんなくだらないクラブルームを開いたんだね？　店を誰かに売ったのか？　いったい何が起きてるんだ？」

「テディ、私はただの仕立屋だ。紳士にスーツをつくって商売を拡張してるだけのことだ。おたくもたまにはうちの店の記事でも書いて、ただで店の宣伝をしてくれよ。実は、ちょっとまえに〈マイアミ・ヘラルド〉にうちの店の記事が載ってね。あんたの眼に触れたかどうかは知らないけれど」

ベアーはため息をついた。彼の声はいかにも緩慢で、同情心も人間性も好奇心もとうに失われた声だった。そもそもそういうものがあったとして。

「ジャーナリズムの原理原則を話そう」と彼は言った。「おれは二通りのやり方で金を稼いでる。まずひとつ、金を払うから記事を書いてくれと頼まれる。だから書く。書くのは嫌いだけどな。だけど、おれも食っていかなきゃならない。食欲を満たすには稼がなきゃならない。もうひとつ、それは金を払うからどうか記事を書いてくれるなと頼まれる、というやつだ。おれとしちゃ、そっちのほうがいい。何も書かんで金だけもらえるんだからな。カードの切り方をまちがえなきゃ、書くより書かないほうが儲かることもある。さて、金の稼ぎ方は二通りだとさっき言ったが、実はもうひとつある。ただ、それはおれとしてもあんまり好きなやり方じゃないんで、最後の手段と呼んでるんだが——政府の人間のところへ行って、手に入れた情報を売るのさ。だけど、それはわれながらあんまり感心しないやり方だ」

「どうして？」

「暗がりでものを売るのは面白くないからさ。あんたでも——あそこにいる男でも——普通のやつと取引きするときには、相手の名誉にしろ、商売にしろ、結婚生活にしろ、こっちにはそういうものをぶち壊せることがわかってる。むろん相手にもな。だから、互いに商売の話ができて、それでおのずと値段も決まってくる。ところが、相手が政府の人間の場合には」——彼はその細長い頭をほんの少しだけ振って、嫌悪の念を表した——「仕入れた情報が相手にどれほどの値打ちがあるのかわからない。やつらの中には、賢いやつもいればアホもいて、相手がほんとうに知らないのか、それとも知らない振りをしてるだけなのかもわからない。だから、結局のところ、はったりのかまし合いになる。時間の無駄だよ。さらに悪くすりゃ、こっちが持っていった情報を逆利用されちまうこともある。なんでそんなことを知ってるんだって、こっちが脅されるのさ。おれはそんなふうにして人生を浪費したくない。だから、おれと商売をする気があるなら、返事はすぐにして、よけいな手間暇はかけさせないでくれ。手頃な値段を言おう。その頭のいかれた億万長者というのは、あんたの意のままなんだろ？　だったら、必要経費ということでいくらでも出してくれるんじゃないのか？」

ペンデルは少しずつ笑みが顔に浮かびはじめるのが自分でもわかった。まず顔の片側、続いてもう一方の側、頬《ほお》、それらが眼に集まり、最後は声になった。

「テディ、おたくが今やっているのは信用詐欺、それもすこぶる古典的なやつだ。おたくは私に、〝逃げろ、高飛びしろ、もうすべて知られてしまった〟と言ってるのさ。で、私が空港に向かった途端、おたくは私の家に引っ越してくる。ちがうかね？」

「アメリカのためにやってるのか？　パナマ政府の中には、そういうことに不快感を示す連中もいるんじゃないのか？　しかし、そりゃそうだろう。イギリス人に勝手に自分たちの領分にはいり込まれたんじゃな。なんであれ、自分がやるのと他人がやるんじゃ、わけがちがうんだよ。確かにやつらは祖国を裏切ってる。しかし、それは彼らが自分で選んでやってることだ。やつらはここで生まれて、ここはやつらの国なんだから、好きにすりゃいいのさ。実際、今までそうやってきたわけだし。だけど、いくらパナマのためとは言っても、外国人であるあんたに同じことをやられるというのは、やつらにしてみりゃこりゃ大変な挑発行為だ。そういうことに対してやつらはどういう反応を示すか。おれには見当もつかない」

「テディ、それはおたくの言うとおりだ。実際、私は自分がアメリカのためになっていることを誇りに思っている。南方軍の司令官は、彼が呼ぶところの〝チョッキ〟と替えズボンのついた、無地のシングルのスーツがお気に入りでね。公使のほうはモヘアのタキシード。それに、ニュー・ヘイヴンで週末を過ごす際に着るツイードのジャケットだ」

そう言ってペンデルは立ち上がった。膝の裏側がズボンにあたり、震えていた。

「おたくは私のことを何も知らない。知ってたら、なにも私に尋ねたりはしないだろう。でも、おたくが私のことを何も知らないのは、私にはそもそも知らなければならないようなことなど何もないからだ。それから金の話だが、今おたくが着ているジャケット代を払ってもらえたら嬉しいんだがね。それでマルタは帳簿の整理ができるんだが」

「おれにはどうにもわからんのが、どうしておまえさんにはあんな顔のないハーフとファックできたりするのかということだ」

ペンデルはベアーに背を向けた。ベアーはペンデルが彼を見つけたときの恰好――頭をそらし加減にして、髭を生やした顎を突き出し、自分の書いた記事を読むという姿勢にまた戻った。

家に帰っても誰もおらず、ペンデルはいくぶん傷ついたような思いを味わった。これが一日の労苦の報いか、と彼は何も掛けられていない壁に尋ねた。ふたつの職業を持って、身を粉にして働く男も夕べには食事を持って帰らねばならないのか。しかし、心が慰められるものもないではなかった。ルイーザの亡父のブリーフケースがまた彼女の机の上に置かれていた。それを開け、表紙に黒いゴチック体で〝ドクター・E・デルガド〟と書かれた、分厚い業務日誌を取り出す。そして、その横に〝予定表〟と書かれたファイルを並べる。暴露するというベアーの差し迫った脅迫も含め、気がかりなことをすべて無視して、ふたたび全身をスパイに変身させる。頭上の照明には調光器がついており、それを最大にする。そうして片目をつぶり、鼻と手がレンズの邪魔にならないように気をつけ、オスナードのライターに片目をあてる。

「ミッキーから電話があったわ」とベッドでルイーザが言った。

「家《うち》に？」

「わたしに。わたしのオフィスに。また自殺するそうよ」

「わかった」

「あなたは頭が変になってしまったって彼は言ってた。誰かに頭を盗まれたんじゃないかって」

「すばらしい」

「わたしもそう言っておいた」と彼女は言って明かりを消した。

日曜日の夜。三軒目のカジノ。オスナードはフランチェスカとの約束をまだ果たしてはいなかった。まだ神様に試練を受けさせてはいなかった。週末のあいだ、フランチェスカは彼とほとんど会っていなかった。時間を盗むようにして寝るときと、早朝、彼が仕事に戻るまえに慌ただしくセックスをするとき以外は。オスナードは週末の大半を大使館でシェパードと過ごしていた。幾何学模様のプルオーヴァーにスニーカーという恰好のシェパードに、何度も熱いタオルとコーヒーを持ってこさせて。少なくとも、フランチェスカはそう想像していた。想像の中でシェパードにスニーカーを履かせたのには、フランチェスカの悪意が少々含まれている。シェパードがスニーカーを履いているところを見たことは一度もないのだが、寄宿学校の体育の教師がいつもそういうものを履いており、シェパードにはその体育の教師と同じ奴隷的な熱心さが感じられるからだ。

「バカン関係の情報がどっと出てきたんだ」とだけオスナードはフランチェスカにぶっきらぼうに説明していた。「それを急いで整理しなきゃならない。急を要するんだ。もう昨日までには終えてなきゃならないくらい」

「われらバカニアーズがそれを見られるのはいつ？」

「ロンドンはシャッターをおろしてしまった。一大使館が扱うにはホットすぎる情報なのさ。アナリストの分析が終わるまでは駄目だろう」

その仕事が一段落ついたのだろう。二時間前、オスナードはいきなり海辺の超高級レストランにフランチェスカを連れ出し、高価なシャンパンを飲みながら、そろそろ神様に試練を受けさせてもいい頃だと言ったのだった。

「先週、叔母の遺産が転がり込んだんだ。大した額じゃない。誰にとっても。だから、神様に倍にしてもらわなきゃならない。それ以外に方法はない」

オスナードは普段にも増して自棄になっているように見えた。どことなく落ち着きがなく、獲物を探す獣のような眼をして、どんなことにもすぐに怒り出し、自分のほうから何かにぶつかることを求めているような雰囲気を漂わせていた。

「リクエストしてもいいか？」と彼はフランチェスカと踊りながらバンドマスターに向けて呼ばわった。

「なんなりと。マダムがご所望されるものを、セニョール」

「きみたちはもうこれで今夜の仕事を終わりにしたらどうだ？」すぐにフランチェスカが

如才なくオスナードの声が届かないところまで彼をひっぱった。

「アンディ、さっきみたいなことを言っても神様を味方につけることはできないわよ。むしろわたしたちを殺してくださいって頼んでるようなものよ」と彼女はきつい口調でオスナードを諭した。オスナードは、新調したての〈P&B〉製のリンネルのジャケットの内ポケットから、五十ドル札の分厚い束を黙って取り出し、ディナーの勘定を払った。


最初のカジノでは、賭け金の大きなルーレット・テーブルにつきはしたが、オスナードはただ見ているだけでプレーしようとはしなかった。そんな彼のお目付け役でもあるかのように、フランチェスカは彼のうしろに立って見守った。

「好きな色は？」とオスナードは彼女に尋ねた。

「そういうことは神様に決めさせるんじゃなかったの？」

「おれたちが色を決め、神様が運を決めるのさ。それがこのゲームのルールだ」

彼はシャンパンをもっと飲んだ。それでも賭けなかった。フランチェスカはカジノを出る段になって、カジノの人間がオスナードをよく知っていることにようやく気づいた。彼は以前にもここに来たことがある。そのことが彼らの顔、わけ知りの笑み、またどうぞという挨拶《あいさつ》からわかった。

「これも作戦だ」彼女がプレーしなかったことを詰《なじ》ると彼はそっけなくそう答えた。

二軒目のカジノでは、警備員が誤って彼らの身体検査をしようとして、一時険悪な雰囲気になった。フランチェスカが外交官証を呈示して、ことなきを得たが。いずれにしろ、オスナードはまた見ているだけでゲームに参加はしなかった。テーブルの端にいた女のふたり連れがしきりとオスナードの眼をとらえようとし、そのうちのひとりは、「ハイ、アンディ」と声までかけてきた。

「作戦だ」とオスナードは繰り返した。

三軒目のカジノは、はいり込まないようにと言われている街の一画、聞いたこともないホテルの三階にあった。三〇三号室。ノックをして待つ。いかつい大男が現れ、オスナードの身体検査をした。が、今度はオスナードは逆らわなかった。それればかりか、フランチェスカにはハンドバッグの中身を男に改めさせるように言った。ふたりが二番目の部屋にはいっていくと、クルピエがこわばった顔をし、一瞬、のっぴきならない静寂が部屋を包み、何人かが振り向き、会話がやんだ。しかし、それも無理はなかった。オスナードは五百ドルと千ドルのチップを五万ドル買い求めて、小額チップは要らない、そんなものはもとあったところにしまっといてくれ、と言ったのだから。

そして、すぐにクルピエの隣の席に着いた。フランチェスカはまた彼のうしろに立って見守った。クルピエは肥《ふと》ってはいたが、官能的で、厚い唇がいかにも自堕落そうに見える女だった。ネックラインの低いホルター・ドレス、よく動く小さな手。鉤爪《かぎづめ》のような形にカットした真っ赤な爪。ルーレットはすでにまわっていた。それが止まったとき、赤に賭けたオスナードは一万ドル稼いでいた。あとからフランチェスカが数えたかぎり、オスナードは八回か九回プレーした。飲みものはシャンパンからスコッチに変わり、最初の五万ドルがいつしか倍になっていた。そして、それがその夜彼が神様に課したノルマのようだった。が、最後に面白半分に一勝負して、さらに二万ドル勝った。彼は買物袋とタクシーを頼んだ。いくらなんでも十二万ドルも詰めた紙袋をさげて、夜中の通りを歩くのは馬鹿げていた。車はシェパードに取りにこさせるか、放ったらかしにしておいてもいい、どうも好きになれない車だったんだ、と彼は言った。

が、その夜の出来事はフランチェスカの心に、たえてないほどの混乱をもたらした。その夜の出来事から彼女に連想できたのはただひとつ、初めて馬術競技会に出場したときのことだった。世界じゅうのポニーがそうであるように、彼女のポニーも〝ミスティ〟という名だったが、最初の障害柵を完璧に飛び越えたかと思うと、そのあとはシュルーズベリーへの道をまっしぐら、四マイルも暴走したのだ。フランチェスカはその背に必死でつかまっていた。が、反対車線を走る車の運転手も、追い越していく車の運転手も、まるでそのことを気にとめていないように見えた。彼女だけが死にもの狂いになっているだけで。今の彼女の気持ちはそのときの気持ちによく似ていた。

「ゆうべベアーがわたしのアパートメントに来たわ」とマルタが裁断室のドアをうしろ手に閉めて言った。「警察官の友達を連れて」

月曜日の朝、ペンデルは作業台に向かい、〈サイレント・オポジション〉の戦力組成図の最後の仕上げに取りかかっているところだった。彼は2Hの鉛筆を置いた。

「理由は？　きみは何をしたことになってた？」

「彼らはミッキーのことを知りたがってた」

「ミッキーの何を？」

「どうしてミッキーはここによく来るのか。どうしてミッキーはとんでもない時間にあなたに電話をかけるのか」

「で、きみはなんて答えた？」

「彼らはわたしにあなたをスパイさせたがってるのよ」と彼女は言った。

第18章

コードネーム〝バカン2〟と名づけられた、パナマ支局からの最初のデータは、〝バカン2〟作戦のロンドンの発案者、スコッティ・ラックスモアにめくるめく高揚感を与え、これ以上ない自画自賛の極みにまで彼を押し上げた。が、それも今朝までのことで、そんな彼の多幸症も、今朝ばかりはどうにもならぬ苛立ちに主役の座を明け渡さなければならなかった。彼は普段の二倍のペースで歩きまわっていた。いかにもスコットランド的で勧告的なその声も、今朝はざらざらと軋《きし》み、その視線はしきりと川向こうに向けられた。彼の将来が横たわる北に、西に。

「事件の陰に女あり《シェルシェ・ラ・ファム》だ、ジョニー・ボーイ」と彼はジョンスンというどことなくやつれた若い男に言った。ジョンスンはラックスモアの個人アシスタントという、あまりありがたくないポストのオスナードの後釜《あとがま》だった。「女という種《しゅ》には、いつの時代にもこの世界では男五人分の値打ちがある」

前任者同様、ジョンスンも阿諛《あゆ》迎合の術はとっくに身につけており、椅子の上で身を乗り出し、一心に耳を傾けているといった体《てい》でラックスモアの話を聞いていた。

「なぜなら女というのは根っからの裏切り者だからだ、ジョニー。しかも度胸があって、生まれながらの猫かぶりだ。どうして彼女は夫を通じてのみ協力することをかたくなに主張したかわかるか？」彼の声にはまえもって言いわけを考えている男の抗議の響きがあった。「それは亭主より自分のほうが輝いて見えることが彼女にはわかっていたからだ。彼女が表に出てきたら、亭主はどうなるか。まず通りに放り出される。お払い箱になる。馘《くび》というわけだ。そんなことをどうして女房がしなきゃならない？」彼は手のひらの汗をズボンの脇で拭った。「ふたり分のサラリーをひとり分に減らして、自分の亭主をコケにする。誰がそんなことをする？　少なくとも、それはわれらがルイーザのすることじゃない。われらがバカン2のすることじゃない！」そこで彼は、まるで窓の遠景の中に誰か知っている人間の姿を見かけでもしたかのように、眼を細めた。そのときも弁舌はとぎれない。「私には自分のしていることが最初からわかっている。この女もそうだ。女の直観力というものはゆめゆめ侮《あなど》るものじゃないぞ、ジョニー。彼はもう天井に達したな。尽きた感がある」

「オスナードのことですか？」とジョンスンは期待を込めて訊き返した。ラックスモアの腰巾着《こしぎんちゃく》を拝命してすでに半年が過ぎていたが、次のポストはまだ彼の視野にはいってきていなかった。

「彼女の亭主のことだ、ジョニー」とラックスモアはじれったそうに言って、指を鉤爪のようにして頬の髭を梳《す》いた。「バカン1。最初は確かに有望に思えた。が、この男にはヴィジョンというものがない。まあ、この手の男はみんなそうなんだが。確乎たる物差しを持っとらん。歴史認識もない。できることはただのおしゃべり、用意できるのは温め直しか食べ残しで、危ない橋は決して渡ろうとしない。こういう男と心中するわけにはいかない。私にはそれがよくわかる。彼女もそう見てる。なんといっても女房なんだからな。当然、亭主のことはわれわれよりよく理解していることだろう。どれほどの男かということは。また、自分自身の力量についても」

「アナリストたちは、情報全体に付帯事実が欠落していることを少し気にしているようですが」とジョンスンはオスナードが乗っている台座を少しは揺るがしてみたい誘惑に抗しきれず、あえて言った。「サリー・モーパーゴは、バカン2の情報は少ない資料から多くを語りすぎている、と言っていました」

ラックスモアは部屋を歩きまわる五回目の往復を始めたところだった。ユーモアを解さない男が時折見せる無表情な大きな笑みを浮かべて彼は言った。

「ほう? ミス・モーパーゴは頭のすこぶるいい女性だ。それには疑問の余地はない」

「はい、私もそう思います」

「しかし、女というものはわれわれ男よりほかの女に対して厳しい評価をするものだ」

「なるほど。そういうことには気づきませんでした」

「女というものはまた嫉妬心の強い生きものでもある——この場合は妬《ねた》みといったほうが正確かもしれないが——われわれ男には普通そういう気持ちはない。ちがうか、ジョニー?」

「ええ。いや、ちがいません」

「正確なところ、ミス・モーパーゴはどういった点を危惧《きぐ》してるんだね?」とラックスモアは公正な批判ならいくらでも受けようといった口調で尋ねた。

ジョンスンはよけいなことを言ってしまったとすでに後悔していた。

「それは、そう、やはり付帯事実がないということでしょう。彼女が言うには、報告は毎日山のように届いても、付帯事実はひとつもない。通信傍受などによる秘密情報収集もされていない。友好的な連絡将校がいるわけでもない。アメリカからの機密漏洩《ろうえい》もない。電子偵察も、通信衛星からの情報も、特別な外交取引きもない。すべてはブラックホールから出ている情報にすぎない、というわけです」

「彼女が言ったことはそれで全部か？」

「ええ、まあ、いや、全部というわけではありません」

「勝手に節約するのはやめたまえ、ジョニー」

「これほど少ない情報に対して、これほどの大金が一諜報員に支払われるのは、スパイ雇用史上初めてなのではないか、とも言っていました。もちろん、ジョークとして」

オスナードとオスナードの仕事ぶりに対するラックスモアの信頼を揺るがすのが、ジョンスンの望みだったとしたら、その目論見《もくろみ》は見事にはずれた。ラックスモアは胸を張ってひとつ息を吸い、説教好きなスコットランド人特有の声音を取り戻して言った。

「ジョニー」歯の隙間から息を吸う音。「今日証明された否定は昨日証明された肯定と等価である、ということを考えてみたことはないかね？」

「いえ、ありません」

「だったら、頼むよ、きみ。少しは考えてみたまえ。現代テクノロジーの耳と眼から、足音と足跡を消すにはかなりの細工が要る。ちがうか？　クレジットカードから旅行の切符まで、電話でもファックスでも銀行でもホテルでも、なんでもいい。きょうびわれわれは自分の行為を世界に知らしめることなくしては、スーパーマーケットでウィスキー一本買うこともできない。そういった現代にあっては、足音も足跡もないことそれ自体が罪の証しのようなものだ。世界というものをよく知っている人間とは、そういうことをよく心得ている人間のことだ。見られず、聞かれず、知られないためにはどうすればいいかということをな」

「なるほど」

「そういう人間は、内向的なわが部局の専門家とはちがって、プロであるがために逆に陥りがちな形成不全に悩まされることがない。瑣末で無用な情報の泥沼に陥って身動きが取れなくなるようなことも。それは彼らが森を見ているからだ、木ではなくて。今回の場合、アジアと南アメリカとの危険な陰謀――それが彼らの見ている森だ」

「サリーはそう見ていません」どうやらジョンスンも腹をくくったようだった。頑なに食い下がった。「ムーも」

「ムー？」

「ミス・モーパーゴのアシスタントです」

ラックスモアは我慢強く、寛大な笑みを浮かべた。その笑みは、私もまた木ではなく森を見ているのだ、と言っていた。

「きみのその疑念は内と外を逆にして考えてみるといい。そうすれば、答はおのずと出てくるはずだ。パナマには抵抗すべきものなどそもそも何もないとする。それなら、どうして秘密の抵抗組織があるんだね？　どうして反体制の地下組織が――彼らはがらくたの寄せ集めじゃない。意識の高い裕福な階層から自発的に集まった連中だ、ジョニー――そういう連中がどうして舞台の袖で出番を待ってるんだね？　それは待つべきもののあることがわかっているからだよ。どうして漁師たちは反抗しようとしてるんだね？――漁師というのは侮れない連中だ、ジョニー。海の男を過小評価してはならない。大統領に近い運河委員会の委員があるひとつの政策を公言しながら、彼の予定表にはそれとは異なるスケジュールが書かれているのはなぜなんだね？　その男はどうして表面的な行動とは別に、偽の日本の港長なんぞとこっそり会ったりしなければならないんだね？　どうして学生は落ち着きをなくしてるんだね？　彼らが空中に嗅いでる臭いはなんだと思う？　誰がカフェやディスコで彼らの耳にあれこれ囁いてると思う？　どうして〝裏切り〟などということばが人々の噂の中に出てくるんだね？」

「そういう噂があることは知りませんでした」とジョンスンは答えたものの、パナマ発の生《なま》の情報がラックスモアの机を通過すると、やけに高度な情報に変質することには、このところとみに戸惑いを覚えていた。

だから、今のようにラックスモアに言われても、それで納得がいったわけではもちろんなかった。ラックスモアのインスピレーションの出所についてはなおさらだった。ラックスモアは、必ず一枚と決めている報告書を謎の〝計画者〟と〝実行者〟に提出する際、まず極秘の公文書を集め、それを抱え、ひとりオフィスに閉じこもって作成するのだが、ジョンスンが巧みに盗み見たところ、ラックスモアが参考にしているのは、現在にしろ、将来にしろ、今後起こりうる事態を論じた資料ではなく、一九五六年のスエズ動乱のような過去の公文書ばかりなのだ。

それはいまだに謎だったが、ジョンスンにもひとつわかりはじめていることがあった。それはラックスモアが彼を共鳴板に利用しているということ——世の中には聴衆がいないとどんな思考もできない人種がいるということだった。

「われわれのような部署にいる者にとって何よりむずかしいのは、これこれこうとはっきり指を差すことだ、ジョニー。実際に動きだすまえの大衆のうねりしかり、口に出されるまえの人民の声しかり、だ。イランとあの国の最高指導者を見てみろ。スエズ国有化に向けたエジプトを見てみろ。ペレストロイカとあの邪悪な帝国の崩壊を見てみろ。われわれの一番の顧客、サダム・フセインを見てみろ。そのひとつでも誰に予測できた？　それらが地平線上に暗雲を形づくるのが誰に予見できた？　少なくとも、われわれにはできなかった。ガルティエリとフォークランドのいざこざを見てみろ。それこそ枚挙に遑《いとま》がない。われわれの巨大な諜報ハンマーはすべての木の実を叩き割ることができる。しかし、それはただひとつ重要な木の実を除けばの話だ——人間の持つ不可思議さを除けばの話だ」彼は大言壮語に歩調を合わせ、また普段のペースで歩きまわっていた。「われわれは今それを叩き割っているのだよ、ジョニー。今回ばかりは先取りしようとしているのだよ。市井に情報網を張りめぐらし、大衆の動向を探ることで。これで彼らの無意識の予定表と隠された発火点がわかり、ほかを出し抜くことができるようになる。歴史の裏をかくことも。歴史を待ち伏せすること——」

電話が鳴ったと思ったらもう彼は受話器を取っていた。が、それは、車の鍵をポケットに入れたまま仕事に出てしまったのではないかと尋ねる、妻からの電話だった。ラックスモアはむっつりと自分の過ちを認め、電話を切り、上着の裾をひっぱり、また歩きはじめた。

ジェフ・キャヴェンディッシュの家が選ばれたのは、ベン・ハトリーの鶴《つる》の一声のせいだった。結局のところ、ジェフ・キャヴェンディッシュはベン・ハトリーの創作物にすぎない。もちろん、ふたりともそのことを口にしないだけの分別は持ち合わせていたが。それにキャヴェンディッシュの家が選ばれたことには、それなりに正当性があった。今回のことはある意味でそもそもキャヴェンディッシュの考えだったからだ。最初のゲームプランを考えたのがキャヴェンディッシュで、やりこませ《ファッキング・ドゥー・イット》、と言ったのがハトリーだった。それが実際ハトリーがつかったことばだった。イギリスの偉大なマスメディア王として、彼を畏怖《いふ》する何人ものジャーナリストの雇用主として、ハトリーは母国語に対してすこぶる自然な嫌悪感を抱いていた。

つまり、ハトリーのイマジネーションに火をつけたのがキャヴェンディッシュだったというわけだ。イマジネーションなるものをハトリーが持っていたとして。また、ラックスモアと取り決めを交わし、ラックスモアを勇気づけ、予算を支援し、ラックスモアの自負心を支えたのもキャヴェンディッシュだった。ハトリーの同意を得て、国会議事堂にほど近い高級レストランに、何人か適当な議員を昼食に招き、非公式のブリーフィングをし、ハトリーの名前は出さずにロビー活動もして、集まった議員の半分にはまるで馴染《なじ》みのない地域だったので、地図を広げ、湿地帯の広がる場所、運河の走っている位置を示したのも。金融界と石油会社に向けてひそかに警鐘を鳴らし、愚鈍な保守的右翼にすり寄ったのも。そんなことはキャヴェンディッシュには朝飯前だった。帝国を夢見る男たちや、ヨーロッパ嫌いや、アフリカ嫌いや、外国人嫌いや、教養のない迷子の子供たちを口説くというのは。

選挙直前、期限ぎりぎりの運動という魔法を使い、トーリー党の灰の中から不死鳥のように甦った軍神――これまではずっと自分には大きすぎると思っていた、輝く鎧《よろい》をまとう指導者になろうと考えているのも、またキャヴェンディッシュだった。反対勢力に対しては、調子を変えずに異なる言語で話せるのも――諸君、心配は要らない。きみたちは何も反対しなくていいんだ。有利な立場に立とうとすることもない。ただうつむいて、今はイギリス丸を揺らすときではないと言えばいいんだよ、たとえ船の針路がまちがっていようと。たとえ水先案内は頭のいかれたやつらばかりで、水切り板のように水が洩ってきていようと。

マルチメディアに適切な心配をさせ、イギリスの工業、商業、ポンドに大打撃を与えるかもしれないという噂を広めたのもキャヴェンディッシュだった。本人のことばを借りれば、〝われわれを目覚めさせた〟のも。それはつまり、ハトリー帝国の外で仕事をしているコラムニストを巧みに利用し、ただの噂を、ハトリーの息のかかっていない、概念的に汚れていない情報に――より確実性の高い情報に変えたということだった。また、学究的な弱小雑誌に続報記事を繰り返し載せさせたのもキャヴェンディッシュだった。それはより大きなメディアの扱いと比べると、どう見ても釣り合いの取れない記事なのだが、繰り返すことで、タブロイド紙の内ページへの階段を昇り――あるいは降り――俗化した高級紙の社説にも取り上げられ、ハトリー傘下のテレビ局だけでなく、ライヴァル局の深夜の公開討論番組の議題にもなった——メディアが自ら紡ぎ出したフィクションを繰り返し報道することと、それが真実であれなんであれ、彼らが商売敵にスクープされることを何より恐れていること、このふたつほど予測可能なものもない。なぜなら、諸君、率直に言って、報道ゲームの現場には、昨今、スタッフもいなければ、時間もないからだ。わが国のマスメディアには世の中に対する関心そのものがなく、意欲もなく、読み書きの能力すらないからだ。同じ素材ですでにほかの三文文士が書いている記事をチェックし、結局のところ、それをゴスペルのように繰り返すこと以外、事実をチェックするという最低限の責任感もないからだ。

さらに、接待漬けにした仲介者を通して、ハトリーの〈今でなければいつ？〉ドクトリンを宣伝したのも、晴れた夏の午後のクリケット中継の解説者のような上流階級の声を持つ、人あたりも育ちもいいアウトドア・タイプのイギリス人、キャヴェンディッシュだった。ハトリーのそのドクトリンは、彼の大西洋の対岸に向けての圧力、裏工作、陰謀の根幹にあるもので、要は、アメリカが世界のただひとつのスーパーパワーである時代は、長くてあと十年以上は続かないことを見越したものだった。だから、世界のどこかが大手術を必要としているのなら、それがどれほど無慈悲に見えようと、外からも内からも利己的行為に見られようと、われらとわれらの子供たちとハトリー帝国が生き残るためにも、また、第三、第四世界における人民の心を支配しつづけるためにも、今こそ、まだやれる今こそやるのだ！——と彼のドクトリンは訴えていた——日和見はもうやめろ、と。欲しいものを手に入れ、要らないものは投げ捨てろ、と。善人ぶるのも、相手に勝利を許すのも、謝罪するのも、めそめそ泣くのももうやめろ、と。

そして、そのドクトリンのために、たとえアメリカの狂信的右翼とベッドをともにすることになったとしても——海のこちら側の同類同様——また、結果的に兵器産業の寵児《ちょうじ》になったとしても、そんなことはくそ食らえだ、とベン・ハトリーは言うことだろう、美しい母国語を使って。彼は政治屋ではなかった。むしろ、政治にたずさわる人種を毛嫌いしていた。彼はリアリストなのだった。だから、同盟を組む相手は誰でもかまわないのだ、その相手が理に適《かな》ったことを話すかぎりは。国際舞台の回廊をこそこそと忍び足で歩き、ジャップやニガーやスペ公に出会うたびに、〝私は白人で、リベラルな中流階級のアメリカ人でございますが、そのことは大目に見ていただければ、大変ありがたく存じます。また、われわれがこんなに大きくて、こんなに強くて、こんなにパワフルで、こんなにリッチであることもお許しいただければ大変幸いに存じます。私どもは神がつくり給うた人間すべての尊厳と平等を信じる者でございます。ですから、どうかお許しいただけませんでしょうか、これから私が四つん這いになってあなたさまのお尻にキスすることを〟などと言ったりしないかぎりは。

それが、補佐役アメリカにあてつけて、ベン・ハトリーが飽きることなく描きつづけているイメージだった――もちろん、われわれにはあくまでニュースの客観性を守るという聖なる目的がある。だから、諸君、これはここだけの話だ。われわれはその目的のためにここにいるのだから。それを忘れたら、われわれは拠《よ》って立つクソ地をなくす。

「私はもう勘定に入れないでくれ」とベン・ハトリーは抑揚のない口調で前日キャヴェンディッシュに言っていた。

時々、彼はまったく唇を動かさないで話した。時々、自らの策謀と人間という生きものの凡庸さに飽き飽きすることが彼にはあった。

「あとはきみらふたりで全部やってくれ」と彼は今、さらに邪険につけ加えた。

「それがあなたのお望みなら、チーフ。残念ですが。しかし、われわれだけでできないことではありません」とキャヴェンディッシュは答えた。

ベン・ハトリーは、キャヴェンディッシュが予想したとおり、今日はタクシーで来ていた。自分のお抱え運転手も信用していないのだ。さらに、この数カ月にわたってキャヴェンディッシュがヴァン側の人間に送りつづけているたわごと《シット》――それが退屈な議論に対する彼好みのことばだった——の概要を読むために十分も早く来ていた。その概要は、川向こうの役人が書いた一ページの最新報告書——署名も情報源の明記も見出しもない——で終わっており、チーフ、これこそ決定的要因、まことの美酒、失われたダイアモンド、ヴァンたちはこれで激昂《げっこう》することでしょう、とキャヴェンディッシュが言って、今日の全員集合の運びとなったのだった。

「これを書いたくそはなんというやつだ？」とハトリーはその報告書の真偽のほどを知りたがって尋ねた。

「ラックスモアです、チーフ」

「ひとりで処理しようとして、われわれのためのフォークランド作戦をしくじったあのアホか？」

「そうです」

「〝作文省〟にいたことがないことだけは確かなようだな」

それでも、ベン・ハトリーはその報告書を二度読んだ。彼にはわからないところがあった。

「これは事実なのか？」と彼はキャヴェンディッシュに尋ねた。

「充分事実と思われます、チーフ」とキャヴェンディッシュは判断に思慮と節度を織り混ぜて答えた。「あるいは、部分的には。どれだけ棚持ちする事実かはなんとも言えませんが。ですから、ヴァンたちとしてもよけい迅速に判断しなければならないはずです」

ハトリーは報告書をキャヴェンディッシュに放って返した。

「今回は、まあ、少なくとも早くわかってよかったというわけか」と言って彼は、キャヴェンディッシュがふざけてつけた、〝三流の殺人者〟という称号を持つタグ・カービーに向かって陰気に軽く会釈した。カービーはいきなり部屋にはいってくるなり、敵はいないかとあたりを見まわし、キャヴェンディッシュに尋ねた。

「アメリカ人はまだ来てないのか？」

「すぐ来るよ、タグ」とキャヴェンディッシュはなだめるような口調で答えた。

「自分の葬式に遅れるとはな」とカービーは言った。

キャヴェンディッシュの家がとりわけ便利だったのは、高級住宅地メイフェアのど真中――クラリッジ・ホテルの裏玄関にも近く、多くの大物、外交官、ロビイストが住み、一方の端にイタリア大使館がある、門と門衛付きの袋小路の中にありながら、匿名性が都合よく維持できるからだった。なろうと思えば、掃除夫にも仕出し屋にも、伴の者にも執事にもボディガードにも、稚児にも銀河系の支配者にもなることができた。誰も気になどとめなかった。そして、キャヴェンディッシュには人と人を結びつける才能があった。彼は力を持つ人間への近づき方も、彼ら同士の近づけ方もよく知っていた。キャヴェンディッシュがいれば、人は椅子の背にもたれてなりゆきを見守ることができ、今まさに彼らがしているのがそれだった。三人のイギリス人にふたりのアメリカ人の客。そして、全員に拒否権があった。目撃者になる可能性のある召使い抜きの食事――スコットランドにあるキャヴェンディッシュの別荘から空輸されたサーモンのティエド、うずらの卵、フルーツにチーズ、そしてそれらすべてを凌駕《りょうが》する、キャヴェンディッシュの婆やがつくった絶品のブレッド&バター・プディング。

飲みものはアイス・ティとそれに準ずるものだけなのは、今日《こんにち》の新生ワシントンでは――とキャヴェンディッシュが言うには――アルコールはランチに不似合いなものと見なされるからだった。

全員が丸テーブルについて、誰が長《ちょう》ということのない集まりだった。ゆったりとしたスペース、柔らかい椅子。電話はコードがコンセントから抜かれた。キャヴェンディッシュは人をくつろがせる天才だった。欲しければ、女も選《よ》り取り見取り。確かめたければ、タグに訊くといい。

「飛行機はどうだった、エリオット？」キャヴェンディッシュがアメリカ人に尋ねた。

「快適だったよ、ジェフ。私はよく揺れる小さなジェットが好きでね。中でもノーソルト（ロンドン西部の街）までのヘリはすばらしい。あれはいいよ。バターシー（ロンドンの旧区。現在はワンズワースの一部）までのヘリもよかった。まさに叙事詩的飛行だった。美しい発電所みたいだった」

エリオットというのは、どこまで皮肉を言っているのか判断のつきにくい男だった。いつもこんな調子なのかどうかも。歳は三十一で、アラバマの南部人。弁護士で、ジャーナリスト。一見弱々しい剽軽者《ひょうきんもの》、誰かを攻撃しているときは別にして。〈リシントン・タイムズ〉紙にコラムを執筆しており、かつては彼よりビッグ・ネームだった者たち相手に仰々しく議論を吹っかけていた。ひょろっとして、手足が長く、顔色の悪い危険な男。骨ばった顔に眼鏡をかけていた。

「今夜は泊まるのか、それとも日帰りかい、エリオット？」とタグ・カービーが、自分としては二番目の選択を歓迎するが、というニュアンスを込めて尋ねた。

「このパーティがお開きになったら、すぐに帰らなきゃならない、残念だけど」とエリオットは答えた。

「大使館に表敬訪問もしないで？」とカービーはまぬけな笑みを浮かべながら言った。

これはもちろんジョークだった。カービーはあまりジョークを言う男ではなかったが。

エリオットが今イギリスにいることを知らせる相手先のリストを作ったとしたら、国務省はその一番最後に載るはずだった。それは大佐についても同じことが言えた。

大佐は今、エリオットの隣に坐り、自分で決めた回数だけサーモンを噛んでいた。

「あそこにはわれわれの友達はいないからね」と大佐がエリオットのかわりに気の利いた答をした。「あそこにいるのはゲイだけだ」

ウェストミンスターでは、タグ・カービーは〝歴戦の大臣〟として知られていた。それは部分的には彼の女性遍歴のために、大半はこれまでのコンサルタント業及び重役業のキャリアによってもたらされたもので、この国にしろ、中東にしろ、軍事産業界で、彼が関与していない企業は一社もない、などと言われているほどだった。ほかの客同様、彼もまた実力者で、どことなく相手に脅威を与える風情があった。がっしりとした大きな肩、まるで貼りつけたように見える黒くて太い眉。とぼけた牛のような、卑しい眼。食べながらも、いざという場合に備えるかのように握り拳をつくっていた。

「ダーク――ヴァンは元気かね？」とハトリーがテーブル越しに尋ねた。

ハトリーはその伝説的な魅力のスウィッチを入れていた。それには誰も抗えない。しばらくわれ関せずといった風情だったので、彼のその笑みはことさら印象的で、大佐が返した笑みはもうほとんど反射的なものと言えた。キャヴェンディッシュもハトリーの突然の上機嫌を歓迎していた。

「サー」と大佐はまるで軍法会議で発言するかのように言った。「ヴァン将軍はくれぐれもあなたによろしくと言っておられました。あなたとあなたのまわりの方々からの大いに時宜を得た、過去数カ月にわたる物心両面における支援には、どれだけ感謝しても感謝し尽くせるものではない。くれぐれもよろしくとのことです」

肩と顎を引き、〝サー〟という呼びかけを忘れなかった。

「だったら彼には、彼が大統領選に出馬しないと聞いて、われわれはくそがっかりしてると伝えておいてくれ」とハトリーは光り輝く笑みをたやさずに言った。「アメリカただひとりの善玉がタマなしだというのは、返す返すも残念なことだと」

大佐は諧謔《かいぎゃく》をまぶしたハトリーの挑発には乗らなかった。これまでの会合から、そういうことにはすでに慣れていた。

「ヴァン将軍はまだお若いですから。もっとさきを見ておられるのでしょう。将軍はそもそも戦略的なお方です」大佐はためらいがちに小声で言いながら、文節ごとにひとりわかったようにうなずいて言った。その眼を大きく見開き、見るからに朴訥《ぼくとつ》そうに。「将軍は多くを読まれる方です。奥の深い方です。待つということを知っておられる。凡骨がとうに弾薬を使い果たすところを巧みに切り抜けるのが、将軍の将軍たる所以《ゆえん》です。大統領に揺さぶりをかけるときが来たら、将軍はきっとその場におられることでしょう。そのノウハウを知っているアメリカでただひとりの男——私の意見を言わせてもらえば——それが将軍です、サー」

なんなりと仰せのとおりに、と大佐のコッカースパニエルのような眼は言っていた。その一方で、彼の顎は、おれの邪魔をするな、と言っていた。短く刈りつめた髪。軍服姿でもないのに気をつけの姿勢を保っていたが、彼のそういった姿をほかの場面で思い出すのはむずかしかった。また、彼はいくらか頭がおかしいのではないかと思わずにいることも。あるいは、彼ら全員がそうなのではないかと思わずにいることも。会合の儀式はすでに終わっていた。エリオットが腕時計を見て、タグ・カービーを見やった。大佐はナプキンを首からはずすと、しかつめらしく口元を拭いてから、テーブルの上に置いた。キャヴェンディッシュがあとで片づけなければならない花束のように。カービーは葉巻に火をつけた。

「大変すまないんだが、タグ、そのろくでもないものは消してくれないか？」とハトリーが丁重な口調でカービーに言った。

カービーは黙って葉巻の火を消した。彼はハトリーに秘密を握られていることをたまに忘れることがあるのだった。キャヴェンディッシュがコーヒーに砂糖が要る者と、クリームが要る者を確かめた。ランチ・パーティは終わり、これからが会合だった、互いに激しく忌み嫌い合う五人の男の。よく磨かれた十八世紀の丸テーブルについた五人の男の。壮大な理想によって結ばれた五人の男の。

「きみたちは加わるのか、加わらないのか」とベン・ハトリーが言った。彼は前口上が長いことで有名な男ではなかった。

「もちろん加わりたい気持ちは大いにあります」とエリオットが答えた。が、その表情から彼の真意はまったく推し量れなかった。

「だったら、なんでためらってる？　疑いようのない証拠まであるというのに。あの国を動かしてるのはきみたちじゃないのか。何を待ってるんだ？」

「ヴァン将軍はもちろん加わりたがっておられる。ここにいるダークも。そうだろ、ダーク？　バンドは全員参加する。そうなんだろ、ダーク？」

「もちろん」と大佐は答え、ひとつ息をつき、組んだ手を見つめてうなずいた。

「だったら、すぐにやったらどうだ！」とタグ・カービーが声を荒げた。

エリオットはそのカービーの台詞が聞こえなかったふりをして続けた。「アメリカ市民、自体加わりたがってる。今はまだ事実を知らなくても、知ったら、きっと加わりたがるだろう。正当に自分たちのものであったものを取り戻すのに反対するやつはいない。そもそも手放すべきじゃなかったんだから。だから、ミスター・ハトリー、誰にも止められてるわけじゃないんです。ペンタゴンもこっちについてるし、われわれ自身にももちろんやる意志があるし、こうしたことに関する適材もいるし、テクノロジーもある。こっちには上院も下院も共和党もついていて、今の外交政策とも矛盾しない。マスメディアの掌握に関しても問題はない、たとえ戦闘状態になっても。その点は前回も完璧だったけれど、今回はその上をいくでしょう。だから、ミスター・ハトリー、誰かに止められてるわけじゃないんです。自分たちが止めてるんです。率直に言えば」

全員が黙り込んだいっときが過ぎて、カービーが最初に口を開いた。

「誰しも跳ぶときには勇気が要るものだ」と彼は仏頂面をして言った。「が、サッチャーは決してためらわなかった。始終ためらってばかりいる野郎どもの中で」

また沈黙が訪れた。

「ということは、運河はどんなふうに迷子になってしまうか、ということか」とキャヴェンディッシュが言った。が、誰も笑わなかった。また沈黙が戻った。

「先日ヴァンが私にどんなことを言ったか、わかるかい、ジェフ?」とエリオットが言った。

「なんだね、エリオット？」

「アメリカ人でない者には誰にもアメリカに対する任務がある。なぜなら、彼らには自分たちに対する任務がないからだ。ただ時間を無駄にしてるだけだからだ」

「ヴァン将軍はいつも意味深長なことを言われる」と大佐が相槌《あいづち》を打った。

「それはどういうことだ？」とハトリーが言った。

エリオットはすぐには答えなかった。まるでヴェストを着ているかのように両手を胸に置き、考え深げに自分のプランテーションで葉巻でも吸っているような恰好をしてから言った、ひとりのジャーナリストが別のジャーナリストに何かを告白する口調で。

「今回のことには大義名分がない。行動を取るに足る明々白々たる理由がない。あるのは状況だけだということです。銃口からまだ煙が出ている銃があるわけでもない。アメリカ人の尼僧がレイプされたわけでも、アメリカ人の赤ん坊が死んだわけでもない。あるのはただの噂だけです。〝おそらく〟ということばがあるだけです。あなたのスパイの報告書があるだけです。われわれのスパイの報告書は今のところ気配もない、あってしかるべきなのに。今は国務省の涙もろさに訴えるような時代じゃない。また、今は〝パナマから手を引け！〟なんてプラカードがホワイトハウスの塀の外で踊ってるわけでもない。あとで振り返って国家的良心に恥じない、剛直果断な行動を選択しなければならない時代。それが現代という時代です。そんな時代にあって、国家的良心はきっとわれわれの側につくでしょう。そう仕向けることがわれわれにはできる。あなたにも」

「ああ、そのことはもう言ったと思うが、それには勝算がある」

「しかし、われわれに大義名分を与えることはあなたにもできない」とエリオットは言った。「尼僧をレイプすることはあなたにもできない。われわれのために赤ん坊を虐殺することも」

カービーが場ちがいな馬鹿笑いをして言った。「そう決めつけていいのかね、エリオット？　きみはベン・ハトリーという男をまだよく知らんのだよ。ちがうか、ええ？」

しかし、カービーに返された反応は大佐の訝《いぶか》しげな顔だけだった。

「大義名分ならもちろんあるとも」とハトリーが落ち着いた口調でエリオットに反駁して言った。

「たとえば、どんな？」

「否認だ」

「否認？」

「全員の否認だ。パナマ人はもちろん否認するだろう。フランスの蛙野郎《かえる》もジャップも。それはつまりみんなが嘘をついてるということだ、カストロみたいに。カストロがロシアのミサイルの存在を否認したときには、きみたちは勇んで腰を上げたじゃないか。それと同じだ、運河に関わる陰謀家どもが陰謀を否定してるんだから。今度も勇んで腰を上げるべきなんじゃないのか？」

「あのときはミサイルがほんとうにあったからです、ミスター・ハトリー」とエリオットは言った。「写真まであった。銃口からまだ煙の出ている銃があった。でも、今回のシナリオにはそれがない。アメリカ市民が見たがっているのは、正義がなされる場面です。噂を聞くことではなく。それは今までもそうだった。とにもかくにも、煙の出てる銃が必要だということです、ミスター・ハトリー。大統領もそれを望んでおられる。煙の出てる銃がないかぎり、彼は動かない」

「つけ髭をしたジャップのエンジニアが懐中電灯を持って、第二の運河を掘ってるところを写した写真なんてものがあればいいんだろうが、そこまではちょっとね。でしょ、チーフ？」とキャヴェンディッシュがいくらか揶揄《やゆ》するように言った。

「ああ、そんなものはないよ」とハトリーは答えた。声を荒げることもなく。彼には荒げる必要などなかった。「だったら、きみたちはどうするんだ、エリオット？　一九九九年の十二月くそ三十一日のランチタイムに、ジャップどもがきみたちを会見に呼ぶのをただ待ってるのか？」

エリオットは表情を変えずに言った。「ミスター・ハトリー、われわれには、テレビ映りがよくて、アメリカ市民の感情に訴えることができるような、言い争いのシーンひとつないわけです。このまえのときにはわれわれにつきがあった。ノリエガの威厳大隊がパナマ・シティの街頭でアメリカ人女性の扱いをしくじってくれた。しかし、それまでは手出しができなかった。そもそも麻薬問題があって、それを大々的に報じても。ノリエガの言動にも問題があって、それまた大々的に報じても。ノリエガは醜男《ぶおとこ》だった。だから、それも大々的に報じた。醜いこと、それはすなわち不道徳であるということ、などと思ってる人間はけっこういますからね。ノリエガの性生活、ブードゥー信仰、それも報じた。カストロというカードも使った。それでも、〝威厳〟という名のもとで、ヒスパニックの無礼な兵士が人品卑しからざるアメリカ女性を辱めるという事件が起こるまでは、大統領がわれわれの仲間をパナマに送り込み、彼らに礼儀を教えるという展開にはならなかった」

「あの事件はきみたちが仕組んだものだと聞いてるが」とハトリーは言った。

「同じ手を二度使うわけにはいきません」とエリオットはハトリーの示唆を手で払って言った。

ハトリーは心を爆発させた、地下実験のように。バンという音はなかった。発破口には充分詰めものがされていたから。ただ、高い圧力が加わった擦過音が口から苛立ちと憤怒ともに洩らされた。

「いったいなんなんだ、きみたちは。あの腐れ運河はきみたちのものじゃないのか、エリオット」

「インドはかつてあなた方のものだった」

ハトリーはもう返事をしなかった。窓に引かれたカーテン越しに虚空を見ていた。むなしい時間を見ていた。

「大義名分が要るということです」とエリオットは繰り返した。「大義名分がなければ戦争はできない。大統領は動かない。そういうことです」

会合に明るさと親しさを取り戻すには、堅忍不抜で如才なく、しかも善良なキャヴェンディッシュの笑顔を要した。

「しかし、われわれは見解が一致していないわけじゃない」と彼は言った。「行動の時機については、ヴァン将軍の判断に委ねる。それには誰も異論はないだろう。話を進めようじゃないか。タグ、さっきからきみは話したくてうずうずしてるように見えるが。どうだね？」

ハトリーはもうすでに自分自身の窓にカーテンを引いてしまっていた。だから、タグ・

カービーの話をこれからしばらく聞かなければならないのかと思っただけで、沈んだ気持ちがよけいに滅入った。

「この〈サイレント・オポジション〉だが」とカービーは言った。「このミッキー・アブラカスのグループに関する報告書は読んだか、エリオット？」

「まだ読んでいないとでも？」

「ヴァンは？」

「将軍は彼らが気に入ったようだ」

「それはまた妙だな」とカービーは言った。「この男はアンチ・アメリカなのに？」

「アブラカスは操り人形でも、〝お客様〟でもない」とエリオットは落ち着いた声で言った。「これが選挙までパナマ国内の秩序を保つために暫定政権を支援するというような話なら、彼にはガールスカウトで褒美《ほうび》をいっぱいもらうぐらいの値打ちはあるだろう。彼を引き込めば、うちのリベラル派もわれわれに向かって、植民地政策だと非難できない。パナマ人も」

「で、役立たずとわかれば、アブラカスを乗せた飛行機をいつでも墜落させればいいんだからな、だろ？」とハトリーが陰険に言った。

カービーが言った。「私の考えを言えば、エリオット、アブラカスはわれわれの側の男だ。きみたちの側ではなく。それは彼自身選択したことだ。そしてそのことは取りも直さず、彼の抵抗運動がわれわれのものであることを意味する。われわれがコントロールし、われわれが必要なものを与え、われわれが助言することを。このことは全員よく覚えておいてほしい。ヴァンには特に。だいたい、アブラカスがアンクル・サムからドルを受け取ってたなんてことがわかったら——あるいは、アブラカスの仲間がアメリカ製の銃器で武装していたなんてことがわかったら、ヴァン将軍としても按配《あんばい》の悪いことになるだろ？初めからヤンキーのまわし者などという烙印《らくいん》がアブラカスに押されたりするのは、きみたちとしても望むところではないだろ？」

その点に関しては、大佐には考えがあるようだった。眼を大きく見開き、輝かせ、神々しいばかりの笑みを浮かべて彼は言った。

「そういうことなら、偽の旗を振ることもできなくはない。パナマにはいろいろと利用できるものをわれわれも持ってるからね。アブラカスがあれこれ得ているのは、ペルーからとも、グアテマラからとも、カストロのキューバからとも見せかけられる。そんなことはなんとでもやれる。問題は何もない」

タグ・カービーの主張は、今はただひとつだった。彼は無表情に言った。「アブラカスを見つけたのはわれわれだ。だから、物をあれこれ持たせるのもわれわれがやる。その点に関してはこっちには第一級の周旋人がいる。あんたたちとしても金を出したいのなら、その申し出はありがたく受け取るよ。でも、実際の仕事は全部われわれに任せてくれ。現地の連中をつかったり、直接交渉をしたりはしないでくれ。われわれがアブラカスを動かし、われわれが物資を供給する。彼はわれわれのものなんだから。彼が抱えてる学生も漁師も誰も彼も。彼らのホームサイドの供給はすべてわれわれがやる」カービーはそこでことばを切り、自分の主張がきちんと相手に伝わったことを確認するかのように、その大きな拳で十八世紀のテーブルを叩いた。

「それもこれも〝もし〟という前提に立っての話だ」とエリオットがややあってから言った。

「もし?」とカービーは訊き返した。

「もしわれわれが加わったら、ということだ」とエリオットは答えた。

ハトリーが窓から眼を離し、勢いよくエリオットのほうを向いてにわかに言った。

「私としては独占取材をやりたいもんだな。うちのカメラマンとうちの記者を最初に現場に行かせる。そして、学生と漁師のインタヴューから何からすべて独占報道させる。ほかのやつらはみな非常食でも持たせて後方車両に乗せる」

エリオットは苦笑して言った。「そういうことがお望みなら、侵攻部隊に従軍してもらわないと。それで、そちらの選挙の問題も解決することでしょう。でも、パナマ在住のイギリス人の保護はどうするんです？　そう多くはないにしても何人かはいるわけでしょ？」

「よくぞ訊いてくれた、エリオット」とカービーが言った。

ハトリーとはまた異なる座標軸。カービーはいたって真面目に言っていた。全員が彼を見ていた。ハトリーさえ。

「それはまたどうして？」とエリオットは尋ねた。

「われらがご仁はこのことから何を得るか。そろそろそういうことを話し合ってもいい頃だ」とカービーは顔を紅潮させて言った。われらがご仁。すなわち〝われらが国家の指導者〟。われらの操り人形。われらがマスコット。

「あんたは彼をペンタゴンの作戦室に入れたいのかい？　ヴァンの隣に彼を坐らせたいのか、タグ？」とエリオットは揶揄するように言った。

「ばかばかしい」

「それとも、アメリカの武装ヘリコプターにイギリス兵を乗せたいとか。それならお安いご用だ」

「いや、けっこうだ。これはきみたちの裏庭での出来事だ。ただ、名誉《クレジット》は要求したい」

「信用貸し《クレジット》？　いくらだね？　あんたはなかなか交渉上手だって聞いてるけど」

「そういうことじゃない。これは精神的《モラル》な問題だ」

エリオットはにやっと笑った。ハトリーも笑った。彼らのことばで〝精神的〟というのは〝融通が利く〟と同義だった。

「まずわれらがご仁を前面に押し出して、よく人の眼につくようにする」カービーはその大きな指を折って列挙しはじめた。「われらがご仁が国旗を体に巻きつけたら、きみたちのご仁はそれを称賛する。イギリス万歳、EUなんぞくそ食らえ、というわけだ。われわれは二国間で特別な関係をつくる——そういうことだよな、ベン？　われらがご仁がワシントンを訪ねたら、友好的な握手のあとに、互いに立場を鮮明にして、われらがご仁に対してあれこれ友好的なことばを重ねてもらう。そして、きみたちのご仁にもロンドンに来てもらう、きみが彼を説得でき次第。彼はしばらく来てないからね。その間、イギリス情報部が信頼の置けるマスメディアに情報をリークする。そのテキストはあとで渡すよ——それでいいんだろ、ベン？　ほかのヨーロッパの国には口を差しはさませない。これで、フランスの蛙野郎はいつものようにまた面目丸つぶれというわけだ」

「そこのところは私に任せてくれ」とハトリーが言った。「新聞を売ってるのは彼じゃなくて、この私なんだからな」

彼らはなんとなくわかり合えなかった恋人同士のように別れた。言うべきではないことを言ってしまったのではないか、逆に、言うべきことが言えなかったのではないかと、悔やみながら。また、自分は理解されなかったのではないかと思い煩いながら。帰ったらすぐにヴァンに報告するよ、とエリオットは言った。彼の判断を仰ぐとしよう。大佐は、ヴァン将軍は長期的展望を持ったお方です、と言った。ヴァン将軍は真の予見力をお持ちです。だから、将軍はエルサレムからも決して眼をお離しになりません。将軍は待つということを知っておられる。

「酒を持ってきてくれ」とハトリーは言った。

イギリス人三人だけになり、それぞれウィスキーのグラスを手に一息入れる恰好になった。

「なかなか有意義な会合だった」とキャヴェンディッシュが言った。

「ばかばかしい」とカービー。

「〈サイレント・オポジション〉を買収するんだ」とハトリーが言った。「そいつらに発言させ、走らせるんだ。学生どもはどれだけ話のわかる連中だ?」

「それはどうでしょうね、チーフ。彼らは毛沢東主義者で、トロツキストで、平和運動屋で、たいてい歳もいってる。どっちにだって転ぶ」

「どっちに転ぼうと、そんなことは知ったことか。やつらを買って、表に出させるんだ。ヴァンは大義名分を求めてる。それを夢見てる。しかし、あの男にはそれを自分から手に入れようとするだけの度胸がない。だから取り巻きを寄越して、自分は来なかったのさ。いずれにしろ、学生たちがあの男の欲してる大義名分とやらを提供してくれるだろう。ラックスモアの報告書はどこだ？」

ハトリーはキャヴェンディッシュから渡された報告書に眼を通して、押しつけるようにしてまたキャヴェンディッシュに返した。それを読むのは三度目だった。

「このなんとも悲観的な予測をしてる女アナリストはなんというやつだ？」とハトリーは尋ねた。

キャヴェンディッシュはその名を教えた。

「その女にこれを突き返せ」とハトリーは言った。「そして、学生のことをもっと大きく書くように言うんだ。学生を貧困層や抑圧されてる連中と連帯させて、コミュニズムは捨てさせるんだ。それから、〈サイレント・オポジション〉についてはもっと情報を出させた上で、二十一世紀に向けてパナマを民主国家にするのに、彼らがイギリスを手本とするよう仕向けるんだ。今、必要なのは危機感だ。〝恐怖がパナマの通りを歩いてる〟といった類いのな。日曜日の第一版だ。ラックスモアにすぐに電話しろ。そして、くそ学生どもをくそベッドから引きずり出すときが来たと言うんだ」

これほど危険な任務に就くのは、ラックスモアとしても初めての体験だった。で、得意にもなり、恐れも覚えた。もっとも、彼の場合、国外に出るときにはいつもある程度の恐れを覚えるのだが。彼は絶望的に、そしてヒロイックに孤独だった。脱いではならないジャケットの内ポケットに入れられたパスポートは、公文書送達吏メラーズの海外における渡航の無事を諸外国に要求していた。彼の脇のファーストクラスの座席には、王家の紋章が浮き出し模様に描かれ、幅広のショルダー・ストラップのついた、分厚い黒革のブリーフケースがふたつ重ねて置かれていた。そして、そのブリーフケースはふたつとも蜜蠟《みつろう》で封をされていた。架空の彼の所属部署は、彼に眠ることも酒を飲むことも禁じ、ブリーフケースを常に眼と手の届くところに置くことを求めていた。女王の公文書送達吏の外交用郵袋に汚れた手が触れることなど言語道断、というわけだ。また、彼が誰かと親しく話をすることも禁じていた。作戦遂行上の必要性から、英国航空の品のある年配の客室乗務員と話すことだけは認められたが。南大西洋の上空で、彼は思いがけずトイレに行きたくなった。それで二度席を立ち、二度とも手荷物を持っていないほかの搭乗客に先を越され、最後にはどうにも我慢ならなくなり、客室乗務員を説き伏せ、空室のトイレを見張ってもらい、ブリーフケースを眠っているアラブ人にぶつけ、自分自身も飲みものを運ぶワゴンにぶつかりながら、通路を急いでどうにか用を足すことができた。

「その中にはとても大切なものがはいってるんですね」彼がトイレにはいりかけると、客室乗務員が笑って言った。

ラックスモアは、客室乗務員のことばにスコットランド訛りを聞きつけ、嬉しくなって尋ねた。

「きみの出身は？」

「アバディーン（スコットランド北東部の港湾都市）」

「それは、それは。シルヴァー・シティとは！」

「お客様は？」

ラックスモアは自らのスコットランドの出自をつい長々と話しだしたくなり、すぐにパスポートに記載されているメラーズの出生地は、ロンドン郊外のクラパムになっていることを思い出した。そして、どことなく決まりの悪い思いでトイレにはいり、ブリーフケースの置き場を探してぐずぐずしていると、客室乗務員が彼のかわりにドアを閉めてくれ、よけいに決まりの悪い思いをした。どうにか席に戻って、ハイジャックでもやりそうな客は乗っていないだろうかとまわりを見まわすと、誰もがそれらしく見えた。

ようやく飛行機が下降を始めると、ラックスモアは任務の重要さに対する緊張感と、飛行機に乗ること自体に対する嫌悪が相俟って——飛行機が海に墜落して——外交用郵袋が発見されてしまうという悪夢に襲われた。アメリカ、キューバ、ロシア、それにイギリスの救助船が先を争って現場に急行する。そして、このメラーズという男はいったい何者なのか、ということになるのだ。どうして彼の外交用郵袋は海底に沈んでしまったのか。どうして一枚の書類も海上に浮かんでいないのか。どうして誰も彼の遺体を引き取りにこないのか。妻も子供も親類もいないのか？　そのうち外交用郵袋が引き上げられる。その中身について、イギリス政府は固唾《かたず》を呑んで見守る世界に向けて、ちゃんと説明してくれるだろうか？

「ご滞在先はマイアミですか？」彼がシートベルトを締めるのを確認しながら、客室乗務員が訊いてきた。「マイアミに飽きたら、きっと熱いお風呂が恋しくなると思いますよ」

ラックスモアはアラブ人が耳をそば立てているといけないと思い、声を低くした。その客室乗務員は善良そうなスコットランド人で、真実を明かしてもさしつかえなさそうだったので。

「パナマ」と彼は小声で言った。

が、そのときには客室乗務員はもう彼の席を離れていた。座席の背をもとの位置にお戻しください、シートベルトをお締めください、と客に忙《せわ》しなく声をかけていた。

第19章

「ゴルフ場使用料はプレーヤーの階級によってちがってくるんだ」とモルトビー大使はアプローチ・ショットにミドルアイアンを選んで言った。旗は八十ヤード先に立っていた。それは普段のモルトビーの一日の歩行距離だ。「兵卒はただ同然で、それが階級が上がるのに従って、料金も上がっていき、将軍はまずプレーできないと言われている」ストーモントの曖昧《あいまい》な笑みが返ってきた。「で、私は取引きをした」と彼は誇らしげに明かした。「今日の私は軍曹だ」

彼はボールを叩いた。思いがけず、ボールは濡れた芝を六十ヤードも転がって見えなくなった。モルトビーはいそいそと走り出した。ストーモントはそのあとに続いた。麦わら帽をかぶった年老いた先住民のキャディが、年代物のクラブを入れたカビの生えたバッグをかついでいた。

パナマの初代大統領、アマドル・ゲレロのよく手入れされたゴルフ場は、へぼゴルファーの夢のゴルフ場で、モルトビーはへぼゴルファーだった。一九二〇年代につくられ、もとのアメリカ軍基地と、運河の河口脇の海岸とのあいだに延々と広がっていて、警備員の詰め所がある。それに退屈そうなアメリカ兵とこれまた退屈そうなパナマの警官によって守られた、めったに車の通らないまっすぐな道路が一本延びている。利用するのは軍人とその妻がほとんどといったゴルフ場だ。地平線上にエル・チョリジョと、さらにその向こうに、パイティージャ岬の悪魔の塔が眺められる。今朝はそれらに雲がたなびくようにかかっている。海上には島々、コーズウェイ、それにアメリカ橋をくぐる順番を待っている船の列が見える。

が、そんな景色よりへぼゴルファーにとって何より魅力なのは、海面より三十フィート低いところに掘られ、芝が植えられた細長い溝だった。もともとは運河の一部だったのだが、現在はへぼゴルファーが叩いたボールの抜け道になっている。へぼはフックするかもしれず、スライスするかもしれない。が、カヴァーしきれる範囲内にとどまってさえいれば、その溝はへぼゴルファーにすべてを与えてくれる。ただ、へぼは打ちつづけ、めだたないようにしてさえいればいいのだ。

「パディの具合はもうだいぶいいのかね？」とモルトビーはひび割れたゴルフシューズの爪先で、それとなくボールのライを直しながら尋ねた。

「咳《せき》はおさまってるのかな？」

「それがそうよくもないんです」とストーモントは答えた。

「それはそれは。医者はなんと言ってる?」

「特に何も」

モルトビーはプレーを再開した。ボールはグリーンを越えてまた見えなくなった。モルトビーはそのあとを猛然と追った。雨粒が落ちてきた。だいたい十分の間隔を置いて降っていたが、モルトビーはそのことに気づいてさえいないふうだった。ボールは湿った砂の真ん中につんとすまして落ちていた。年老いたキャディが適切なクラブをモルトビーに手渡した。

「どこかに転地させたほうがいいんじゃないか」とモルトビーはいとも簡単に言った。

「スイスとか。みんなが最近よく行くところに。パナマは不潔すぎるよ。物のどっち側に黴菌《ばいきん》がついてるのかもわからないんだからな。くそ」

まるで原始時代の昆虫みたいに、彼のボールはころころと転がってパンパの灌木《かんぼく》の中にはいり込んでしまった。雨の紗幕《しゃまく》の向こうに、ストーモントは大使が何度もクラブを振りまわすのを眺めた。ボールは最後にふくれっつらをして藪《やぶ》の中から出てきて、グリーンに乗った。モルトビーはパットにやたらと時間をかけ、緊張のあと、やっとホールアウトすると、異常なまでの喜びようを示した。酔っているのか、とストーモントは思った。それとも、おかしくなっているのか。多幸症にでもなったか。ナイジェル、もしきみがよかったらの話なんだが、とモルトビーは昨夜、夜中の一時に電話をしてきたのだった、パディがやっと眠りにつけたときに。もしきみの都合がよかったら、明日、気楽にちょっとつきあってもらえないかと思ってね、ナイジェル。なんなりと仰せのとおりに、大使閣下。

「そのほかについては、このところ大使館は全体的に幸福なときを過ごしてるような気がする」とモルトビーは次の溝まで歩きながら言った。「パディの咳と年老いた哀れなフィービーのことを除けば」彼の妻、フィービーは哀れでも年老いてもいなかった。

モルトビーは髭を剃っていなかった。ネズミ色のプルオーヴァーを着ているのだが、そぼ濡れて、ズボンのない鎖帷子《くさりかたびら》みたいに上体から垂れていた。どうして防水加工されたものを上下そろえて買わないのだろう、とストーモントは彼自身首すじに雨粒が伝うたびに不思議に思った。

「フィービーは見るからに不幸せそうにしてる」とモルトビーは言った。「どうしてまた帰ってきたのか、私にはわけがわからない。私は彼女を嫌っていて、彼女もまた私を嫌っており、子供たちはそんなわれわれふたりを嫌っている。帰ってくることにはなんの意味もないのに。われわれ夫婦はもう何年もやってないのに」

ストーモントはいささか驚き、なんと答えればいいのかわからなかった。知り合って十八ヵ月、モルトビーが今のような私的な話をしたのはこれが初めてだった。が、その初めての打ち明け話が、判然としない理由から、ふたりの心の垣根を取り払い、ふたりのあいだの距離を一気にちぢめた。

「きみは離婚してるね」とモルトビーはまるで不平をこぼすように言った。「きみの離婚は誰にも知れ渡った、私の記憶にまちがいがなければ。しかし、きみはそのことを乗り越えた。きみの子供はきみに口を利いてくれ、外務省もきみを馘にしたりしなかった」

「そう、あからさまには」

「まあ、それはそれとして、私はきみにフィービーと話をしてほしいんだよ。そして、噛んでふくめて言ってほしいんだ。自分もあれこれ経験したけど、そういうことも世間で言われてるほど悪いものじゃないと。彼女とはきちんと話をすることができなくてね。何しろ人を人とも思わないような女だから」

「私よりパディに話させたほうがいいような気がしますが」とストーモントは言った。

モルトビーはボールをティーの上にのせていた。膝を曲げないでそれをやっていることにストーモントは気づいた。体をふたつに折り、またもとに戻した。そして、その間ずっとしゃべっていた。

「いや、きみのほうがいい。それが私の率直な気持ちだ」とモルトビーは足とクラブの構えを決めながら話しつづけ、何度かすさまじい素振りを繰り返した。「彼女は私のことを心配してるんだよ。彼女のほうはひとりでもやっていける。それは彼女自身よくわかってる。でも、私のほうは、しょっちゅうゆで卵のゆで方なんかを電話で彼女に訊くことになるんじゃないかと、彼女は心配してるのさ。誰がそんなことするものかね。すぐに若い女の子と同棲《どうせい》を始めて、その子のために一日じゅうでもゆで卵をゆでてるよ」彼はドライヴァーを強振した。ボールは上がりすぎ、溝の助けも及ばないところまで飛んでしまった。そして、しばらくまっすぐな小径《こみち》に沿って満足げに転がっていたが、そこで急に気が変わったのか、左に曲がり、雨の向こうに姿を消した。

「屁《へ》だな、まったく、屁だ」と大使は悪態をついて、ストーモントには思いもよらない語《ご》彙《い》の豊富さを示した。

雨の降り方が途方もなくひどくなってきた。ボールにはボールの人生を歩ませることにして、彼らは半月形の既婚士官用官舎のまえにある野外音楽堂まで歩いた。が、年老いたキャディはその野外音楽堂が気に入らないようで、心もとない椰子《やし》の木の下に立って雨宿りをした。帽子から滝のように雨が流れ落ちているのが見えた。

「そのほかについては」とモルトビーは言った。「仲間内の争いもなく、みんな元気にやってる。そして、われわれの株はこれ以上望みようがないほど上がってる。魅力的な情報があらゆる方面からはいってきてるんだからね。このうえ、お偉方は何をわれわれに望むことがある。わからんね、まったく」

「どうしてそんなことを？　彼らがまた何か要求してきたんですか？」

　モルトビーは急いではいなかった。彼だけにわかる奇妙なまわり道をして、まるで昔の愉しい思い出を懐かしむかのような口調で言った。

「ゆうべ、オスナードの秘密の電話でいろいろな人たちと長いことおしゃべりをしたんだが、きみはあれを使ったことがあるか？」

「いえ、まだ」

「ブール戦争の頃につくられた洗濯機みたいなおぞましい赤い代物。なんとでもきみも好きに呼べばいい。面白かったよ。それから、電話で話した連中もみんないいやつらだった。まだ実際に会ったわけではないが。声を聞くかぎりまちがいない。電話会議というのをやったのさ。誰かの発言の途中に割り込むたびに、謝らなきゃならなくて、謝罪のことばを言ってるだけで会議が終わってしまうあれだ。ラックスモアという男が今こっちに向かってる。スコットランド人だ。表向きの名前はメラーズということになってる。ほんとうはこういうことをきみに話したりしちゃいけないんだろうが、私はこういう男なもんでね。いずれにしろ、そのラックスモア－メラーズが驚天動地のニュースも持ってくる」

雨はすでにやんでいたが、モルトビーはそれに気づいていないようだった。キャディは相変わらず椰子の木の下にいて、肩をまるめて太いマリファナ煙草を吸っていた。

「帰らせてやったらどうです？」とストーモントは言った。「もうプレーなさらないのなら」

ふたりは雨に濡れたドル紙幣をふたり分合わせてキャディに渡し、モルトビーのクラブを持たせてクラブハウスに帰した。そして、自分たちは野外音楽堂の隅の乾いたベンチに坐り、雨水がエデンの園のあちこちに川をつくり、流れ、神の栄光のような太陽がすべての葉と花を照らすのを眺めた。

「もう決められたことなんだよ――私としては選択の余地がなかったんだ、ナイジェル。われらが女王陛下の政府がパナマの〈サイレント・オポジション〉を極秘に援助するというのは、もう決められたことなんだ。もちろん、あくまで関係を否認できるようにした上でのことだが。その援助のしかたをわれわれに教えにくるのが、メラーズことラックスモアというわけだ。まあ、そういったことにはハンドブックでもあるんだろう。〝駐在国の政府を追い出す方法〟とでもいったような。われわれは全員それに関わらなければならない。私も、真夜中にドミンゴ氏やアブラカス氏を自家用菜園に招いたりしなきゃならないのかどうか、それはまだわからないが。きみもまたそういうことをしなきゃならないのかどうかも。それに、そもそも私は自家用菜園なんて持ってないが。そう言えば、インド総督や外相を歴任された故ハリファックス卿は持っておられた。そして、そこであらゆるタイプの人々とお会いになられた。きみはなんとなく半信半疑の眼で私を見てるね。そうなのかい、きみのその眼は半信半疑の眼なのか？」

「どうしてオスナードだけではまかないきれないんです？」とストーモントは尋ねた。

「大使として、私は彼の関与をことさら進言しなかった。彼はすでにあれこれ責任ある仕事をしてるわけだからね。それに彼はまだ若い。ジュニアだ。〈サイレント・オポジション〉の連中にしても、世慣れた人間を相手にしたいだろう。また、彼らの中にはわれわれの同類もいれば、少々荒っぽい労働者階級の人間もいる。港湾労働者や漁師や農民たちだ。そういう連中はわれわれが引き受けたほうがいい。さらに、われわれは爆弾をつくってるような学生を支援するわけだが、彼らは彼らで扱いにくい連中だ。そういうやつらも掌中におさめるには、やはりきみのような人間に対応してもらわねばならない。なんだか困ったような顔をしてるが、ナイジェル、何か不都合でも？」

「ロンドンはどうしてスパイをもっと送ってこないんです？」

「まあ、その必要はないからだろう。ラックスモア－メラーズのような相手には、こっちとしてもきちんとした対応が必要となるだろうが、彼もパナマに常駐するわけじゃない。だいたい大使館員をむやみに増やすようなことは慎むべきだ。それだけで外部から何かコメントを求められるからね。むしろその点は私のほうからもはっきり言っておいた」

「なんですって?」とストーモントは信じられない思いで訊き返した。

「そうとも。きみと私のふたつの経験豊富な頭があれば、余分なスタッフは不要だとね。それは確信をもって言えることだとも言っておいた。船頭多くしてというやつで、そもそも受け入れる余裕もないとね。そこのところはちょっと地位に物を言わせた。われわれは世情に通じた人間だから、とも言ってやった。きみもその場にいたら、私を誇らしく思ったはずだ」

ストーモントは大使の眼が一瞬奇妙な光を帯びたのを見たような気がした。それは欲望の目ざめとでもいったような光だった。

「人は要らないが、物資は山ほど要るようになる」とモルトビーは新しいトレーニング・メニューを愉しみにしている男子学生の口調で言った。「無線機に、車に、隠れ家に、雑役、軍需品は当然のこと——マシンガンに、地雷に、バズーカ砲に、大量の爆弾に起爆薬も必要となるだろう。思いつくものはすべて。〈サイレント・オポジション〉を近代化するにはそういうものが不可欠だと彼らも言っていた。そして、それらの予備。予備は絶対に必要だとひとりが言ってた。今さら言うまでもないが、学生というのはとかく不注意だからね。朝渡した新品の無線機が昼にはもう落書きだらけになってる、などということがあたりまえなんだから。〈サイレント・オポジション〉だけが特別優秀とは考えられない。火器はすべてイギリス製だ。安心したかね？　実績もあって、信頼できるイギリスの会社がすでにいつでも送れるようスタンバイしている。いいことだ。カービー大臣はその会社をとても高く評価している。イランのときだったか、イラクのときだったか、いや、たぶんその両方で名をあげた会社だ。ガリーもその会社を買っている。これまたいいことだ。で、情報部《オフィス》も私の提案を受け入れてくれた、ガリーもまたバカン作戦に参加させることに。今こうして話してるあいだにも、オスナードが彼に宣誓させてることだろう」

「あなたの提案……」とストーモントはほとんど無意識につぶやいた。

「そうとも、ナイジェル。私は、術策をめぐらす役はきみとふたりでやることに決めたんだ。まえにも言ったことがあると思うが、私はこういう国家の企みにどれだけ参加したいと思ってきたことか。そういう機会がやっと訪れた。秘密の角笛がやっと響き渡ってくれたというわけだ。そういった熱意を持たない人間はこの世界にひとりもいないと思うが——でも、きみはなんだか浮かない顔をしてるね、ナイジェル。私が話してることがどれだけ大変なことか、きみにはまだあまりよくわかってないようだな。いいかね、パナマ大使館が大飛躍するときが今まさに訪れたのさ。沈滞した田舎大使館から、世界で最もホットな大使館になろうというときが。昇進も勲章もこれ以上ない厚遇も一晩でわれわれのものになるときが。われらがマスターたちの勤務評定ほど信用できないものもない、などどうか今は言わんでくれ。今はそういうことを言うべきときじゃない」

「段階をいくつも飛ばして事が進められている。私にはそんなふうに見えますが」とストーモントは大使の椅子の誘惑に負けまいとして言った。が、その声はいかにも弱々しかった。

「何を馬鹿な。たとえばどんな段階だね?」

「たとえば、情報の論理的分析をする段階とか」

「ほう?」――モルトビーは冷ややかに言った――「正確にはどういったものに関する分析だね?」

「〈サイレント・オポジション〉自体、われわれ以外誰も耳にしていない集団です。どうして彼らは何もしないのか――たとえば、マスメディアにリークするとか、いくらかでも声を上げるとか――」

モルトビーは早くも鼻でせせら笑っていた。「きみ、きみ、そのわけは彼らの名前が語ってるじゃないか。それが彼らの本質なんだから。サイレント、だ。そうやすやすと胸の内を明かさないのが彼らのやり方なんじゃないのか。ミッキー・アブラカスはただの呑んだくれじゃない。彼は神と国のための隠れた革命家だ。ラフィ・ドミンゴもただの性欲過多の麻薬ディーラーじゃない。彼はデモクラシーのための無欲な戦士だ。学生については今さら何を分析しようと言うのだね？　きみだって自分の学生時代を忘れたわけではあるまい。まず気まぐれで、まずあてにならない。ある日あることをやっていたと思えば、別の日にはまた別のことをやっている。きみもいささか焼きがまわったようだな、ナイジェル。パナマがこたえたか。パディを連れてスイスにでも移ったほうが――そうだ、そうだった」――モルトビーはそれまで言わずにいたことをそこで初めて明かす気になったかのように言った――「忘れるところだった。ミスター・ラックスモアー＝メラーズは金の延べ棒を持ってくる」――管理者として最後のひとことを忘れない口調でつけ加えた――「最近は銀行も運送サーヴィスも信用できないからね、きみと私がこれから足を踏み入れようとしている謀略の裏社会では特に。で、彼は王室の使者を装い、外交用郵袋に入れて持ってくるんだ」

「何を持ってくると言われました？」

「金の延べ棒だ。〈サイレント・オポジション〉への軍資金だよ。どうやら近頃はドルやポンドやスイス・フランなどよりそういうものが好まれるらしい。しかし考えてみれば、もっともなことだ。〈サイレント・オポジション〉の運営がイギリス貨幣でまかなわれてるところなど、想像できるかね？　最初の暴動が失敗に終わるまえから、切り下げられるのがオチだ。〈サイレント・オポジション〉を買い叩くわけにはいかない。ロンドンの連中もそう言ってた」そこでモルトビーはいかにもさりげなくつけ加えるように言ってのけた。「数百万などという金はきょうびただ同然だ。何しろ未来の政府を買おうというのだからね。手綱を引き締めて学生を抑えるというのも、まったくできないことではないが、きみだって若い頃は借金生活をしてたんじゃないのか？　学生というのは金食い虫みたいなものだ。だからなおさら、資金の適切な管理というものが、与えるほうにとっても受け取るほうにとってもきわめて重要な問題になる。そして、われわれにはそれができる。だろ、ナイジェル？　私は今回のことを自分の人生における大きな挑戦と見ている。人生半ばで迎えられる夢のようなチャンスだとね。ジャングルの中で砂金を選り分けて汗を流したりしなくてもすむ、外交のエルドラド。まさにそれだよ、これは」

モルトビーは考えにふけっていた。ストーモントは唇を真一文字に結んでその脇に坐っていた。モルトビーがこんなにくつろいでいるのを見るのは初めてだった。しかし、モルトビーというのはいったいどういう人間なのか、ストーモントにはまったくわからなかった。あるいは何ひとつ説明できなかった。太陽はまだ照っていた。野外音楽堂の薄暗がりの中、彼は監房の扉が開いているのを信じられない思いで見ている終身刑囚のような心境だった。自分には今はったりが求められている。しかし、それはどんなはったりなのか。自分は自分自身を除くと、誰をコケにしているのか、とストーモントはオスナードの錬金術に踊らされて嬉々《きき》としている大使を見ながら思った。〝みんながはりきってるときに、水を差すようなことを言わないでくれ〟というのは、〝事実とするにはバカンは都合がよすぎるんじゃない？　オスナードという人を知れば知るほどそういう気がしてならない〟とパディに言われたときに、彼自身が言ったことばだった。

モルトビーが哲学を語っていた。

「大使館というのは〝評価〟をおこなう機関ではない。われわれが〝意見〟を持つのはいいことだ。が、意見と評価とはちがう。われわれが地元の情報を持つのもいいことだ。それは言うまでもない。が、ときにそれがわれわれの上司の持つ情報と齟齬《そご》をきたすことがある。われわれにはわれわれの五感があり、われわれには見ることも聞くことも臭いを嗅ぐこともできる。しかし、膨大な資料やコンピューターがあるわけでも、アナリストや、廊下を忙しげに走るセクシーな若手が何人もいるわけじゃない、残念ながら。われわれには全体の像は見られない。世界のゲーム感覚もない。うちのような小さくて取るに足りない大使館には特に。われわれは田舎者だ。そこのところはきみにも同意してもらえると思うが」

「そういうことも彼らにおっしゃったのですか？」

「もちろん言ったとも、オスナードの魔法の電話でね。人のことばというのは秘密裏に語られるとずっと重みを増すものだ、ちがうかね？　われわれはわれわれの限界をよく心得ている。私はそう言った。また、こうも言った、われわれの日々の仕事は誰にでもできるような凡庸なものだが、それでも、時々、われわれにはより大きな世界を垣間見ることが許される。バカンはまさにそういう機会だ。だから、われわれは今回のことについては大いに光栄に思っている、とね。うちのような小さな大使館の任務はあくまで駐在国の空気を読み、わが政府の考えを駐在国に伝えることであって、われわれの手に余る事項に関して、われわれに客観的判断を求めるというのは不適切かつ不都合なことだ、とも言っておいた」

「どうしてまたそんなことを？」とストーモントは訊き返した。声を大きくして言ったつもりだった。が、何かが彼を引き止めていた。

「ほかでもないバカンとはそうしたものだからだ。いずれにしろ、私がそう言うと、情報《オフィ》部《ス》の人間が、最新情報に対する称賛のことばが少しも聞かれないが、と言って私をなじってきた。それはつまりきみもなじられたということだ。〝称賛のことば？〟と私は訊き返した。〝称賛のことばぐらいいくらでも進呈しよう。アンドルー・オスナードはほんとうにすばらしい男だ。それが欠点ともなるほど良心的な男だ。加えて、バカン作戦は大いにわれわれを啓発し、また、作戦自体がわれわれの頭脳の糧にもなっている。その点については心から敬服しており、今後も十全的に作戦を支援していくつもりだ。実際、バカン作戦は、われわれのささやかなコミュニティの活性化にも少なからず役立っている。それでも、バカンをこの大計画に組み入れるのはわれわれの仕事ではない。それはきみたちのアナリストの、そしてわれわれのマスターの仕事だ〟とね」

「それで相手は承服したのですか？」

「熱心に聞き入ってたよ。実際、アンディはいいやつだ。そのことは彼らにも言った。女性にとっても、大使館にとっても役に立つ男だ」そこでモルトビーはことばを切った、ストーモントに疑念を抱かせたまま。ややあって続けた。声がいくぶん低くなっていた。

「よかろう。アンドルー・オスナードも百パーセント、フェアプレーをしてるわけではないのかもしれない。そこここで少しは嘘をついてるのかもしれない。しかし、嘘をつかないやつがどこにいる？　要するに、私が言いたいのはこういうことだ。おそらくアンドルー・オスナード以外、今回のことはきみにも私にも大使館のほかの職員にも、いっさい関係がないということだ。そして、バカンなどというのは、まさに前代未聞のたわごとだということだ」

ストーモントは、危機に及んでも平静を保っていられることでよく知られており、それは今も実証された。苦痛を覚えながらもしばらくじっと坐っていた——チーク材でつくられた固いベンチで、その日の湿気の多さもあって、腰が痛みだした。彼は、荷を降ろした船の列、アメリカ橋、旧市街、湾をはさんでそびえる醜いその妹——新市街のことを思った。組んでいた足を解き、また組み直す。彼は思った、まだ理由は明らかにされていないものの、これで自分は外交官生命を断たれようとしているのか、それとも、まだ概要はつかめないものの、これは新たなキャリアのはじまりなのか。

ストーモントとは対照的に、モルトビーのほうは、胸の内を明かした者のくつろぎを享受していた。うしろにもたれ、その山羊のような細長い頭を野外音楽堂の鉄の柱にもたれさせていた。彼は度量を感じさせる声音で言った。

「私にはわからない。きみにもわからない。誰がつくり話をしているのか。それはバカン本人なのか、それとも、ミセス・バカンなのか。誰であれ、新たな情報源なのか——アブラカスなのか、ドミンゴなのか、サビーナという女なのか、どこにでも顔を出すテディなんとかという胸くその悪いジャーナリストなのか。アンドルー——怒らんでくれ、アンディ——なのか。すべては見せかけなのか。彼はまだ若い。彼らが彼を騙してるということも考えられる。一方、彼は頭の回転の速い男だ。そして、ごろつきだ。いや、ちがう。あの男は頭から爪先まで腐りきったやつだ。あいつはクソだ」

「彼はあなたのお気に入りだと思っていました」

「もちろんだ。彼のことは大いに気に入ってる。私は彼を欺《あざむ》いてるわけじゃない。人を欺くやつは大勢いるが。しかし、人を欺くのはたいていがへぼプレーヤーだ、私のような。そして言いわけをする。言いわけは私自身これまでに何度かやってきた」彼はふたりの会話に加わることに決めた大きな黄色い蝶《ちょう》に、どこかしら恥じるような笑みを送った。「しかし、アンディは勝者だ。人を欺く勝者はみんなクソだ。パディはアンディのことをなんと言ってる？」

「彼を称賛しています」

「なんとね。私としてはそれが度を過ぎた称賛でないことを祈るのみだな。これは口にするのも残念なことだが、アンディはフランチェスカと寝てる」

「ばかばかしい」とストーモントはいくらか感情をあらわにして言った。「彼らは互いに口を利こうとさえしていないじゃないですか」

「それは人の眼を忍んで寝てるからだ。ふたりの仲はもう何カ月にもなる。彼女のほうはもうすっかりのぼせ上がってるようだ」

「そんなことをどうしてご存知なんです?」

「ナイジェル、きっときみも気づいてたと思うが、私は彼女から眼が離せないんだよ。だから、私は彼女の一挙手一投足を見てるのさ。あとを尾《つ》けたこともある。彼女には気づかれなかったが。ストーカーというのは相手に気づかれたいという願望も持っているものだ。彼女は自分のアパートメントを出ると、オスナードのアパートメントに行った。そして出てこなかった。翌朝七時に、私は急を要する電報が届いたことにして、彼女のアパートメントに電話をした。誰も出なかった。これ以上、はっきりしてることもないんじゃないかね」

「しかし、そのことはオスナードには何もおっしゃってないんですね?」

「なんのためにそんなことをしなきゃならない? フランチェスカはまさに天使で、オスナードはクソで、私はスケベ爺《じじい》だ。そんなわれわれに何ができる?」

また強い雨が降り出し、野外音楽堂のあちこちで何かが軋んだり、こすれたりする音がした。次の太陽を見るにはまた数分待たなければならなかった。

「これからどうするおつもりなんです?」とストーモントは自問しかけてやめた質問を相

手にぶつけて身を守り、ぶっきらぼうに尋ねた。

「どうする？　そう訊いたのか、ナイジェル？」ストーモントの知っているモルトビーにまた戻っていた。なんの面白味もない、学者ぶってお高くとまったモルトビーに。「どうするって何を？」

「バカンのことです。ラックスモアのことも。それに〈サイレント・オポジション〉、学生、それが誰であれ、橋の向こう側の人々のこと。オスナードのこと。バカンはフィクションだという事実。たとえバカンという人物は実在しても。さっきあなたが言われたように、報告書は前代未聞のたわごとだということも」

「ナイジェル、われわれは何かをするよう頼まれたわけじゃない。われわれはより次元の高い目的のための僕《しもべ》にすぎないんじゃないのか」

「しかし、ロンドンはすべてを信じていて、あなたはすべてをたわごとと思うのなら――

――」

モルトビーは机をまえにしたときにいつもやるように、両手の指を合わせて上体をまえに倒し、無言の議決拒否の姿勢を取った。「続けてくれ」

「――そのことをロンドンに知らせるべきなんじゃないですか」とストーモントは毅然《きぜん》として言った。

「どうして？」

「彼らがいつまでも騙されていていいわけがないじゃないですか。何かが起きてからでは遅すぎる」

「しかし、ナイジェル、われわれは評価する側にはいない。そういうことでさっきわれわれは合意し合えたんじゃなかったのか？」

光沢のあるオリーヴ色の鳥が彼らの領地にやってきて、彼らにパン屑《くず》をねだった。

「何もないんだよ」とモルトビーが鳥にすまなそうに言った。「ほんとうに。悪いんだが」彼はポケットに手を入れて探り、結局、何も見つけられず、また手を出して言った。「あとで。明日おいで。いや、明後日《あさって》だ。明後日の今ぐらいの時間に。明日はトップ・スパイがご来臨になるんでね」

「大使館員であるわれわれの責務は、この状況下では、当面、後方支援ということになる」とモルトビーはビジネスライクの固い口調で続けた。「その点はきみも同意してくれると思うが」

「それはまあ」とストーモントはあいまいに相槌を打った。

「アシスタントが必要なところでのアシスト。拍手が必要なところでの拍手。あるいは、勇気づけたり、逆に頭を冷やさせたり。それから、操縦線《ファイアリング・シート》にいる者たちが背負っている重荷を少しは軽くしてやることだ」

「操縦席《ドライヴィング・シート》」とストーモントは無意識に言っていた。「あるいは、第一線《ファイアリング・ライン》だと思いますが。今おっしゃったのは」

「ありがとう。どうして今風の比喩《ひゆ》を使おうとすると、いつもまちがってしまうのだろう？　今も戦車の操縦席を思い描いていたんだよ。金の延べ棒でその代金が支払われる、ガリーの戦車だ」

「ええ」

モルトビーの声が徐々に大きくなっていた。まるで野外音楽堂の外にいる聴衆にも聞かせようとするかのように。誰もいないのに。「いずれにしろ、全面的協力の精神で、私はロンドンに対して次の点を明確にしておいた――きみもきっと同意してくれることと思うが――たとえどれほど信頼がおけようと、アンドルー・オスナードはこれほどの大金を扱うにはまだ経験がなさすぎる、扱うのが現金であれ、金《きん》であれ。だから、彼にとっても、また、資金を受け取る側にとっても、この件に関しては、彼に専門の主計官をつけることが適切な処置であり、私は関係大使として無私の精神で、その役を引き受けることを申し出た。そう言ったところ、ロンドンの連中もこの私の申し出の思慮深いところを理解した。

オスナードとしては不服かもしれんが、あえて反論はできまい。ほかでもないわれわれ——きみと私だ、ナイジェル——が〈サイレント・オポジション〉や学生たちとのパイプ役を引き受けるんだから。こうした秘密資金というものは、その使途明細を明らかにしにくいことで悪名高く、実際、いったん誤った手に渡ってしまうと、もう追跡のしようがなくなる。だから、われわれの管理下にあるときには、ことさら用心深い管理が肝要だ。その点については、オスナードが金庫室で使ってるのと同じタイプの金庫を用意するよう、もう事務局に頼んである。金の延べ棒は——あるいは、ほかのどんな形態のものも——そこに保管され、きみと私のふたりでジョイント・キーを持つ。まとまった金が必要なときには、オスナードのほうからわれわれのところに来て、使途目的を説明する。そして、その額がガイドラインに照らし合わせて承認しうる場合、私ときみとでキャッシュをつくり、しかるべき手に渡す。きみは金持ちか、ナイジェル？」

「いいえ」

「私もだ。離婚は高くついたか？」

「ええ」

「だろうね。私の場合もそういう事情は変わらないだろう。フィービーは簡単には満足しない女だから」彼は理解を求めてストーモントの顔を見やった。が、ストーモントは鉄のような表情を崩さず、ただ太平洋を眺めていた。

「人生とは理不尽なものだ」とモルトビーはどうでもいいような世間話をする口調で続けた。「われわれは健康で、健康な〝食欲〟のある中年男だ。すでに何度か過ちを犯し、そのことから教訓を得てもいるが、ジマー（老人用歩行器の商標名）の世話になるまでには、まだいくらか時間がある。かけがえのない貴重な時間だ。しかし、ほんのちょっとした過ちに、その過ちさえなければ完璧であるはずの人生を台無しにされてしまうことがある。まったくの無一文にされてしまうことがある」

ストーモントは遠い島々の上にかかっている真綿のような雲に海から視線を移した。その雲が彼には島に降る雪に見えた。咳も癒え、村で買った日用品を手に、スイスの山小屋までの小径を愉しそうに歩くパディの姿が見えた。

「アメリカに探りを入れるように言われました」と彼は機械的に言っていた。

「誰に？」とモルトビーは間髪を入れず訊き返した。

「ロンドンに」とストーモントは相変わらず感情のこもらない声で答えた。

「探りというと？」

「彼らはどれだけ知っているのか。〈サイレント・オポジション〉について。学生について。日本との秘密の会合について。探りを入れるだけで、こっちからは何も与えてはならないというのがロンドンの指示です。試しに何か言ってみろ。ちょっと挑発してみろ。自分はロンドンでぬくぬくとしている人間が人を指図するときに思いつくことは、全部言われました。オスナードが探りあてた件に関して、国務省もCIAも表向きはどんな動きも見せていませんからね。彼らは彼らで独立した情報をつかんでいるのかどうか。それを探れというわけです」

「つまり――彼らも知ってるのかどうか」

「そう言ったほうがよければ」

モルトビーは憤然として言った。「はっきり言うが、私はアメリカ人が嫌いだ。やつらは自分たちと同じ狂った歩調で堕落することを誰にも求める。何にしろ、礼儀正しくおこなうことが彼らには百年経ってもできない。われわれの振る舞いを少しは見習えばいいのに」

「アメリカは何も知らないとしたら？　この情報はまだ誰にも手つかずのものなのか、それともアメリカはほんとうにまったく何も知らないのか？」

「それは知るべきものが何もないからだとしたら？　そっちのほうがずっと可能性が高い」

「いくらかは真実も含まれているのかもしれない」とストーモントは丁重さを頑固に守っ

て言った。

「壊れた時計も十二時間に一度は正しいときを告げるという原則に立って言えばね。そのとおりだ。いくらかの真実は含まれてるのかもしれない」とモルトビーは小馬鹿にしたような口調で言った。

「アメリカも信じたとしたら？　それが真実であれ、真実でなかれ」とストーモントはいくらか意地になって言った。「あなた好みの言い方をすれば、それに食いついてきたら、ロンドンのように」

「今きみが言ったのはどっちのロンドンだ？　いや、いや、われわれのロンドンではないだろうね、わざわざ訊くまでもないが。もちろんアメリカは信じなどしないよ。一片の真実もないことなんだから。彼らのシステムはわれわれのよりずっと優れてる。すぐにこれがすべてたわごとであることを証明し、取ったメモをシュレッダーにかけてから、丁重にわれわれに礼を言うだろう」

ストーモントはなおも食い下がった。「人はみな自分たちのシステムを信用しないものです。諜報活動というのはテストみたいなもので、いつも隣に坐っているやつのほうが自分よりよく知っているように見えてしまうものです」

「ナイジェル」とモルトビーは大使という役職の権威を含ませた声できっぱりと言った。

「もう一度思い出してくれ、われわれは評価する側にはいないということを。いいかね、これは千載一遇のチャンスじゃないのか、われわれが職務を全うするための。われわれが大切に思う人たちの役に立てる絶好の機会じゃないのか。これでわれわれの眼のまえに黄金の未来が開けたんじゃないのか。こういうケースにおける犯罪など、どれも取るに足りないものだ」

ストーモントはまだ前方を見ていた。が、雲ももう慰めにはならなかった。〝これまでの〟未来が見えた。パディを死ぬほど苦しませている咳。イギリスの腐りきった公共医療制度。わずかな年金を頼りに早期引退をしたあとのサセックス住まい。これまで大事に思い描いてきながら、ことごとく潰《つい》えた夢。そして、以前は死に場所と決めていた祖国イギリス。それらが見えた。

第20章

彼らは仕上げ作業用の部屋の床の上に――グナ族の女たちがパナマ北東沖のサン・ブラス諸島からやってくる彼女らのいとこ、叔父、叔母のために用意している敷物を重ねた上に――横たわっていた。彼らの上には、あとはボタン穴をつけるのを待つばかりといったスーツが何着も吊るされていた。天窓からだけ光が射し込み、その光は街の灯のせいでピンクがかった色をしていた。エスパーニャ通りからの車の音だけが聞こえ、マルタが彼の耳に囁いていた。ふたりとも服を着たままで、彼女の傷ついた顔は彼の首のあたりに埋められていた。彼女は震えていた。ペンデルも震えていた。ふたりは今、恐れを抱いて凍えるひとつの体だった。ほかに誰もいない家に残されたふたりの子供だった。

「税金をごまかしてるって言われたんで」と彼女は言っていた。「ちゃんと払ってるって言っておいた。〝このわたしがちゃんと帳簿をつけてるんだから、まちがいない〟って」

彼女はそこで彼が何か言うかと思ってことばを切った。が、彼は何も言わなかった。「従業員の保険をごまかしてるって言うんで、〝その仕事をしてるのもわたしだけど、すべて規則どおりにやってる〟って言ったら、よけいな質問をするなって言われたわ。おまえの記録もちゃんとあるんだからって。一度叩きのめされたからって逃れられると思うなって」彼女は顔を彼のほうに向けた。「わたしは質問なんてひとつもしてないのに。でも、わたしは自分の寝室の壁にカストロとチェ・ゲバラの写真を張ってるって、その記録とやらに書くそうよ。それから、わたしはまた過激派の学生と行動をともにするようになったとも言われたわ。そんなことはしてないって答えておいたけど。だってそんなことは実際してないんだから。そうしたら、彼らはあなたのことをスパイだと言った。ミッキーもそうだと。ミッキーが呑んだくれの振りをしてるのは、カムフラージュだって。まったく狂ってる」

彼女はすべて話し終えていた。が、彼女が言ったことをペンデルがきちんと理解するのにはいくらか時間がかかった。ややあってから、彼は彼女の上になり、両手で彼女の頰を自分の頰に引き寄せ、ふたつの顔をひとつにして言った。

「彼らは私のことをどんなスパイだと言ってた？」

「ほかにどんな種類のスパイがいるの？」

「ほんもののスパイ」

電話が鳴っていた。

彼らの頭の上で鳴っていた。海の向こうというものを通常考えないペンデルには、その電話が鳴ること自体珍しいことに思えた。が、それもグナ族の女たちが電話にすがって生きているのを思い出すまでのことだった。彼女たちは電話に喜びを見出し、電話に向かって泣くのだ。夫や、恋人や、父親や、族長や、子供や、家長や、その他数えきれない親族を相手に、解決できない問題について話し合うときには、彼らのことば一語一語にそれこそしがみつかんばかりになる。電話はしばらく鳴っていた。ペンデルの内的世界における恣《し》意的な物差しでは永遠に。現実の世界では四回。気づくと、マルタはもう彼の腕の中にはおらず、立ち上がり、電話に出る身だしなみとしてブラウスのボタンをとめながら、彼に訊いていた。彼はここにいてもいいのか、それとも別なところにいることにするのか。電話が都合の悪いものに思えるとき、彼女は必ずそのことを知りたがった。ペンデルはなぜかそこで急に頑なな思いに襲われ、立ち上がった。ふたりは横になっていたときのようにまた寄り添い合った。

「私がここにいて、きみがいないことにしよう」と彼は彼女の耳元で囁いた、念を押すように。

そのことばは、悪戯心《いたずら》から出たものでも親愛の情から出たものでもなかった。擁護者としての彼の真心からのことばだった。彼は用心深く電話とマルタのあいだに割り込んだ。天窓からピンク色の光が彼に射した――靄《もや》の彼方にいくつか星が見えた――彼は鳴るままにしばらく電話を放置して、その電話の相手を推し量った。まず最大の脅威となるものを考える――それがオスナードの個人教授のスパイ講座一項だった。言われたとおりにやってみた。が、現時点における最大の脅威とはオスナードにほかならず、ペンデルはまずオスナードのことを思った。それからベアー。次に警察。そして最後に――実は最初から考えていたのだが――ルイーザのことを思った。

しかし、ルイーザは脅威ではなかった。彼女は彼が何年もまえに創り出した犠牲者だった、彼女の母親と父親、ブレイスウェイトとベニー叔父、それに愛徳会、その他ペンデルという人間をつくりあげたすべての人たちと協力して。彼女は彼を威嚇するというより、彼に自分たちの誤った人間関係を思い出させる人間だった。彼女は彼を構築しようとするのにあれほど苦心したにもかかわらず、どうしてうまくいかなくなってしまったのか。それは構築したことそれ自体がまちがいだったのだろう。彼はこのところそう思うようになっていた。しかし、人間関係を構築するのがまちがいだと言うなら、それをやめてほかに何をすればいいのか。

最後に何も考えることがなくなり、ペンデルは手を伸ばして受話器を取り上げた。と同時に、マルタが彼のもう一方の手を取り、手の甲を口に持っていき、歯を剝いて軽くやさしく、彼を安心させるように嚙んだ。その彼女の行為がなんらかの形でペンデルを鼓舞したのだろう。受話器を耳にあて、彼は自分を消すかわりに、姿勢を正し、陽気とまでは言わないまでも大胆ではきはきしたスペイン語で、闘志《ドラツクン》のあるところを——そういつまでも境遇に服従していないところを声に含ませて言った。

「〈ペンデル&ブレイスウェイト〉です。こんばんは。どのようなご用件でしょう?」

しかし、無意識にしろ、彼のその道化た物言いが攻撃者の一撃を挑発するためのものだったのだとしたら、それは惨めなまでに失敗に終わった。なぜなら、銃撃戦はもうすでに始まっていたからだ。彼が言い終えるまえに、もう最初の弾丸《たま》が何発も彼にあたっていた。ゆっくりと、しかし確実に広がっていく炸裂《さくれつ》——軽機関銃と手榴弾《しゆりゆうだん》と跳弾《ちようだん》の勝ち誇ったような甲高い音。一瞬、ペンデルはまた侵攻が始まったのかと思った。ただ、今回は一緒にエル・チョリジョに行くことをマルタに約束していた。彼女が彼の手にキスをしているのはそのためだ。そんな一瞬が過ぎ、銃声の向こうに、当然予測される被害者の泣き声が聞こえてきた。怯《おび》えと怒りに咽喉を絞めつけられ、人を責め、呪い、人に抗い、求め、償いから神の赦《ゆる》しまですべてを請う声が、間に合わせの防空壕の中でこだましていた。そして、それらの声はやがてただひとつの声になった。アナの声に。マルタの幼なじみで、ミッキー・アブラカスの愛人《チキージャ》――パナマでただひとりミッキーに耐え、何を飲んだにしろ、彼が吐いたときには彼の体を洗い、彼の武勇伝に耳を傾けることのできるアナの声に。アナであることがわかった途端、ペンデルには彼女が何を言おうとしているのかはっきりと予測できた。優れたストーリーテラーなら誰もがやるように、彼女もまた一番いいところは最後に持ってきていたけれども。彼は受話器をマルタに渡さず、最後まで自分だけのものにして、打擲《ちょうちゃく》を自分の体に受けた。マルタに受けさせるのではなく。威厳大隊が彼女をずたずたにするのを止められなかったあの宿命的な出来事。あんなのは金輪際願い下げだった。

それでも、アナの問わず語りにはいくつもの脇道があり、実際、ペンデルとしてもまっすぐ進むには地図が必要だった。

「あたしの父さんの家でもないのよ。父さんはただあたしにしぶしぶ貸してくれただけなの。あたし、父さんに嘘をついたの。一緒にいるのは友達のエステージャだけだって。エステージャっていうのは修道院付属学校の同級生で、マルタも知ってるわ。とにかくミッキーとは一緒じゃないって嘘をついたのよ。その家は〈不幸な老婆《ネグラ・ビエハ》〉っていう花火工場の職工長の人の家で、パナマの全部のお祭りの花火がグアラレ（パナマ南部の都市）でつくられてるんだけど、これはグアラレの彼らたち自身の祭りのことよ。父さんは、その職工長さんと仲がよくて、その人の結婚式の新郎の付き添い役もやったのよ。それでその職工長さんがアルバ（カリブ海のオランダ領の島）にハネムーンに行ってるあいだ、父さんにその家を使ってくれって言ったの、お祭りのあいだ。でも、父さんは花火が好きじゃないから、救いようのないミッキーと一緒でないなら、そこを父さんのかわりに使ってもいいって言ってくれたのよ、あたしに。それであたしは嘘をついたわけ、絶対そんなことはしないって。友達のエステージャ《チキージャ》を連れていくって。修道院付属学校の同級生の。今のところ、彼女、ダビデの材木商の愛人なんだけど。とにかくグアラレのお祭りはすごいのよ。五日間続いて、闘牛とかダンスとか花火とかがあって、パナマのどこへ行ったたって、世界じゅうどこへ行ったたって見られないようなお祭りなの。でも、あたしはエステージャを連れていかなかった。連れていったのはミッキー。だってミッキーはあたしをとても必要としてたから。なんだかすごく怯えてて、すごく落ち込んでて、すごくはしゃいでたの、同時に。警察はアホだって言ってたわ。おれを脅しやがってって。イギリスのスパイ呼ばわりされたんだそうよ。それもノリエガ時代からの。彼はただ二、三学期オックスフォードで呑んだくれて、そのあと、おだてられてパナマでイギリス風のクラブを経営しただけなのに」

アナはさも可笑《おか》しそうに笑いはじめた。ペンデルとしては、辛抱強く彼女の話の断片をつなぎ合わせて意味を探るしかなかった。それでも、話の中心部分ははっきりしていた。ミッキーが一度にこれほど気分を高揚させたり、ふさぎ込んだりするのを見るのは、彼女としても初めての経験だったということだった。泣き出したかと思ったら、意味もなく笑いはじめて、まったく、なんでそんなふうになっちゃうの？　まったく、あたしは父さんになんて言えばいいのよ。誰が壁とか天井とかきれいにしてくれるの？　ありがたいことに床はタイル張りだったけど、木の床じゃなくて。少なくとも、彼も場所をキッチンに選ぶだけの思いやりは示してくれたってわけ。それでも、ひかえめに見て、内装の修理に千ドルはかかるわね。父さんは自殺と異教徒についてはひとこともふたことも持ってる厳格なカトリックなのよ。でも、彼が飲んでたのはしかたないでしょ？　みんな飲んでるんだから。お祭りで飲まないで、ダンスもファックもしないで、ほかに何をするのよ？——花火を見ていた。それがバンという音を背後で聞いたとき、彼女がしていたことだった。しかし、彼はそれをどこで手に入れたのか。自分の頭を吹き飛ばすとさかんに言っていた頃でさえ、実際に銃を持ち歩いていたわけではなかった。警察にスパイ呼ばわりされ、以前服役したときのことを思い出させられ、もう一度同じ眼にあわせてやると脅されたあと、どこかで買ったのにちがいない。もう昔のように可愛い坊やではなくなっているけれど、そんなことは心配しなくてもいい。古株の服役囚は選り好みなどしないから。彼女は叫び、笑い、首をちぢめ、眼を閉じた。そして、誰かがロケット花火を家の中で打ち上げでもしたのかと振り返り、そこで初めて汚れに気づいたのだった、それが自分のドレスにも飛び散っていることに。ミッキーが床に〝逆になって《アップサイド・ダウン》〟倒れていることに。

気がつくと、ペンデルは、頭を吹き飛ばしたわが友——刑務所《ムショ》仲間にして、選ばれた永遠のパナマの指導者、〈サイレント・オポジション〉のリーダーのどっちが上なら〝逆でない〟倒れ方になるのか、わけもなく必死に考えていた。

受話器を置くと、侵攻が終わり、被害者の不満もやんだ。あとは掃討だけが残った。彼はポケットから2Hの鉛筆を取り出して、グアラレの所番地を書きとめた。薄くてもはっきりと読み取れた。次に彼はマルタの金の心配をした。そして、すぐにボタンのかかるズボンの右の尻のポケットに、オスナードから受け取った五十ドル札の束が押し込まれているのを思い出した。それを彼女に渡した。彼女はそれを受け取った。たぶん自分が何をしているのかもわからないまま。

「アナだった」と彼は言った。「ミッキーが自殺した」

しかし、もちろん彼女にもうわかっていた。ずっと彼の顔に自分の顔を押しつけ、ひとつの同じ耳で聞いていたのだから。彼女には最初から自分の友達の声がわかっていた。彼の手から受話器をひったくらなかったのは、ペンデルとミッキーの友情を慮《おもんぱか》ったからだ。

「あなたのせいじゃない」と彼女はことばを熱くして言った。そして、ペンデルの分厚い頭蓋骨《ずがいこつ》を貫通させようとそのことばを何度も繰り返した。「どっちみち彼はこういう選択をしたと思う、あなたがまえもって彼に知らせていようといまいと。聞いてる？　彼に口実は要らなかった。彼は毎日自分を殺してたんだから。聞いて」

「聞いてるよ、聞いてる」

しかし彼は言わなかった。いや、おれのせいだ、とは。言ってもなんの意味もなかったから。

マルタがマラリア患者のように震えだした。ペンデルが支えていないと、床に倒れていただろう、ミッキーのように〝逆になって〟。

「きみは明日マイアミに行け」と彼はマルタに言って、ラフィ・ドミンゴが話していたホテルを思い出した。「〈グランド・ベイ〉に泊まるといい。場所はココナッツ・グローヴ。ビュッフェ・ランチが最高だそうだ」と彼は意味もなくつけ加えた。そして、オスナードに教えられた万一の際の手だても伝えた。「もしチェックインできない場合には、伝言を受けてくれるようコンシェルジェに頼むんだ。サーヴィスのいいホテルだけれど、なんならラフィの名前を出すといい」

「あなたのせいじゃない」とマルタは繰り返した。涙声になっていた。「やつらは刑務所で彼をとことん痛めつけたのよ。彼はまだ子供だったのに。大人はやっつけてもいい。でも、子供にそんなことをするなんて。彼はあの頃から肥ってたけど、とても繊細な肌をしていた」

「ああ」とペンデルは同意して言った。「われわれみんながそうだ。だからわれわれはそういうことを互いにやり合っちゃいけないんだ。そんなことをしちゃいけないんだ」

そう言いながら、ペンデルの関心は仕上げられるのを待っている何着ものスーツにあった。その中で最も大きく、最もめだつのが、アルパカでつくった、ミッキーの千鳥格子のスペアズボン二着付きのスーツ——ミッキーが年寄り臭いといったスーツだった。

「わたしも一緒に行くわ」とマルタは言った。「あなたも助けが要るはずよ。アナの面倒も見なくちゃ」

彼は首を振った。とても激しく。彼は彼女の腕をつかみ、もう一度首を振った。彼を裏切ったのはこの私だ。きみじゃない。きみはやめろと言った。なのに、私は彼をリーダーに祭り上げてしまった——といったようなことを彼は言おうとした。が、すでに彼の顔がそれだけのことを語っていたのだろう。彼女は彼の手を振りほどき、自分が見ているものを嫌悪するように彼から逃れた。

「マルタ、聞いてくれ。私の話を聞いて、私をそんな眼で見ないでくれ」

「ええ」

「学生のことも何もかもありがとう」と彼はかまわずに言った。「すべてに感謝してる。ありがとう。すまなかった」

「ガソリンが要るわ」彼女はそう言うと、百ドルを彼に返した。

自分たちの世界が終わろうとしているときに、ふたりは佇み、銀行券のやりとりをしているのだった。

「わたしに感謝する必要はないわ」とマルタは断固としながら、過去を懐かしむ口調で言った。「わたしはあなたを愛してるんだから。そのほかのことはわたしにはなんの意味もない。ミッキーでさえ」

そのことばで気持ちの整理がついたようだった。彼女は体の緊張を解いた。その眼にまた愛が戻っていた。

パナマ・シティ、マルベージャ五十三番通りにあるイギリス大使館の夜は普段と何ひとつ変わらない。普段と何ひとつ変わらない時間が過ぎている。東棟にある、窓がなくて風通しの悪い、陰気なオスナードのバラックで、メンバーも増えたバカン作戦会議が緊急に招集され、一時間ほどまえから開かれている。フランチェスカ・ディーンは、場所は変わっても、通常の手続きは何ひとつ変わっていないことを自分に思い出させる。ここで流れている時間もここの外で流れている時間も同じひとつの時間だ。われわれが、最も穏やかで、最も理に適った方法で、〈サイレント・オポジション〉と呼ばれるパナマの支配層の中の反体制派に武器と資金を提供し、好戦的な学生を募り、合法的パナマ政府の転覆を計り、アジアと南アメリカ合作の奸智《かんち》に長けた陰謀から運河を奪還し、暫定管理委員会を設置するという、そんな計画を練っていようといまいと。

秘密会議の男たちはみな新たな段階にはいった、とただひとりの女性メンバー、フランチェスカは、小さすぎるテーブルのまわりに寄せられた顔をひそかに観察して思った。そういった変化が彼らの肩の凝りに表れている。顎の筋肉に、好色そうなすばしこい眼のまわりの汚れた影に。部屋いっぱいの白人の中のたったひとりの黒人にでもなったかのような気がする。彼女はオスナードの顔を見ずに、彼のほうに視線を泳がせ、三番目のカジノのクルピエの顔に表れた表情を思い出した——あんたが彼の女ね、とその表情は言っていた。そういうことなら、ひとついいことを教えてあげる。あんたのいい人とあたしは、あんたなんか、どれだけいやらしい夢を見たって、絶対見ることさえできないようなことをやってんのよ。

秘密会議の男たちは自分が炎の中から助け出したかのように女を扱う。そして、それがどんなことであれ、自分のことを完璧と思わせたがる。わたしは彼らの小さな農家の玄関の上がり段に立っているべきなのだろう。白いロングドレスを着て、しがみつく赤ん坊を胸に抱き、彼らを戦場へ送り出すべきなのだろう。わたしは、ハロー、わたしがフランチェスカよ、あなたたちが凱旋《がいせん》したときのための一等賞の賞品よ、とでも言うべきなのだろう。秘密会議の男たちは、メカーノ（ボルトやナットを使い、さまざまな形に組み立てて遊ぶ子供用玩具）のような脚がついている、奇妙なグレーのスティール・キャビネットと、ほの暗い白色光によって分け与えられた、蠟のような罪悪感を抱いている。キャビネットは、梯子《はしご》の上で音痴のペンキ屋が歌う鼻歌のような音を立てている。詮索好きの耳からわれらのことばを守るために。秘密会議の男たちは異なる臭いも放っている。彼らはさかりのついたオスなのだ。

彼ら同様、フランチェスカも興奮していた。しかし、興奮は彼女をそれだけ懐疑的にもした。一方、男たちの興奮は彼らを勃起《ぼっき》させ、より喧嘩《けんか》好きな神のそばへ駆り立てた。もっとも、現時点における神とは、孤独な食事をとるやもめといった風情で、テーブルをはさんでフランチェスカの反対側に坐っている髭づらの神経質そうな小男、ミスター・メラーズのことだったが。彼は強いスコットランド訛りで、ことあるごとに〝ジャントルマン〟と呼びかけていた――今夜だけはわたしも男に昇格したということなのだろう、とフランチェスカは思った。ジャントルマン、自分でも信じられない――と彼は言っていた――二十時間いっときも眼を閉じてないなんて。もちろん、やれと言われれば、あと二十時間でも続けられるが。

「ジャントルマン、私には女王陛下の政府のトップが認めたこの作戦の国家的、さらには地政学的重要性をこれ以上力説することはできない」ダリエンの雨林には、千丁ものセミオートマティック・ライフルを隠すのに適当な場所があるのかどうか、また、基地ともオフィスともなる中枢部のことももっと考えるべきではないのか、といった問題が論じられるあいだ、彼はほかのメンバーにことあるごとにそう請け合っていた。ほかの男たちは文字どおり彼のことばに聞き惚《ほ》れていた。すべてを呑み込んでいた。なぜなら、怪物のように途方もない計画であっても、すべてが秘密裏におこなわれれば、結局のところ、それは怪物のようではなくなるからだ。あのちびのスコットランド野郎の馬鹿な髭を誰か剃ってやればいいのに、とフランチェスカはほかの男たちに忠告する。そして外に連れ出し、ズボンを無理やり脱がせ、パイティージャ空港までのバスの中でもう一度同じ話をさせるのだ。そして、それでも彼のことばに同意できるかどうか、試すのだ。しかし、男たちは彼を外に連れ出したりも、彼のズボンを無理やり脱がせたりもしなかった。みんなあの男を信じている。あの男を称賛している。もう溺愛してしまっているのだ。モルトビーを見るがいい！　女王陛下のモルトビーを！――女王陛下の胡散《うさん》臭い、馬鹿ではないが、学者気取りの不幸な既婚大使。タクシーの中でも、大使館の通路でもその清潔さを疑ってかかる、すべての腐敗原因物質を腐敗させる腐敗原因物質――彼はフランチェスカにそんなものを思い起こさせる。〝くそっ、彼女はなんてきれいなんだ！〟。彼女が彼のプールに飛び込んだとき、そんなことを叫んだこともあったモルトビーが今は、メラーズの右隣に坐り、同意の意を示すべく、きざな笑みを浮かべ、パブでよく見かける、汚らしいプラスティック・マグの水を半永久的に飲みつづける鳥のおもちゃさながら、いかがわしいまでに長い頭を何度も前後に振って、さらに、仏頂面のナイジェル・ストーモントに同意を強いていた。

「きみにももちろん異論はないね、ナイジェル？　訊くまでもないか。それで決まりだ、メラーズ」にしろ――

「われわれが彼らに金《きん》を与え、彼らにはガリーを通して銃を買わせる。直接彼らに銃を渡すよりそのほうがずっと簡単だ。それに、何かあった場合に関与の否定もしやすくなる――

ラーズ」にしろ——
——そうだろ、ナイジェル？——そっちもいいね、ガリー？——よし、それで決まりだ、メ

「いや、いや、ミスター・メラーズ、人員を補充してもらう必要はない。私もナイジェルもこうした謀略についてはよく心得てるから。そうだろ、ナイジェル？　それからここにいるガリーはかかる分野のプロだ。ガリー、数百の対人地雷ぐらいなんでもないだろ、ええ？　バーミンガム製のだ。あれが一番だな」

ガリーはつくり笑いを浮かべ、ハンカチで口髭を押さえながら、注文控え帳にせっせと走り書きをしている。メラーズがそんな彼にテーブル越しに買いものリストと思《おぼ》しいものを押しやる。天井を見上げ、自分のしていることから眼をそらしながら。

「大臣の熱烈な賛同を得ているわけだからね——」彼は最後までは言わない。それはつまり自分の責任ではないということだ。

「ただ、ここで考えておかなければならないのは、メラーズ、このことを知っている人間の輪はできるだけ小さくしておくということだ」とモルトビーが熱心に訴えている。「このことをたまたま知りえてしまう可能性のある者は、言ってみれば、囲いの中に入れておく必要がある。たとえば、ここにいる若いサイモンのような者は」——そこでモルトビーは、ガリーの横で戦争神経症でも患ってしまったような体《てい》で坐っているサイモン・ピット

を横目で見やる——「今回の件に関して軽率な発言をひとことでもしようものなら、罰として奴隷船で一生役務に就かねばならないと釘を刺しておく必要がある。いいかね、サイモン？　いいかね、ええ、いいかね？」

「ええ」サイモンは拷問にあってそう答える。

モルトビーは確かに普段とちがっている。フランチェスカがこれまでに見てきたモルトビーではない。ただ、想像はついたが。なぜなら、彼はこれまで充分活用されてこなかったし、充分認められてもこなかったからだ。ストーモントも普段とちがう。話すたびにただ意味もなく顔をしかめ、モルトビーの言うことをすべて保証している。

では、アンディ・オスナードも普段とちがっているだろうか？　それとも、彼は少しも変わってはおらず、ただ、わたしがそういうアンディをこれまで知らなかっただけのことなのか。

彼女はこっそりと焦点をオスナードに合わせる。

やはりちがっていた。より大きくも、より肥っても、より痩《や》せてもいなかったが、より遠くに行ってしまっていた。その距離があまりに遠く、彼女にはテーブル越しには彼と認めることさえできないほどだった。彼の旅はカジノで始まり——今では彼女にもそのことがはっきりとわかる――メラーズが緊急にやってくるという知らせを受けた時点で、その旅程が一気に慌ただしくなっていた。

「あんなちび、誰が呼んだんだ？」と彼は彼女に食ってかかった。まるで役立たずを呼んだのが彼女の責任ででもあるかのように。「バカンは彼には会わない。バカン2も会わない。彼女はおれにさえ会わないんだから。誰も彼に会わない。それはもう本人に言っておいたのに」

「だったら、もう一度言えば？」

「これは初めからおれが始めたことだ。彼じゃない。おれの作戦だ。なのに、なんで今頃になってあんなやつがしゃしゃり出てくるんだ？」

「わたしに怒鳴らないでよ。彼はあなたのボスなんじゃないの、アンディ？　彼があなたをここに配属したんじゃないの？　わたしじゃなくて。所属の長には部下のもとを訪ねる権利がある。そういうことはあなたの情報部《オフィス》でも変わらないと思うけど」

「おれに説教を垂れるんじゃない」とオスナードは言い返した。フランチェスカは、気づいたときにはもう自分の持ちものを静かに鞄に詰めていた。そんな彼女にオスナードは、バスタブに汚らしい髪の毛を残していくなよな、と追い討ちをかけた。

「彼にわかってしまうことがそんなに恐いの？」とフランチェスカは冷ややかに言った。

「彼はあなたの恋人ってわけじゃないんでしょ？　彼に貞節を誓ったわけでもないんでしょ？　ちがうの？　あなたはこっちで女をつくった。そのどこがいけないの？　そういう女は別にわたしでなくてもよかったわけだし」

「ああ、それはそのとおりだ」

「アンディ！」

オスナードは、短いながらちゃんとした詫びのことばを口にしてから、むっつりと言った。

「おれはスパイされるのがいやなのさ。そういうことだ」

しかし、そのジョークにフランチェスカがほっとして笑みを見せても、彼はサイドボードから彼女の車のキーを取り上げ、それを彼女の手のひらに押しつけて、鞄をさげた彼女をエレヴェーターのところまで強引に連れていった……そんなことがあったあと、今日は一日ずっと互いに顔を合わさないですんでいたのだが、今はこうして陰気な白い監獄で、テーブルをはさんで向かい合わざるをえなくなったというわけだった。オスナードは苦虫を嚙みつぶしたような顔をしていた。フランチェスカは唇を真一文字に結んで、微笑みは見知らぬ男だけに向けていた――ただ、顔にこそ出さなかったが、腹立たしいのは、その男がさかんにオスナードを持ち上げていることだった。見ていて吐き気を催すくらい、男はオスナードに媚びへつらっていた。

「アンドルー、きみはどうだね、今の申し出に賛成かな？」とメラーズは尋ね、音を立てて歯の隙間から息を吸った。「きみも何か言ってくれないか、ミスター・オスナード。これはきみが成し遂げたことなんだから。そうだろ？　きみこそ今回のことをすべて支配監督している男なんだから――大使閣下のまえでそこまで言うのは失礼かもしれないが。しかし、現場にいる者が――現場どころではない、最前線だ――面倒な資金管理から解放されるというのは、やはりいいことなのではないかな？　率直なところを言ってくれ、アンドルー。このテーブルについている者で、きみの偉業を傷つけようなどと思っている者はひとりもいないんだから」

この感傷的なことばには、モルトビーが熱烈な支援を送る。その少しあと、第二弾として、モルトビーほど熱烈ではないにしろ、ストーモントがあと押しの発言をする――〈サイレント・オポジション〉の資金の管理については、ふたつの鍵を上級大使館員の手に委ねるのがやはり最善策である、と。

そういう重荷を肩から取り除いてやろうというのに、どうしてアンディは渋い顔をしているのか。モルトビーとストーモントが身を入れて彼の仕事を軽減しようと言っているのに、どうして彼はそのことを喜ばないのか。

「みなさんにお任せします」と彼はむっつりと言う。モルトビーを横目で睨みながら。そして、また不機嫌な顔に戻る。

そこで、資金にしろ物資にしろ、その取り扱い窓口がストーモントに変わることを、ミッキー・アブラカス、ラフィ・ドミンゴ、さらに〈サイレント・オポジション〉のほかのメンバーにどのように伝え、説得するかという問題が持ち上がり、オスナードの怒りが爆発寸前になる。

「その点に関して言えば、いっそ組織を乗っ取ってしまったらどうです？　で、大使館事務局から指揮を執る。九時から五時まで。週に五日。それで解決。どうぞお好きに」

「アンドルー、アンドルー、そういう妙な物言いはやめたまえ」とメラーズが言い、スコットランドの鶏の鳴き声みたいな舌打ちをする。「われわれはチームだ、ちがうのか、アンドルー？　ええ、ちがうのか？　この席における申し出はすべてきみに手を貸そうというものだ。これは賢者の集まりだ。申し分なく進行している作戦をより確かなものにするためのね。ちがいますかな、大使？」歯の隙間から息を吸う音。悩める父親の悲しい困惑顔。なだめる口調が嘆願口調に変わる。「こうした抵抗運動に関わっている連中というのは、だいたいが一筋縄ではいかない連中だ、アンドルー。彼らの手綱は最初からがっちりと握っておく必要がある。また、この手の作戦はちょっとした判断が多大な結果を生むことも往々にしてある。だから、アンドルー、危険きわまりないのだよ、きみのような若年の者がすべてを取り仕切るというのは。今話されているような件については、海千山千のヴェテランの手に委ねたほうがいい」

オスナードはただふくれっつらをする。ストーモントは虚空を見つめる。が、熱心で親切なモルトビーは、自分からも何かいたわりのことばをかけるべきだと考える。

「アンディ、きみだって何もかもひとりで処理するわけにはいかないだろうが。きみもそう思うだろ、ナイジェル？　うちの大使館の方針は一に分担、二に分担だ。そうだろ、ナイジェル？　実際、きみには今後も情報網の面倒を見てもらわねばならない——概要報告にしろ、詳細報告にしろ、それに支払いにしろ何にしろ、やってもらわねばならないことはまだまだある。こっちが引き受けようと言っているのは、きみの〈サイレント・オポジション〉だけだ。これ以上公正な申し出がどこにある？」

しかし——フランチェスカにしても気まずい光景だったが——オスナードは眼のまえに丁重に差し出された手を握ることを拒否する。そのぎらぎらとした小さな眼をまずモルトビーに、そしてストーモントに、最後にまたモルトビーに戻し、何事かつぶやく。それは誰にも聞こえなかったが、たぶんそのほうがよかったのだろう。オスナードは、手ひどく騙された者のように、苦笑いを浮かべて自分自身にうなずく。

象徴的な儀式が最後に残る。メラーズが立ち上がり、いったん机の下に身をかがめ、ふたつの黒革のショルダーバッグを取り出す。公文書送達吏が両肩にかける鞄だ。

「アンドルー、すまないんだが、金庫を開けてはくれまいか?」と彼は命ずる。

全員が立っている。フランチェスカも立っている。シェパードがつかつかと金庫のまえまで歩き、まず真鍮の長い鍵で鉄格子の扉を開ける。真ん中に黒いダイアルのある、鋼鉄製のドアが現れる。メラーズが黙ってうなずき、オスナードが鬱積した怨嗟《えんさ》の表情を隠そうともせず、まえに出る。フランチェスカは、そんな彼の表情を今までは見ないですんできたことを心から嬉しく思う。ダイアルが右に左にまわされ、錠前が降参する。この期に及んでも、オスナードはモルトビーの催促のことばを待って、おもむろにドアを開け、かなりかい半分のお辞儀をしてから、大使と政治部長に先を譲る。テーブル脇に立っているフランチェスカの眼に、掃除機を改造したような形のものに、大型の赤い電話が取り付けられていて、その横に鍵穴がふたつある金庫があるのが見える。判事である彼女の父も同じようなものを自分の更衣室にひとつ持っている。

「ひとつずつ行こう」メラーズが小心者の声音で言っている。

一瞬、フランチェスカの眼のまえに昔かよった学校の礼拝堂が現れる。彼女は一番前の信徒席でひざまずいている。若くてハンサムな司祭たちが彼女に背を向け、何やら忙しそうに密談している。彼女の初聖体の儀式の準備に興奮ぎみに。徐々に視界が鮮明になり、オスナードが、親のような視線を向けるメラーズのまえで、モルトビーとストーモントに銀めっきが施された柄の長い鍵をひとつ渡している。一方がもう一方の鍵穴にまちがって差し込んでしまうという、オスナードだけがひとり加われない、イギリス的な余興のあとで、〝よし〟というモルトビーの声とともに金庫の扉が開く。

しかし、フランチェスカはもう金庫を見ていない。彼女の視線はオスナードに注がれており、当のオスナードは、メラーズがシェパードにひとつずつ手渡し、積み木崩しの積み木のように、シェパードが十文字に重ねている金の延べ棒に眼を釘付けにされている。そして、そんなオスナードの沈んだ顔が彼女の心を虜《とりこ》にする。しかし、彼女の気持ちがそんなふうになるのは、それが最後となる。なぜならその顔は、彼女が彼について知りたかったことも知りたくなかったこともすべてを語っていたからだ。彼は何をしているところを見つかってしまったのか。それが今ようやく彼女にもわかる。彼をつかまえた人々にも、自分たちのしたことがちゃんとわかっているのかどうか、そこまでは判断がつかないが。嘘つき。それが彼だ、職業上の特権が与えられていようといまいと。彼女には彼が赤に賭けた五万ドルの出所がわかった。それは今、扉を開けて彼女の眼のまえにある。鍵を手放さなければならなくなったことを彼はどうしてあんなに怒ったのか、そのわけもよくわかった。それがわかったあとは、彼女にはもう彼を見ることができなかった。それはひとつには、不面目と自己嫌悪のために眼がかすんだせいで、ひとつには、海賊のような笑みを浮かべながらも、どこかぎこちないモルトビーに襲われたからだ。彼は、〈パボ・レアル〉でゆで卵でも食べないかときみを誘ったら、きみはそれを神をも畏《おそ》れぬ大罪と見なすだろうか、と言っていた。

「フィービーもやっと私のもとを離れる決心をしてくれたんだよ」と彼は誇らしげに説明する。「すぐに離婚ということになるだろう。ナイジェルが勇気を総動員して私の意思を彼女に伝えてくれたんだ。私が話しても彼女は信じないからね」

フランチェスカはすぐには返事ができなかった。まず本能が命じたのは、震えてみせ、ノー・サンキューと言うことだった。しかしそれも、もっと早くに気づいていてもおかしくはなかったことに気づくまでのことだった。すなわち、自分は何カ月もモルトビーの献身的愛に触れており、望みなど毛ほどもないのに、これほどまでに自分を恋い焦がれている男が存在するということ自体は、少しも悪いことではないことに。また、道徳基準を持たない男と人生をともにするという考えと格闘していたときに、モルトビーのおずおずとした称賛のことばは、貴重な心の支えになっていたことに。良心の呵責《かしやく》と恥の欠落。確かに、そのことに最初は惹かれた。しかし、今は虫酸が走る。結局のところ、自分は大使のスマートさに欠ける献身的愛がどこかで恋しくなっていたのかもしれない。そうした自己分析がフランチェスカを結論に導いた。招待されてこんなに嬉しくなったのは久しぶりだ。それが彼女の結論だった。

マルタは仕上げ用作業台に坐り、彼が彼女に押しつけていった札束を見下ろしながら思った――親友のミッキーが死んで、彼は自分がミッキーを殺してしまったと思っている。もしかしたら、そうなのかもしれない。警察が彼のことを調べている。なのに、彼はわたしに、マイアミの浜辺に坐り、〈グランド・ベイ〉でビュッフェ・ランチを食べ、服を買って、彼が来るのを待てと言う。くよくよしないで、彼を信じて、日焼けをし、顔の治療をしろと言う。そして、ボーイフレンドを見つけろ、と。彼はわたしにハンサムなボーイフレンドをあてがいたいのだ。ハリー・ペンデルの代理を。彼がルイーザに誠意を尽くしているあいだ、彼のかわりにわたしを愛することのできる彼の代理を。それが彼という人間で、彼という人間は複雑とも、単純とも言える。ハリーは誰のためにも夢を見る。ハリーはわれわれのための人生すべてを夢見て、夢見るごとに誤解する。なぜならまず第一に、わたしはパナマを出たくなどないからだ。わたしはここにいて、彼のために警察に嘘をつき、彼がしてくれるように彼のベッドの脇に坐り、彼にとって不都合なことが起きたら、それを見つけて彼の都合のいいように仕向ける。わたしがしていたいのは、そういうことだ。また、彼に眼を覚ますように言って、部屋を歩きまわらせもしたい。なぜなら、横になっているかぎり、人に思い描けるのは次の敗北しかないからだ。立ち上がれば、人はまたひとかどの人間《メンシュ》になれる。〝メンシュ〟というのは〝尊厳〟を意味する彼のことばだ。第二の問題点は、わたしにはパナマを出国することができないということだ。パスポートを警察に取り上げられてしまっているのだから。彼をスパイさせる奨励策のつもりなのだろう。

七千ドル。

彼女は天窓からのほのかな明かりの下、作業台の上ですでに数えていた。ミッキーの死の知らせを受け、彼がズボンの尻のポケットから取り出し、罪悪感からの贈りもののように彼女の手のひらに押しつけた七千ドル――ほら、受け取ってくれ。これはオスナードの金だ。ユダの金。ミッキーの金。今はきみの金だ――ハリーがこれからしなければならないことを考えると、人は今後に備え、そういう金は普通自分のポケットにしまっておくものなのではないだろうか。葬儀屋の金。警察の金。愛人《チキージャ》のための金。しかし、ハリーは受話器を置くなり、ポケットから取り出していた、汚れた金とは今すぐにも縁を切りたいとでも言わんばかりに。ペンデルはどこでそういう金を手に入れてるんだ？　と警察は彼女に訊いていた。

「マルタ、おまえさんは馬鹿な女じゃない。読み書きもできれば、勉強もしていて、爆弾もつくれて、面倒も起こせて、デモ行進の先頭にも立てる女だ。誰が彼に金を出してるんだ？　アブラカスか？　彼はアブラカスのために働いてて、アブラカスはイギリスのために働いてるのか？　彼はアブラカスから金をもらって何をしてるんだ？」

「さあ。わたしのボスはわたしには何も話さないから。どうでもいいけど、わたしのアパートメントからすぐに出ていって」

「彼とあんたはできてるんだろ、そうなんだろ？」

「いいえ、できてなんかいない。彼がわたしのところに来るのは、わたしが頭痛持ちで、時々嘔吐《おうと》の発作にも襲われるからよ。わたしが手ひどく殴られたときにそばにいてくれたのも、それは彼がわたしの雇い主だからよ。彼は心のやさしい人で、模範的な夫で、模範的な父親よ」

いいえ、できてなんかいない。少なくとも、それは真実だった。しかし、その貴重な真実を警察に明かすのは、どんな嘘をつくよりも彼女には心の負担となった。いいえ、お巡りさん、わたしたちはできてなんかいません。いいえ、そんなこと頼んだこともありません。わたしたちはわたしのベッドに横になり、わたしは彼の股間《こかん》に手をやるけれど、ズボンの上からで、彼のほうもわたしのブラウスの中に手を入れるけれど、彼が自分に許しているのは片方の乳房だけです。求めれば、好きなときにいつでもわたしのすべてが得られるのに。そのことは彼にもよくわかっているのに。わたしのすべてはすでにもう彼のものなんだから。でも、彼は罪悪感にとらわれてるんです。犯した罪より多くの罪悪感を持ってるんです。わたしはそんな彼に、わたしたちがもっと若くてもっと勇敢だった頃に——彼らが棍棒《こんぼう》でわたしの顔を消してしまうまえの頃に——また戻れたら、わたしたちはどんな人間になってるかという話をよくします。そう、わたしたちのあいだにあるのは、愛です。

頭がまた痛みだし、マルタは吐き気を覚えた。紙幣を両手につかんで立ち上がる。あと一分でさえグナ族の女たちの仕事場にはいられない。彼女は自分のオフィスまで廊下を歩く、まるで百年後のガイド付き旅行者のように。そして、戸口に立って中を見まわし、自分で自分に解説をする——

——ここは混血のマルタが仕立屋ペンデルのために経理などの仕事をした部屋です。奥の棚に見えているのは、マルタが、自分の社会的地位を高めるのと、大工をしていた亡父の夢を叶《かな》えるために、よく読んだ社会学と歴史の本です。独学の人、仕立屋ペンデルは、従業員全員に——とりわけマルタには——自ら持てる能力を最大限に開発する機会をできるだけ与えようとしました。ここはまたマルタがあの有名なサンドウィッチをつくった場所でもあります。パナマの主だった有力者全員が――あの有名な自殺したスパイ、ミッキー・アブラカスも含め――マルタのサンドウィッチ、中でもツナ・サンドは絶品だと口をきわめて誉めそやしました。しかし、マルタは心の奥底では、ミッキーと彼女の雇い主ペンデルを除く全員に毒を盛ってやりたいと思っていました。机のうしろの部屋の隅――あそこが一九八九年、仕立屋ペンデルが初めてドアを閉め、マルタを腕に抱き、永遠の愛を告白するという抗いがたい思いを遂げた場所です。仕立屋ペンデルは押しボタン式の安ホテルを提案しましたが、マルタは自分のアパートメントに彼を連れていくことを望みました。マルタが生涯顔に残る傷を負ったのは、彼女のアパートメントへ向かう途中のことで、臆病《おくびょう》な医者を買収してくれたのが、マルタと同じ大学の学生だったミッキー・アブラカスでした。もっとも、そのときの手術のせいで、マルタは生涯消えない傷を負うわけですが――その医者は、虎《とら》の子の医師免許を取り上げられることを何より恐れていて、手の震えを抑えることさえできなかったのです。その同じ医者が、あとでアブラカスを密告することを思いつき、その結果、アブラカスも終生消えないダメージを負うことになってしまったわけです。

マルタは自分自身に向けてドアを閉め、ペンデルの裁断室までまた廊下を歩いた。このお金は彼の机の左側の一番上の引き出しに返しておこう。ドアが少しだけ開いていた。部屋には明かりがついていた。だからと言って、マルタは別に驚きはしなかった。彼女のハリーが恐ろしいまでに規律正しい男だったのは、そう遠い昔の話ではないが、ここ数週間は、多すぎる人生を縫い合わせるのが彼にはもはや多すぎる仕事になっていたから。彼女はドアを押して開けた。さて、わたしたちは今、顧客にも従業員にも最も神聖な場所として知られた仕立屋ペンデルの裁断室にいます。ここは、何人《なんぴと》もノックすることなく、また彼の不在中に入室することを禁じられている部屋です。彼の妻、ルイーザ以外は……そのルイーザが、眼鏡をかけ、彼の古い手帳を何冊もまえに広げ、彼の机について坐っていた。何本もの鉛筆、注文控え帳、殺虫剤のスプレー、それに装飾を施したライター。その底の部分が開けられていた。それはハリーがアラブの金持ちの客からもらったと言っていたライターだった。が、〈ペンデル＆ブレイスウェイト〉のどの注文控え帳の顧客欄にも、アラブ人の名は載っていなかった。

彼女は赤いコットンの部屋着を着ていたが、それ以外には何も身につけていないようだった。それは彼女がまえに身を乗り出したときに、乳房がまるまるあらわになったことからはっきりとわかった。ライターをつけたり消したりして、その炎越しにマルタに微笑みかけていた。

「主人はどこ?」と彼女は言った。

シュッ。

「グアラレに向かわれました」とマルタは答えた。「ミッキー・アブラカスがお祭りの最中に自殺したんです」

「気の毒に」

「ええ、わたしもそう思います。あなたのご主人もそう思って出ていかれたんです」

「だからと言って、それは予測できないことではなかったけど。彼からそういう予告を受けるようになって、もう五年にもなるんだから」とルイーザはしごくもっともな指摘をした。

シュッ。

「彼は驚いてたけど」とマルタは言った。

「彼? ミッキーのこと?」

「いえ、あなたのご主人のことです」

「どうして主人はミスター・オスナードにだけ特別な台帳をつくってるの?」

シュッ。

「さあ。わたしもそのことはまえから不思議に思ってるんですけど」

「あなたは彼の愛人？」

「いいえ」

「だったら、彼にはほかに誰か愛人がいるの？」

シュッ。

「いいえ」

「あなたが手に持ってるお金は彼のお金？」

「そうです」

「どうして？」

シュッ。

「ご主人に渡されたんです」

「寝たお礼に？」

「金庫に入れておくようにって。訃報《ふほう》を聞いたとき、ご主人のズボンのポケットにはいってたものだから」

「そのお金の出所は？」

シュッ。炎がルイーザの左眼のすぐ近くに上がっていた。マルタにはどうして眉毛が焦げないのか不思議だった。薄っぺらな部屋着に火がつかないことも。

「知りません」とマルタは答えた。「支払いを現金でなさるお客さまも何人かいらして、ご主人はいつもその処理に困っておられるんです。でも……ご主人はあなたを愛してます。ご主人は自分の家族をこの世の何より愛してる。彼はミッキーも愛してた」

「彼はほかにも誰かを愛してる？」

「ええ」

「誰を？」

「わたしです」

ルイーザは書類を調べた。「ミスター・オスナードの住所はこれで合ってるの？　パイティージャ岬の〈トーレ・デル・マル〉で？」

シュッ。

「ええ」

ふたりのやりとりはそれで終わった。が、マルタには終わったことがすぐにはわからなかった。ルイーザがいつまでもライターに火をつけ、炎に向けて笑みを浮かべていたので。何度かシュッという音を耳にし、何度か微笑を眼にして、マルタにもようやくルイーザが酔っぱらっていることがわかった。人生が重荷になったときに、彼女の兄がよくそんなふうになっていたように。それは高歌放吟する類いの酔いではなかった。意識が朦朧《もうろう》となるような酔いでもない。意識が水晶のように澄み、想像力が冴《さ》えわたる酔いだった。それまでは取り除くために飲んでいた理性とともにある酔いだった。彼女は部屋着の下には何も身につけていなかった。

第21章

　同じ夜の一時二十分、オスナードのアパートメントの玄関の呼び鈴が鳴った。この一時間ばかり、オスナードは意識が冴えわたっていた。敗北感にはらわたが煮えくり返り、最初のあいだは、眼のまえの忌まわしい客を手っ取り早く消し去る方法をあれこれ考えていた——このバルコニーから突き落とし、十階ばかり階下《した》の〈クラブ・ユニオン〉の屋根を突き破らせて、みんなの夜を台無しにするとか、シャワー室に連れ込んで溺死《できし》させるとか、モルト・ウィスキーにジェイズ・フルイド（イギリスに古くからある殺菌剤の商標名）を垂らすとか——〝そう、きみがそんなに言うなら。ワン・フィンガーばかり、ほんの少しでいいからね。きみがそんなに言うなら〟——息を引き取るときも歯の隙間から息を吸ってやがれ！　彼の怒りの対象は、ラックスモアだけにとどまらなかった。

　モルトビー！　おれの大使だと、おれのゴルフ仲間だと思ってやっていたのに。くそっ！　女王のクソ代理人、くそ外交官の萎《しお》れ花がおれを騙しやがったのだ、玄人女みたいに！

ストーモント！　高徳の権化、生まれながらの負け犬、最後の正直者、胃痛持ちのモルトビーの忠実なプードル。ラックスモア主教が彼らに権限を与えたとき、うんうんとうなずいて、飼い主に自信を持たせやがった。

これは陰謀なのか、それともたまたまのことだったのか。オスナードは何度も自問していた。〝うちの大使館の方針は、一に分担、二に分担だ〟あるいは〝きみだって何もかもひとりで処理するわけにはいかないだろうが〟と言ったとき、モルトビーは目配せか何かしていなかっただろうか。モルトビー、あのにやけた知ったかぶりは、公金をくすねるつもりではないのか。いや、あいつはそういうことのノウハウを知らない。それはないだろう。その点はある程度まで確信できた。しかし、オスナードは生まれながらのプラグマティストだった。だから、すんだことにいつまでも固執するのはやめて、自分の偉大な帝国にまだ残っているもののことを考えることにした。穴はあいてしまったかもしれないが、船はまだ沈んだわけじゃない。自分にそう言い聞かせた。おれはまだバカン担当の主計官だ。その点、モルトビーの言ったことは正しい。

「別なものになさいますか？　それともモルトをもう一杯飲まれますか、サー？」

「アンドルー！　頼むよ、〝サー〟じゃなくて〝スコッティ〟だ。頼むからそう呼んでくれたまえ」

「わかりました」とオスナードは答え、開けたままの引き戸を抜けて部屋の中に戻ると、ダイニングルームのサイドボードからモルト・ウィスキーを取り上げ、グラスになみなみと注いで、それを持ってまたバルコニーに戻った。ラックスモアの顔には、時差ぼけとウィスキーと睡眠不足の影響が表れていた。眼のまえのデッキチェアに半分寝たような恰好で坐っている自分の上司を見て、オスナードは冷静にそう判断した。湿気の影響も出ていた――フランネルのシャツはそぼ濡れて、汗がいくすじも顎ひげを伝っていた。影響と言えば、敵のテリトリーにはいり込んでしまい、面倒を見てくれる女房としていない恐怖の影響も表れていた――何かに取り憑かれたような眼が、不意に足音がするたびに、パトカーのサイレンが聞こえるたびに、パイティージャ岬のけばけばしい谷間から、淫《みだ》らなことばが彼らのところまでジグザグに駆け上がってくるたびに、おどおどと震えていた。空は儚《はかな》げな星を散らして、海と同じくらい澄んでいた。密猟者の月が、運河の入口に錨《いかり》を下ろしている船と船のあいだに、光の小径を刻んでいた。が、海から風は吹いていなかった。海風はめったに吹かない。

「サー、あなたは以前訊かれました、支局の活動の助けになることで、本部ができることは何かないかと」オスナードはいくらかは遠慮がちにラックスモアに思い出させた。

「そんなことを？　そうだったかな、記憶にないが」ラックスモアはそこで勢いよく上体を起こした。「元気を出したまえよ、アンドルー、元気を。きみがこの地ですでに多大な成果をあげてることを見て、こんなに嬉しいことはないと言ってるじゃないか」彼はそこで嬉しそうな顔をいくらか改め、だしぬけに腕を振って、眺めと豪華なアパートメントを示した。「きみの粗探しをしてるだなどとどうか思わんでくれ。私はきみに乾杯したくて飲んでるんだから。きみの度胸に。きみの洞察力に。きみの若さに。きみの資質は誰もが称賛してる。きみの健康を祈って！」彼は音を立ててウィスキーを飲んだ。「きみのまえには洋々たる未来が開けてる。こう言ってよければ、今はわれわれなんぞの時代より楽な時代だ。今のベッドは昔のベッドより柔らかい。こういうところを確保しようとしたら、今、ロンドンじゃどれぐらいすると思う？　二十ポンド札でおつりが来れば、運がいいということになるだろう」

「さっき言いかけたことは、実はそういった〝場所〟のことなんです、サー」とオスナードは、遺産相続人が今際《いまわ》の際《きわ》にある父親にやきもきしながら話しかける口調で言った。「そろそろプッシュボタン式の安ホテルや三時間いくらの連れ込みホテルからは、卒業してもいい頃ではないかと思うんです。つまり、旧市街の分譲マンションのひとつでも利用できれば、活動範囲が一気に広がるんじゃないかと」

しかし、ラックスモアは伝えたがっていた、受け入れるのではなく。「今夜のあの気取り屋どものきみに対する称賛のしかたには、まったく、驚いたよ、アンドルー。若い人間にあれほどの賛辞があんなに気前よく捧げられる場面というのは、そうそう頻繁に見られるものじゃない。この件が終わったら、きみはもう受勲まちがいなしだな。川向こうのあの可愛いレディが感謝の気持ちを表そうとなさるのは、もうまちがいないよ」

会話がとぎれた。ラックスモアは湾を眺め、いっときテムズ川とパナマ湾との区別がつかなくなったかのようだった。

「アンドルー！」——いきなり起き上がって言った。

「はい《サー》？」

「あのストーモントという男」

「彼が何か？」

「マドリッドで大失態をやらかした男だ。拾った女が社交界のあばずれでね。記憶にまちがいがなければ、確かその女と結婚したんだった。彼には気をつけるといい」

「わかりました」

「それと彼の女房にもだ」

「はい」

「きみにはこっちに女はいないのか？」――ラックスモアはわけもなく嬉しそうに、ソファの下をのぞくような恰好をしたり、カーテンのうしろを見るような振りをした。「どうやらホットなケツをしたラテン娘はどこにも隠れていないようだが。いやいや、答えんでいい。きみの健康を祝してもう一度乾杯だ。きみの女はきみだけのものにしてればいい。きみは賢い男だ」

「実際、仕事のほうが忙しかったものですから」とオスナードはさも残念そうに苦笑いを浮かべて言った。が、まだあきらめてはいなかった。今、答が出なくても、ラックスモアの記憶にサブリミナル効果を与えられれば、と思って彼は続けた。「これはあくまで私見ですが、作戦をより完璧なものにするには、連絡用アジトがふたつ必要になると思うんです。ひとつは情報網用のものです。つまり私が全面的責任を負うことになりますが、表向きはケイマン諸島の持ち株会社の所有にする。それが最善策です。さらにもう一軒、もっと機密種別を高くして――必知事項にでもして、形として一軒目より象徴的なものにし、こっちはアブラカス・チームに――もちろん、これは大使館との相互確認がなくてもできるとしての話で、今のところ、それはむずかしい情勢にありますが――ゆくゆくは学生たちにも使わせる。これも私がやらざるをえないでしょう――物件を買ったり、あれこれカムフラージュを施したりといったことは。大使もストーモントも勤務時間外なら、そういう仕事もできるかもしれない。しかし、率直に言って、彼らにはわれわれが持ってる専門知識や技術はありません。不必要な危険は冒すべきではありません。この件に関しては、あなたの意見を聞かせていただければ幸いです。いや、今でなくても、いつか」

かなり遅れて歯の隙間から息を吸う音が聞こえてきた。それはオスナードに、直属の上司がまだ彼の側に立っていることを告げていた、たとえぎりぎりの側にしろ。オスナードはそれを見て取ると、手を伸ばしてラックスモアの手から空のグラスを受け取り、陶製のテーブルの上に置いて畳みかけた。

「どう思われます、サー？　ここにもうひとつパナマの反対勢力のためにアパートメントを用意するというのは？――ファッショナブルで、めだたず、財界人に便利な場所です。ここなら誰も縄張りの外に出なくてもいいんですから――われわれが操る旧市街のセカンド・ハウスというわけです」オスナードはこのところ、活況を呈しているパナマの不動産市場の梯子に足をかけることを考えていた。「基本的に、旧市街では払っただけのものはちゃんと得られます。なんと言ってもロケーションがいいわけですから。ちょっと洒落た物件だと――良質の二世帯住宅《デュープレックス》や注文住宅だと、現時点でだいたい五万ドルといったところでしょう。最上クラスになると――十二部屋ほどあって、庭も付いていて、裏門があり、海の景観が眺められる邸宅になると、それに五十万なんて言い値をつけたら、腕を切り取られかねない。そんな状況ですから、二、三年で、資産価値はまず倍になるでしょう、トリホスがクラブに受け入れてもらえなかった腹いせに、〈クラブ・ユニオン〉を下級兵士クラブに変えてしまったようなことがまた起こらないかぎりは。善は急げ、です。私に任せていただければ、すぐに手配できます」

「アンドルー！」

「ここにいます」

歯の隙間から息を吸う音。閉じられていた眼がいきなり開く。

「教えてほしいんだが、アンドルー」

「なんなりと、スコッティ」

ラックスモアは髭づらをめぐらせ、部下と真正面から向かい合った。「今夜の会合に華を添えていた、あの魅力的な眼をした、出るべきところはちゃんと出ている、つんとすましたイングランドの女性のことだが――」

「はい《サー》？」

「彼女は、その昔われわれが〝コック・ティーザー（きわどい誘惑はしながら、最後までは許さない女）〟などと呼んだ類いの女性なんだろうか？　というのも、身長七フィートの男の一途な関心を必要としているような女というのがいたとしたら、まさに彼女はそういう――アンドルー！　なんなんだ、いったい？　こんな時間に！」

ラックスモアによるフランチェスカの定義は最後までなされなかった。玄関の呼び鈴はけたたましく鳴りつづけ、すぐにそれはドアを激しく叩く音に変わった。まるで臆病な齧《げっ》歯《し》動物のように、ラックスモアは髭とともに肘掛け椅子の奥に身を引いた。

教官たちはスパイの世界におけるオスナードの適性をよく賞揚したが、それにまちがいはなかった。何杯かのモルト・ウィスキーも彼の反応を鈍らせはしなかった。むしろ、あのつきあいにくいフランチェスカがやってきたのではないかという思いが、彼の神経をより鋭敏にした。あの女がもし仲直りのキスをしにきたのなら、それはお門ちがいというものので、また、最悪のタイミングを選んで来たものだ、と彼は思った。それを遠慮なくずばりと言ってやろう。そうすれば、あの女もあきらめて、おとなしく帰るだろう。

ラックスモアには、そのままにしていてほしいと意味もなく言って、オスナードはダイニングルームを抜け、廊下に出て、いくつかのドアを閉め、玄関のドアに取り付けられた魚眼レンズののぞき穴から外の廊下を見た。レンズが曇っていた。ポケットからハンカチを取り出してレンズを拭いた。どことなく焦点の合わない眼が見えた。男とも女ともわからない。いずれにしろ、まるで火災警報みたいにベルを鳴らしながら彼を見返していた。

眼がのぞき穴から離れた。すると、ルイーザ・ペンデルの姿があらわになった。角ぶちの眼鏡をかけていた。が、身につけているものはそれ以外あまりなかった。片足で立っていた。靴を片方脱いで、その靴でドアを叩くまえのプレリュードとして。

何が最後の一押しとなって、忍耐の糸が切れてしまったのか、ルイーザは覚えていなかった。もっとも、それがなんであれ、気にもならなかったが。まず、スカッシュから戻ると、家には誰もいなかった。子供たちはラッド家に泊まりに行っていた。ルイーザに言わせれば、ラモン・ラッドはパナマでも言語に絶する下衆野郎の最右翼で、子供たちをあまり彼のそばに近づけたくはなかったのだが。そのわけは、ラモンが女嫌いであるからではなくて、自分のほうが彼女よりハリーのことを――それもハリーのよくない点はすべて――知っていると言わんばかりの態度を取ることがあるからだった。さらに、農園に関する話になると、ハリー同様、貝のように黙り込んでしまう。わたしのお金で買った農園なのに。

しかし、そのことは、スカッシュから家に帰ってきたときの彼女の気持ちの説明にはなっていない。彼女がわけもなく泣きはじめたことの説明には。この十年、泣きたくなるようなことはしばしばあったが、そのたびに彼女は泣くのをこらえてきた。だから、と彼女は思った、これは積もり積もった絶望の結果なのだろうと。シャワーを浴びるまえのウォッカのオン・ザ・ロック――早く飲みたかったのだ――がそれに手を貸したのだろうと。シャワーを浴び、彼女は寝室の鏡に身長六フィートの自らの裸身を映して点検した。

客観的に。背の高さはいっとき忘れられた。美しい姉、黄金の長い髪をしたエミリーのことも――エミリーのパナマ・シティの電話帳より長い愛情獲得リストのことも、〈プレイボーイ〉誌の見開きヌードのような、そのために男たちが殺し合いさえしかねない彼女のヒップとバストのことも。わたしが男なら、鏡に映っているこの女と寝たいと思うだろうか。たぶん寝るだろう、と思った。でも、その証拠は？　証人はハリーしかいない。

彼女は質問を変えてみた。わたしがハリーなら、今でもまだ、結婚して十二年が経った今でもまだわたしと寝たいと思うだろうか。その答は――最近の証拠から類推すると、ノーだった。疲れている。遅すぎる。なだめ口調ではあるものの、彼は何かに罪悪感を覚えている。そう、彼は常に罪悪感を覚えている。罪悪感は彼の得意科目だ。が、最近はそれをまるでプラカードのように掲げている。おれは権利喪失者だ、おれは不可触民だ、おれは罪人だ、おれはきみに値しない男だ、おやすみ。

片手で涙を払い、片手にグラスを握りしめ、寝室を行きつ戻りつ行進し、鏡に近づいたり離れたりして、彼女は自分を点検した。どうしてエミリーにはなんでもそう簡単にできってしまうのか。テニスにしろ、乗馬にしろ、水泳にしろ、排便にしろ。彼女はやろうと思っても、不恰好にやるということができないのか。女の身でも彼女を見ていると、オーガズムを覚える。ルイーザはわざと淫らに体をくねらせてみた。最悪の娼婦《しょうふ》。やっただけ気分が滅入った。彼女の体は節くれだちすぎていた。流れるような線がどこにもなかった。ヒップの動きも。それに歳を取りすぎている。いつもそうなのだ。背が高すぎる。つくづくうんざりして、彼女はキッチンに戻った。わざとまだ裸のままだった。ウォッカを注いだ、今度は氷抜きで。

かなりの量を飲んだ。〝ちょっとだけ飲みたい気分〟といった量ではなかった。次の一杯を注ぐには、ナイフを探して、新しいボトルの封を切らなければならなかった。それは、亭主が愛人とやっているときぐらい気持ちを引き立たせようと軽く一杯自分に注ぐときには、あまり要求されることのない仕事だった。

「あの畜生」とルイーザは声に出してハリーを罵《ののし》った。

そのボトルはハリーが新しいサロンから持ってきたもので、あとで請求できるから、と彼は言っていた。

「請求できる？　誰に？」

「税金対策だ」

「ハリー、お願いだから、免税バーに家を利用しないでくれる？」

罪悪感がもたらす笑み。ごめんよ、ルー。でも、世の中とはそうしたものでね。怒らせてしまったのなら、悪かった。もう二度としない。追従。それにへつらい。

「あの畜生」と彼女は繰り返して、いくらかは気分がよくなった。

エミリーも畜生だ。なぜなら、エミリーなどという競争相手がいなかったら、わたしは高徳の道など選んではいなかったのだから。何もかもに異論を唱えることもなかっただろう。あの腐れ姉のエミリーより自分がどれだけ純粋で、真面目か示したいがために、世界記録になるほど長いことヴァージンを守ったりもしなかっただろう。バルボア教会の説教壇に立ち、罪――特にエミリーが犯している類いの罪――を悔い改めよ、と説く九十歳以下の司祭全員に恋することもなかっただろう。自分を敬虔《けいけん》なミス・パーフェクトに仕立てて、相手かまわず悪行を見つけてはそれを裁くことも。ほんとうは、まわりのすべての女の子同様、触られたくて、お世辞を言われたくて、甘やかされたくて、ファックされたくてうずうずしていたのだ。

農園もこん畜生だ。わたしの農園なのに、ハリーはそこにくそ愛人《チキージャ》を囲っているものだから、もう二度とわたしを連れていこうとしない――ダーリン、私が戻るまで私のかわりに窓の外を見ていてくれないか。あのくそ野郎。ウォッカを一飲みする。さらに一飲み。

さらにたっぷりもう一飲みしたのが、効くべきところに効いたのが感じられる。そうやって防備を固め、寝室にまた戻ると、奔放に体を旋回させた――エロティック？　さあ、言って。はっきりと。じゃあ、これは？　いい？　これを見て！　しかし、評価を下してくれる者は誰もいない。手を叩く者も、笑う者も、欲情を催す者も。一緒に飲んでくれる者も、料理をつくってくれる者も、キスをしてくれる者も、彼女を言い負かす者も。ハリーはどこにもいない。

四十にしては、胸は悪くないけれども、それでも同じことだ。裸になったら、ジョー・アンにも負けてはいない。エミリーほどではないけれども。でも、エミリーほどの女がほかにどこにいる？　そんな女の体に乾杯。それからわたしのおっぱいにも乾杯。さあ、わたしのおっぱい、立ちなさい。今のはあなたに向けられた乾杯の音頭なんだから。いきなり彼女はベッドに腰を下ろし、両手で顎を支え、ハリーの側にある電話が鳴っているのを見つめた。

そして、「おまえも畜生だ」と電話に向かって言った。

自分の意思をさらに明確にするために、彼女は受話器を一インチだけ持ち上げて、「おまえもくそ畜生だ」と怒鳴り、また架台に戻した。

しかし、子供を持つ者は必ず最後には受話器を取り上げる。

「もしもし？　どなた？」電話がもう一度鳴り、彼女は怒鳴るように言う。

ナオミだった。パナマ誤報省の大臣。ルイーザにおいしいスキャンダルを伝えたくてうずうずしている。しかし、ルイーザとしては、その手のスキャンダルはもう今さら聞かされるまでもない。

「ナオミ、電話してくれて嬉しいわ。ちょうどあなたに手紙を書こうと思ってたところだから、これで切手代が節約できた。ナオミ、もうわたしの人生から姿を消して。ちがうのよ、ちがうの、聞いてちょうだい、ナオミ。ナオミ、あなたがバルボア公園を通り抜けたときに、わたしの夫が仰向けになって、バーナム・サーカスの小象とオーラル・セックスをやってるところをたまたま見かけたんだったら、あなたの親友二十人にだけ話して、わたしには何も言わないでくれるとありがたいんだけど。それはなぜかって言うと、あなたの声はもう運河が凍りつきでもしないかぎり、金輪際聞きたくないから。おやすみ、ナオミ」

グラスを手に、ルイーザは赤い部屋着を羽織る。それはハリーが彼女のために最近買ってきたもので、大きなボタンが三つついており、そのときの気分で胸の谷間を見せても見せなくてもいいようなつくりになっている。彼女はたがねとハンマーを持って、中庭を横切り、ハリーの書斎に向かう。このところ、ハリーはその書斎に鍵をかけている。すばらしい空。彼女はここ何週間もきれいな空を見ていない。以前は子供たちに星の話をよく聞かせてやったものなのに。あれが短剣を持ったオリオンよ、マーク。ハンナ、あれがすばる《セヴン・シスターズ》、あなたがまえからいてほしいって夢見てる星ね。新月って生まれたての子馬みたいに可愛くない？

ここで彼は彼女に手紙を書いているのだ、とルイーザはハリーの王国のドアに近づいて思う。妻の農場気付、愛しのチキージャへ。ルイーザは、数え合わせれば何時間も彼の姿を――机に向かう彼のシルエットを見ていた。頭を片方に傾げ、舌を出して、せっせとラヴレターを書いているところを。ものを書くというのは彼の得意分野ではないのに。それは、イヴ・サン・ローラン以来の生ける聖人、アーサー・ブレイスウェイトが自分の里子の教育に関して軽視した科目のひとつだ。

思ったとおり、ドアには鍵がかかっている。しかし、そんなことは問題でもなんでもない。重たいハンマーをできるかぎりうしろに引いて、思いきり叩けば、若い頃よく思い描いたことだが、エミリーの頭を粉々に砕くのと同様、そしてこの世のたいていのことと同様、ドアを開けるなどというのはいともたやすいことだ。

ルイーザはドアの錠前を叩き壊し、中にはいって夫の机のまえに立ち、今度はたがねも使って一番上の引き出しを叩き壊した——もっとも、思いきり三回叩いたところで、そもそも鍵などかかっていなかったことに気づくのだが。引き出しの中身を漁《あさ》る。紙幣。〈スポーツマンズ・コーナー〉のための建築士のスケッチ。最初から運のいい人間なんていない。少なくともこのわたしはそうだ。彼女は二番目の引き出しに挑戦した。その引き出しには鍵がかかっていたが、ただの一撃で降参した。その引き出しの中身は士気をより高めてくれた。運河に関する未完成の小論。高級誌や新聞の切り抜き、それらの内容を仕立屋の華麗な筆跡でハリーがまとめたメモ。

何者なんだろう、その女は？　いったい彼はなんのためにこんなことをしているのか？　ハリー、わたしはあなたに訊いてるのよ。聞いてちょうだい、お願いだから。わたしの同意もなく、あなたが農園に囲っているのはなんという女なの？　あなたはいったいどんな女を相手に、ありもしない知識をひけらかしてるの？　このところの夢見るような、牛のようなあなたの笑みは誰のせいなの？——選ばれたのはこのわたしで、祝福されたのもこのわたしで、水の上を歩く奇跡を起こすのもこのわたしじゃないの？　あるいは、涙の上を——ハリー、あなたの眼に浮かぶだけで、決してこぼれ落ちない、あのぞっとするような涙は誰のためのものなの？

怒りと苛立ちがまた沸々と沸き起こり、彼女はもうひとつ引き出しを叩き壊し、そこで凍りついた。なんなの、これは！　このお金！　半端な額じゃない。引き出しいっぱいに紙幣が詰まっていた。百ドル札、五十ドル札、二十ドル札。それらがまるで古い駐車券のようにぞんざいに入れられていた。千ドル。二千ドル、三千ドル。彼は銀行強盗をやっているのだ。誰のために？

女のために？　その女は金ずくの女なのか？　その女を食事に連れ出しても、つかったお金が店の帳簿に残らないようにするための現金なのか？　わたしの農園──わたしがもらった遺産で買った農園で不慣れな暮らしをさせるのに必要なお金なのか？　ルイーザは彼の名を叫んでみようと何度も試みた。心の中で、最初はおとなしく尋ねた。返事はなかった。で、丁寧な問いかけは次に命令口調になり、最後は彼の不在が悪態の呼び水となった。

〝畜生！　ハリー・ペンデルの豚野郎！　畜生、畜生、畜生！　どこにいようと、おまえは最低のペテン師だ！〟

そこからは何もかもが畜生だった。それは飲みすぎたときの彼女の父親の語彙だった。彼女はそのことに娘として妙な誇りを覚えた。自分も飲みすぎ、父と同じようになり、父と同じような悪態をついていることに。

「おい、ルー、スウィートハート、こっちへおいで。どこにいる、おれのタイタンは？」
――運河地帯に住んでいた頃、彼は彼女のことを〝巨大なドイツのクレーン〟のあと〝タイタン〟と呼んでいた――「父親というのは娘からほんの少しの注意も向けてもらえないものなんだろうか？　キスはもうしてくれたんだっけ？　あれがキスと言えるか、ええ？　畜生！　畜生、聞いたか、おい、パパは今、畜生って言ったんだ！」

　メモの大半はデルガドに関するものだった。ハリーが自分で夕食をつくりたがり、それを食べながら、彼女から無理やり訊き出したあれこれが書かれていた。しかも内容をねじ曲げて。わたしのデルガド。愛する父親がわりのエルネスト。正真正銘の高潔の士。彼女の夫はそんな彼を中傷するようなメモを書いていた。どうして？　エルネストのことを嫉妬しているのだ。彼はわたしがエルネストと寝たがってると思ってるのだ。見出し――〝デルガドの女たち〟。誰のこと？　エルネストがそんなことをするわけがないではないか！　〝デルガドと大統領《プレズ》〟。またオスナードの〝プレズ〟だ。〝日本に対するデルガドの見解〟――彼は日本人を恐れている。彼らに自分の運河を取られはしないかと思っている。その点、彼は正しい……ルイーザの怒りがまた爆発した。今度は声に出した。「ハリー・ペンデルのくそ野郎！　そんなことは誰も言ってない。全部でっち上げじゃないか！　誰のためにこんなことを？　どうして？」

宛て名のない、書きかけの手紙。書き損じて捨てようと思ったのだろう。
――昨日、エルネストに関することで、ルイーザが仕事場で見聞きして、符丁が合うと思い、私に伝えてくれたちょっと興味深い事実をお知らせしようと思い――

符丁が合う？　わたしはそんなものは何も見聞きしていない。ただの職場のゴシップを話しただけだ。パナマと運河に関して正しいことを為すことだけを望んでいる、やさしくて公正な人間に関するゴシップを家で夫に伝える以外、妻はいったいなんの〝符丁が合う〟ところを見なければならないのか？　ばかばかしい。くそったれ――おまえはくそったれだ。わたしたちが家庭でする話まで聞きたがるなんて。この売女《ばいた》！　この腐った耳の売女！　人の亭主も人の農園も盗んだのはおまえだったのか！

サビーナ、この売女！

とうとうルイーザはその売女の名前を見つけ出した。仕立屋のきれいな大文字で――彼は大文字のほうが書きやすいのだ――小さく可愛く〝サビーナ〟と書かれ、丸で囲まれていた。そして、そのあとに〝過激派学生〟と書かれ、それは括弧でくくられていた。おまえがサビーナだったのか。過激派学生の。ほかにも学生仲間がいて、アメリカのドル記号のために働いてる――少なくとも、自分ではそう思ってる――サビーナだったのか。そう思ってると言ったのは、〝アメリカのために働く〟というのはあくまで括弧付きで、あなたは月々五百ドルという手当てを受け取っていて、何か特別なことをしたときにはボーナスまでもらってるからよ。それは見ればわかる。ハリーがマークから習って書いたフローチャートを見れば全部わかる……フローチャートというのは、何も線じゃなくてもいいんだよ、パパ。自分の好きな順序にして、糸のついた風船みたいに浮かべてもいいんだ。それをひとつずつやってもいいし、みんな一緒にやってもいい。とても簡単なんだから……そんな風船のひとつ――サビーナを囲んだ丸から出た糸は正直なことにHに直結していた。Hというのは、ハリーが仰々しく見せたいときにやるナポレオン風のサインだった。アルファの糸は――すでに彼女はアルファを見つけていた――ベータに延び、さらにマルコ（プレズ）にも延び、そこでHに戻っていた。ベアーの糸もHに延びていたが、ベアーを取り囲む丸は――風船は緊迫した波線で書かれ、いつ破裂してもおかしくないように見えた。

ミッキーも丸で囲まれ、彼は〈SO総帥〉と書かれ、そこから出ている糸はラフィに永遠につながれていた。あのミッキーが？　われらがミッキーがSO総帥？　彼から出ている糸は全部で六本あり、ラフィのほか、武器、情報提供者、賄賂、コミュニケーション、現金につながっていた。ラフィ？　われらがラフィ？　ミッキーとは、何度目かわからないほど、自殺予告の電話を週に一回はかけてくるあのミッキーのことなのか？　ほんとうに？

ルイーザはさらに物色した。ハリー宛てのサビーナの手紙を見つけたかった。手紙をもらったら、ハリーはきっとそれをどこかに保管しているはずだ。彼は空のマッチ箱も、要らない卵の黄身も捨てられない人なのだから。貧しい子供の頃の名残り。ルイーザはサビーナの手紙を探して手あたり次第にひっくり返した。お金の下？　床板の下？　本のページのあいだ？

なんなの、これは？　デルガドの日記？　デルガドではなくハリーによって書かれたデルガドの日記。ほんものではない。間に合わせに硬い鉛筆で罫線《けいせん》が引いてある。わたしの書類からコピーしたのだ。デルガドのほんとうの予定がちゃんとはいっている。そして、なんの予定もない空白に偽の予定が書かれている――

日本の〝港長〟との深夜の会合、極秘に大統領が出席……フランス大使との極秘のドライヴで、金を詰めたスーツケースの持ち主が変わる……ラモンの新しいカジノで午後十一時、コロンビアの麻薬カルテルの使いと会う……郊外でのディナー、日本の〝港長〟とパナマ高官と大統領……

わたしのデルガドがこんなことを？　わたしのエルネスト・デルガドがフランス大使から賄賂を受け取っている？　コロンビアの麻薬カルテルとつながりがある？　ハリー、あなた、気は確か？　わたしのボスになんという侮辱をしてくれたの？　なんて恐ろしい嘘をついてるの？　誰に？　誰がこんなことのためにあなたにお金を払ってるの？

「ハリー！」とルイーザは絶望と怒りがないまぜになった叫び声をあげた。電話がまた鳴り出した。今叫んだ彼の名が受話器の向こうからは囁きとなって聞こえてきた。

今度はルイーザも利口になり、受話器を取り上げて耳をすまし、彼女のほうからは何も言わなかった。わたしの人生からとっととうせろ、とも。

「ハリー？」女の声がした。咽喉をつまらせたような、疲れたような、哀願するような声だった。長距離電話。農園からかけているのだ。相手の背後で何か爆発したような音が鳴っていた。水車小屋に発破をかけたのにちがいない。

「ハリー！　何か言って！」女は叫んでいる。

この「スペ公の売女」。パパはいつも言ってた、「絶対にあいつらを信用するんじゃない」と。泣いている。あの女、サビーナだ。サビーナがハリーを探してる。みんながハリーを探してる。

「ハリー、助けて。あなたがいてくれないと――！」

待つんだ。まだだ、ハリーでないことを相手に教えるのは。次になんと言うか。ルイーザは唇を真一文字にして、右耳に受話器を押しあてた。何か言ったらどうだ、この売女！名前を言うんだ！　相手は喘いでいた。かすれた息の音。さあ、ハニー、サビーナ、ハニー、何か言ったらどうだ、たとえば〝すぐ来てファックして、ハリー〟とでも。〝愛してるわ、ハリー〟とでも。〝わたしのお金をどこへやったの、どうしてわたしのお金を机の引き出しになんかしまってるの、わたしよ、サビーナよ、過激派学生の。あなたのくそ農園からかけてるのよ。ねえ、淋《さび》しくてたまらない〟とでも言ったらどうだ。

さらに爆発音が聞こえる。爆発音と言っても、軽い音だが。バイクがバックファイアを起こしたような。何かが何かにぶつかるような音もする。ウォッカのグラスを置く。父親譲りの昔ながらのアメリカン・スパニッシュで、彼女は高飛車に言う。

「どなた？　答えなさい！」

待つ。なんの反応もない。すすり泣いているのはわかるが、ことばはひとことも返ってこない。ルイーザは英語に切り替える。

「わたしの主人の人生から出ていって。わかった、サビーナ？　くそサビーナ！　このくそ売女！　わたしの農園から出ていけ！」

それでも、ことばは聞かれない。

「今、彼の書斎にいるのよ、サビーナ。あなたの手紙を探してるのよ。エルネスト・デルガドは汚職政治家なんかじゃないわ。聞いてる？　あれは嘘なのよ。わたしは彼のもとで働いてるから、よくわかるの。腐敗してるのはほかの人たち、エルネストじゃない。何か言ったらどうなの！」

さらに爆発音と何かがぶつかる音が受話器の向こうから聞こえてくる。まったく、いったいなんなの、これは？　また侵攻が始まったの？　なおもすすり泣きながら、売女が電話を切る。ルイーザは、どんな映画にも出てくるように、受話器を架台に叩きつけている自分の姿を想像する。その場に坐る。電話を見つめて鳴るのを待つ。しかし、もう鳴らない。とうとう姉の頭を叩き割ってやった。いや、叩き割ってやったのは誰かほかの頭か。哀れなエミリー。地獄に落ちろ。ルイーザは立ち上がる。足元はしっかりとしている。酔い覚ましの一杯をやる。頭は鈴のように澄んでいる。図々しい女だ、あのサビーナというのは。ハリーの気が知れない。でも、いい気味だ。農園は淋しくてならないのだろう。

本棚。心の糧。ひるんだ知性のためのもの。ハリー宛ての売女の手紙を探して、そんな本を掻きまわす。古い場所に新しい本。新しい場所に古い本。説明しなさい。ハリー、お願いだから、説明して。言って、ハリー、わたしに話して。誰なの、サビーナというのは？ マルコって誰なの？ ラフィとミッキーに関するつくり話はなんのためなの？ どうしてエルネストを誹謗《ひぼう》中傷するの？

ボタン三つだけの赤い部屋着の下には何も着けず、尻と胸を突き出して夫の本棚を漁りながら、ルイーザ・ペンデルはふとその手を止めて考える。自分が全裸になっているような気がする。全裸よりひどい。さかりがついて裸になったような気がする。赤ん坊が欲しい。ハンナのすばる《セヴン・シスターズ》。ハンナの七人の妹。それぐらいいてもいい、ひとりもエミリーのようになりさえしなければ。運河に関する彼女の父親の本。スコットランド人がパナマ東部のダリエンに植民地をつくろうとし、自分たちの国の財産を半分にしてしまう時代から始まる本。それらを一冊一冊開いて、綴《と》じが悲鳴を上げるほど乱暴に振りまわし、無造作に脇に放る。ラヴレターはそれでも出てこない。

彼女とペンデルが子供たちをピクニックに連れていく廃墟を除いて、パナマ・シティすべてを焼き尽くしたモーガン船長（一六三五～八八。ウェールズ生まれの海賊。イギリスのため西インド諸島のスペイン領を襲撃）と彼の手下は現れても、ラヴレターは現れない。サビーナからのも誰からのも。アルファからのもベータからのもマルコからのもベアーからのも。アメリカからきな臭い金を受け取っている、キュートなお尻をした可愛い過激派学生からのも。パナマがまだコロンビアに属していた頃の本はあっても、ラヴレターは見つからない。それらの本をどれだけ強く壁にぶつけても。

ルイーザ・ペンデル――ハンナの七人の妹の母親は部屋着の下には何もつけないまま、あぐらをかく。彼がファックしてくれないふくらはぎから太腿《ふともも》へ、太腿からふくらはぎへ手を這わせ、運河建設に関する記述を拾い読みしながら、見つけられないラヴレターの哀れな差出人に向かって悪態をついたりするのではなかったと後悔する。それに、そもそもあれはサビーナではなかったかも――農園からの電話ではなかったのかもしれないではないか。ジョージ・ゴーサルズやウィリアム・クロフォード・ゴーガス（ともにパナマ運河建設の功労者）といったほんものの男たち――狂っていながら毅然とした几帳面な男たち――〝符丁が合う〟などという勝手な手紙を書いたりもしなければ、妻の雇い主を誹謗したりもせず、鍵のかかる引き出しに札束をしまったり、見つけられない手紙を隠したりもしない、妻に忠節な男たちに関する記述を読む。それらは彼女の父親が彼女に読むように勧めた本だ、いつの日か彼女もまた自らのクソ運河を掘ることを願って。

「ハリー！」と彼女は彼を脅そうとして目一杯甲高い声を上げる。「ハリー！　あの哀れな牝犬《めすいぬ》の手紙をどこに隠したの？　ハリー、教えて！」

運河条約に関する本。麻薬と〝南米はいずこへ〟ということに関する本。むしろわがクソ夫はいずこへ、だ。ハリーになんらかの関係があるとしたら、エルネストもいずこへ。ルイーザは坐り、今度はハリーを威圧しないように静かにおだやかに彼の名を呼ぶ。叫んでもなんにもならない。彼女は、父親が彼女を膝の上にのせるときによく坐っていたチーク材の椅子から、成熟した人間がもうひとりの成熟した人間に話す口調で語りかける。

「ハリー、何時に帰ってこようと来る夜も来る夜も、この書斎であなたが何をしているのかはわからない。そのまえに外で何をしているのかも。政治腐敗をテーマにした小説か、これまでの仕立屋稼業を振り返る自伝でも書いているのなら、隠さず、はっきりと言ってほしい、なんといってもわたしたちは夫婦なのだから」

ハリーは自分を消す《ドラックン》。それが、仕立屋の見せかけの謙虚さを評するのに彼がよくつかうことばだ。

「すべては利益をあげるためだ、ルー。昼間にはできない。顧客を増やすことは。しょっちゅうドアのベルが鳴っているようなときには」

「農園の利益は？」

彼女はまた手厳しい女に戻る。農園のことは、家ではもう話題にしないことになっており、彼女はそれに従わなければならない。ラモンが資産の運営法を今、組み替えてるところなんだよ、ルー。アンヘルは何を考えてるのかよくわからない男だし、ルー。「店のこともあるし」とハリーはまるで改悛者《かいしゅん》のように言う。

「ハリー、わたしは能無しじゃないわよ。数学の成績はずっとよかった。手伝えることはいくらもあると思うけど」

彼はもう首を振っている。「資産運営は数学とはちがう。もっと創造的な仕事だ。何もないところから数字をひねり出すんだから」

「マカルーの『海と海をつなぐ道』の余白に走り書きをしてあるのはそのためなの？　あなた以外には誰にも読ませないためなの？」

ハリーは笑みを浮かべる――わざとらしく。「ああ、そうとも。そのとおりだ。きみはやはり頭がいい。その本の写真を引き延ばして、それに工芸品も添えて、店のクラブルームに運河の雰囲気をもっと出そうと考えてるんだよ」

「ハリー、あなたはいつも言ってるじゃないの、パナマ人は運河のことなんかちっとも心配してないって。エルネスト・デルガドのような貴重な例外――これはわたしの意見だけど――を除くと。運河は彼らがつくったものじゃなくて、わたしたちアメリカ人がつくったものなんだから。彼らは労働力にさえならなかった。運河建設に従事した労働者は中国やアフリカやマダガスカルから来た人たちよ。それにカリブ人にインド人よ。それから、ひとこと言っておくけど、エルネストはいい人よ」
まったく、と彼女は思った。どうしてわたしにはこんなしゃべり方しかできないのか。どうしてわたしは信心深くて耳ざわりながみがみ女なのか。答は簡単。それはエミリーが淫売《いんばい》だからだ。

彼女は机について坐り、頭を抱えた。そして、引き出しなどこじ開けなければよかったと思った。哀れな泣虫女に悪態などつくのではなかったとも思った。エミリーにまた悪感情を抱いてしまったことも悔やまれた。誰に対してももう二度とあんなふうにしゃべるのはやめよう、と思った。他人を罰することで自分を罰することも。わたしはわたしの忌まわしい母親でも、呪わしい父親でもない。神を畏れる敬虔で完璧なパナマ運河地帯居住者でもない。興奮していたとはいえ、また、アルコールのせいとはいえ、自分と変わらぬ罪《つみ》人《びと》をあんなに口汚く罵ったことを後悔した、たとえ彼女がハリーの愛人だったとしても。もしそうなら、わたしは彼女を殺すだろう。それまで見落としていた机の引き出しの中を漁っていると、もうひとつ未完の傑作が見つかった。

アンディ、この知らせを聞けば、きっときみも喜んでくれることと思う。われわれの新しい取り決めはすべてのグループにきわめて快く受け入れられた。ことに女性たちに。すべてうまくいっている。あの悪党エルネストに関することでは、Lはもうなんら良心の呵責を覚えていない。一個一個を別々に見ながら、全体としてもとらえる。それが安全策というものだ。

この続きは店で……

それではわたしも続きといこう、とルイーザはキッチンで思い、家を出るまえにもう一杯注いだ。もうアルコールは自分にどんな影響も与えていないのがわかった。彼女に影響を与えているのはアンディ――アンドルー・オスナードだった。未完の傑作を見つけた途端、彼女の好奇心は一気にサビーナからオスナードに移っていた。

もちろん、ある意味では、それは昨日今日のことではなかったけれども。

ルイーザがミスター・オスナードに好奇心を抱いたのは、エニータイム島にピクニックに行って以来のことだ。あのときは――と彼女は思う――ハリーは自分の良心の呵責を和らげるために、わたしとオスナードを寝させようとしていると思ったりもしたけれど、わかったかぎりハリーの良心の呵責というのは、一回のファックなどではとても解消されそうにないものだ。

タクシーを呼んだのにちがいない。気づくと、玄関のまえにタクシーが一台停まっており、呼び鈴が鳴っていた。

オスナードはのぞき穴に背を向け、ダイニングルームを横切り、バルコニーに向かった。バルコニーでは、怯えてしゃべることも動くこともできなくなったラックスモアが、胎児のような恰好をしてデッキチェアに坐っていた。血走った眼をまんまるに見開いて、怯えに上唇を引き攣《つ》らせ、それが笑みのようにも見え、髭のあいだから――その髭を吸って気の利いた台詞のひとつでも考えていたのだろう――黄色い歯が二本のぞいていた。

「バカン2の予定外の来訪です」とオスナードは落ち着いた声で言った。「ふたりで処理しなきゃなりません。恐縮ですが、すぐにここを出てください」

「アンドルー、私はきみの上司なんだぞ。なんなんだ、あの音は？　あれじゃ死人も眼を覚ます」

「コートを持ってきます。ダイニングルームのドアが閉まる音が聞こえたら、エレヴェーターでロビーまで降りて、管理人に一ドル渡し、エル・パナマ・ホテルまでタクシーを頼むとお申しつけになるといいでしょう」

「アンドルー」

「なんです？」

「きみのほうは大丈夫か？　あの音を聞いてみろ。銃で叩いてるんじゃないのか？　警察を呼んだほうがいいんじゃないのか。アンドルー、ひとつ教えてくれ」

「なんです？」

「タクシーの運転手は信用できるのか？　ああいう連中についてはいろいろと噂があるようだが。湾に死体が浮かぶとか。私はスペイン語は話せんし」

オスナードはラックスモアを立たせ、廊下まで行ってウォークイン・クロゼットに押し込み、ドアを閉めた。それから玄関のチェーン錠とボルトをはずし、キーをまわしてドアを開けた。ドアを叩く音はやんだが、呼び鈴はまだ鳴りつづけた。「これはこれは。「ルイーザ」と彼は言って、彼女の指をつかんでボタンから離させた。

ハリーは？　まあ、はいってくれ」

オスナードは、つかんだ部分を指から手首に変えて、玄関ホールにルイーザを引き込んだ。が、ボルトは掛けず、キーもまわさなかった。そして、彼女と向かい合うと、つかんだ手を頭の上まで持っていった。まるでこれから昔ながらのワルツを踊りはじめるような恰好になった。ルイーザが持っていた靴が、持ち上げられた手から床に落とされた。彼女はまだひとことも発していなかった。オスナードは彼女の息の臭いを嗅いだ。それは母親からいやいやキスを受けさせられるたびに、嗅がされたのと同じ臭いだった。ルイーザの着ているものはきわめて薄く、彼女の乳房と恥丘の三角のふくらみが感じられた。

「いったいあなたはわたしの主人と何を企んでるの？」と彼女は言った。「いったいなんなの、主人があなたに言ってるあのたわごとは？　デルガドがフランスから賄賂を受け取ってるだなんて。麻薬カルテルともつきあいがあるだなんて。サビーナというのは何者なの？　アルファって誰のこと？」

そのことばの激しさにかかわらず、彼女はいかにも自信なげだった。また、声の大きさもクロゼットのドア越しに中に伝わるほどのものではなかった。オスナードは弱者を本能的に見分ける天分を発揮して、即座に彼女の恐れを察知した。彼女が彼を恐れていることを。ハリーのために恐れていることを。タブーを恐れていることを。中でも、一度聞いたら恐くてもう二度と聞けないことを聞くことを。しかし、オスナードはすでにその恐ろしいことを聞いていた。彼女は彼に尋ねることで、彼の疑問すべてに答えていた。ここ数週間、彼の意識の片隅に解読不可能なサインのように蓄積されつつあった疑問すべてに。

……彼女は何も知らない。ハリーは彼女を巻き込んでいない。あの男はおれを騙していたのだ……

　ルイーザは同じ質問をもう一度繰り返しかけた。あるいは、訊き方を変えるか、新たな質問を加えようとした。オスナードとしては、ラックスモアの耳に届くところでそれをさせる危険を冒すわけにはいかなかった。片手で彼女の口を押さえ、そのあとつかんだ手を下ろしてうしろ手にし、向こうを向かせ、片足だけ靴を履いた恰好のまま、無理やりダイニングルームまで歩かせた。そうしてダイニングルームにはいるなり、足でドアをばたんと閉め、ダイニングルームを半分ほど歩いたところで立ち止まって、ルイーザを勢いよく引き寄せた。彼女の部屋着のボタンはすでにふたつはずされており、胸があらわになっていた。握った彼女の手首の血管が激しく脈打っているのが彼にはわかった。逆に彼女の息は長く深い喘ぎに変わっていた。玄関のドアが閉まる音がして、ラックスモアの退場が知れた。オスナードは待った。エレヴェーターがやってきたピンという機械音がして、ドアが開く喘息《ぜんそく》持ちのため息のような音がした。そのすぐあとにエレヴェーターが降りていく音が聞こえるのを待って、オスナードは彼女の口から手を放した。手のひらに彼女の唾液がついていた。その手で彼女の乳房にじかに触れた。とがった乳首が彼の手の中で馴染むのがわかった。彼女のうしろに立ったまま、彼は彼女の腕を放し、彼女の腕がだらりと脇に垂れるのを見た。彼女は何事か囁きながら足を振って、片方だけ履いていた靴を脱ぎ捨てた。

「ハリーはどこにいる？」と彼はなおも彼女の体をつかんだまま尋ねた。

「アブラカスを探しに行ったわ。死んだのよ」

「誰が？」

「アブラカスよ。ほかに誰がいるの？　ハリーが死んだのなら、アブラカスを探しになんか行けないでしょ、ちがう？」

「アブラカスはどこで死んだんだ？」

「グアラレ。アナの話じゃ、銃で自殺したんだそうよ」

「アナというのは？」

「ミッキー・アブラカスの女」

オスナードは右手を彼女のもう一方の乳房にかぶせた。その途端、うしろ向きに頭突きを試みた彼女の太い茶色の髪の一撃を口に、突き出した尻の攻撃を股間に受けた。彼は彼女を横向きにすると、そのこめかみと頬骨にキスをし、いくすじかの汗を舐めた。彼女の体の震えが増し、最後に彼女は顔をしかめながら、唇と歯で彼の口をしっかりととらえ、舌で彼の舌を探した。彼はぎゅっと閉じた彼女の眼を盗み見た。その眼尻に涙がたまり、「エミリー」とつぶやく声がした。

「エミリー？　誰だ？」と彼は尋ねた。

「わたしの姉よ。あの島で彼女のことは話したと思うけど」

「彼女が何を知ってるんだ？」

「彼女はオハイオ州のデイトンに住んでいて、わたしの友達全員と寝たのよ。あなたは今でも恥というものを感じることがある？」

「ないね。そういうものは子供の頃に捨てた」

彼女は片手で彼のシャツをひっぱり上げ、もう一方の手で、彼の〈ペンデル&ブレイスウェイト〉製のズボンのベルトを不器用にはずそうとしていた。何かを自分につぶやきながら。なんと言っているのか、オスナードには聞き取れなかった。なんと言っていたにしろ、知りたいとも思わなかったが。彼は彼女の三番目のボタンに手を伸ばした。彼女はその手をもどかしげに振り払い、一気に頭からすっぽりと部屋着を脱いだ。彼も靴を脱ぎ、ズボンを脱ぎ、下着と靴下もまるめて脱いだ。シャツも頭から脱いだ。ふたりは裸になって、これから取っ組み合うレスラーよろしく、互いに相手の体を値踏みし合った。そして、いきなりオスナードが彼女を両腕に抱え、床から高々と持ち上げ、そのまま寝室に連れていき、ベッドに放り出した。その途端、彼女はその見事な太腿で彼に襲いかかった。

「待て、待てったら」と彼は言って彼女の体を押しやった。

それからきわめてゆっくりと、注意深く、手に入れた。自分の技巧だけでなく、彼女の技巧もすべて利用して。彼女を黙らせ、じゃじゃ馬を馴らして軍馬に仕立てた。このさきどんな戦いが待っているにしろ、彼女を自分の野営地に安全に引き入れた。なぜなら、ほどよい申し出は見逃すべきではない。それがおれのモットーだからだ。なぜなら、これまでずっとおれは彼女に気があったからだ。なぜなら、友達の女房とやることほど愉快なこともほかにないからだ。

ルイーザは彼に背を向けて横たわっていた。顔の上に枕《まくら》がのっていた。自分の身を守るように膝を胸まで引きつけ、シーツをつかんで鼻にあてていた。眼を閉じていた、眠るというより死ぬように。彼女はまだ十歳で、カーテンの引かれたガンボアの彼女の家の寝室にいた。ただ目障りというだけの理由で、エミリーの新しいブラウスを鋏で切り裂いたことを反省するために。起き上がって、彼の歯ブラシを借り、服を着て、髪を梳《と》かして帰りたかった。が、そうすることのひとつひとつが、この時間とこの場所の現実性を認めてしまうことを意味していた。そばに横たわっているオスナードの裸体も、ボタンの取れた薄っぺらな赤い部屋着――今どこにあるのか？――と彼女の背の高さをめだたせないための踵《かかと》の低い靴――あれはどこへ行った？――以外何も身につけるものがないという事実を認めてしまうことにほかならなかった。頭痛がひどかった。あまりにひどくて、病院に連れていってほしいと思った。ゆうべを最初からやり直せる病院に。ウォッカも飲まず、もしそれが自分のしたことならハリーの引き出しをこじ開けたりもせず、マルタもおらず、店もなく、ミッキーの死もなく、デルガドに対するハリーの誹謗中傷もなく、オスナードも何もないゆうべをやり直したかった。すでに二度トイレに行っていた。一度は吐きそうになって行ったのだが、二度ともまたベッドに戻り、すでに起こったすべてを起こらなかったすべてに戻そうと努めていた。今、オスナードは電話で誰かと話している。彼が使っている電話の受話器と彼女の耳とは、十八インチしか離れていなかった。どれだけ枕を頭の上に重ねても、憎悪に満ちたクウィーンズ・イングリッシュが聞こえてきた。また、眠そうでいくらかうろたえたようなスコットランド訛りの英語も。それは受話器の向こうから、故障したラジオから流れる最後のメッセージのように聞こえていた。

「こんな時間に申しわけありません。いささか厄介なニュースが飛び込んできました、サー」

「厄介？　誰が厄介なんだ？」とスコットランド訛りは起き抜けの声で言っていた。

「われわれのギリシア船の件です」

「われわれのギリシア船？　なんだ、そのギリシア船というのは？　いったいなんの話をしてるんだ、アンドルー？」

「われわれの旗艦《フラッグシップ》のことです、サー。サイレント航路の旗艦のことです」

長い間《ま》ができた。

「わかったぞ、アンドルー！ ギリシアとはな、まったく！ よくわかった。あれは扱いにくい船だが、どういうことなんだ、厄介とは？」

「どうやら駄目になった模様です」

「駄目になった？ どうして？ どの程度？」

「沈没です」彼は〝沈没〟ということばの意味が相手に充分伝わるまで間を取った。「消滅したわけです。パナマの西部のどこかで。状況はまだ正確に把握できていませんが、すでに現地には記者を送りました」

受話器の向こうから当惑した沈黙が返ってきた。その沈黙はルイーザ自身の思いも反映していた。

「記者？」

「有名な」

「わかったぞ！ よくわかった。往年のベストセラー作家だな？ まさに。もうそれ以上言わんでいい。沈没したということだが、アンドルー、それは完全に沈没したということか？」

「第一報ではもう二度と航海には出られないということです」

「なんと！　なんとなんと。誰がやったんだ、アンドルー？　あの女か？　ああ、そうにちがいない。彼女以外に考えられない。ゆうべのあとじゃ」

「残念ながら、詳細はまだわかっておりません」

「彼のクルーは？　船員仲間は？　サイレント仲間は？――彼らもまた沈んだのか？」

「現在詳報を待っているところです。しかし、あなたは予定どおりロンドンに戻られるのが、この場合、最善策でしょう。ロンドンのほうにまた電話いたします、サー」

彼は受話器を置くと、彼女が頭にのせてつかんでいる枕を無理やり引き剝がした。彼女は眼をきつく閉じていたが、それでも一瞬、無造作に彼女の脇に横たえられた、オスナードの肥り肉《じし》の若い肉体が――半立ちになっている彼の怠惰なペニスが眼にはいった。

「今、おれは電話で何もしゃべらなかった」と彼は彼女に言っていた。「いいな？」

彼女は毅然と彼から体を遠ざけた。少しもよくはなかった。

「あんたの亭主は勇敢な男だ。彼はあんたにひとこともしゃべっちゃいけないという命令を受けてる。だから今後も何も言わないだろう。それはおれも同じだ」

「勇敢？　何が？」

「彼は人から聞いたことをわれわれに話してた。人から聞けないときには、自分から聞きに行ってた、ときには危険さえ冒して。で、つい最近大きな件《やま》にぶちあたった」

「彼がわたしの書類の写真を撮ったりしてたのはそのためなの？」

「われわれにはデルガドの行動を知る必要があった。彼の人生の〝失われた時間〟における行動だ」

「彼にはそんな時間はないわ。あるとすれば、それはミサに行ったり、奥さんや子供と過ごしたりする時間よ。彼には入院中の子供がいるのよ。セバスチャンという子供が」

「それはデルガドがあんたに話してることだ」

「ほんとうのことよ。そういうくだらない言い方はやめて。ハリーはイギリスのためにやってるの？」

「イギリス、アメリカ、ヨーロッパ。文明化された自由世界。どこでもいい」

「だったら、彼は馬鹿よ。イギリスも。文明化された自由世界とやらも」

いくらか時間と努力を要した。が、最後にはどうにか彼女は頬杖《ほおづえ》をついて、彼を見下ろして言った。

「わたしはあなたのことばなどひとことも信じない。あなたは悪党よ。イギリスの薄汚い悪党。嘘まみれの悪党。ハリーは頭のネジが切れてしまった。わたしにはそうとしか思えない」

「だったら、そう思ってればいい。しかし、自分の口にはチャックをしておくことだ」

「そういうくだらない言い方はやめて。彼の話がでたらめなら、あなたの話もでたらめもいいところよ。みんなでいい気になって、よがってる。ただそれだけのことよ」

電話が鳴っていた。さっきとは別な電話だった。彼女の側のベッド脇にあった。が、それまで彼女はそこにあることに気づかなかった。その電話は、読書用スタンドの横に置かれた小型テープレコーダーにコードでつながっていた。オスナードは乱暴に彼女の体の上を越え、受話器をつかんだ。そんな彼が「ハリー」と言った声がルイーザの耳に飛び込んできた。彼女は耳に手を強く押しあて、眼を固く閉じ、拒絶の意思表示に、顔を思いきり引き攣らせた。が、どういうわけか片方の手が彼女の意思どおりに動いていなかった。頭の中で鳴り響く拒絶の叫び声をかわして、片方の耳が夫の声をとらえていた。

「アンディ、ミッキーが殺された」とハリーは言っていた。慎重で、心の準備はすでに整っていながらも、その一方で慌ててもいることをにおわせる、そんな声音だった。「撃たれたんだ。どうやらプロの仕業のようだが、今はそれしか言えない。でも、同じようなことがまた起こる可能性があると言われた。すぐにほかのグループにも警戒を呼びかけなきゃならない。ラフィはすでにマイアミに飛んだ。ほかの連中にもこういう際の手順に従って知らせなきゃならない。ただ、学生たちのことが気になる。彼らが小グループに招集をかけるのをどうやって止めればいいのか、私にはわからない」

「今どこにいる？」とオスナードは尋ねた。

短い間ができた。まるでルイーザが自分に関する質問をしたためにできたような間だった――たとえば、〝まだわたしを愛しているか〟とか〝わたしを許してくれるか〟とか、〝わたしのほうから話さなくても、わたしのちがいに気づく？〟とか、あるいは、〝今夜の帰りは何時頃になるの？　一緒に料理ができるように、食材はわたしが買って帰りましょうか〟といった質問を。しかし、実際には、彼女がまだ質問を選びかねているうちに、電話は切れ、気づくと、オスナードが肘を突いて彼女の上にいた。ふくらんだ頰をたるませて、濡れた唇を開けていた。が、見るかぎりそれ以外には、もう一度行為に及ぼうという意思はどこにも表れていなかった。会ってまださほど時間が経っているわけではないが、初めてどこか困惑したような顔をしていた。

「いったいどういうことなんだ？」と彼は尋ねた。まるで彼女にも責任の一端があるかのように。

「ハリーね」と彼女は呆けたように言った。

「どっちの？」

「あなたの。たぶん」

彼はふっと息を吐くと、枕がわりに両手を頭のうしろにやり、ヌーディスト・ビーチで一休みしているとでもいった恰好で、仰向けになった。それから、また受話器を取り上げた。が、今度はハリーがかけてきた電話ではなく、もうひとつのほうで、番号を押すと、何号室のセニョール・メラーズを、と言った。

「やはり殺されたようです」前置きも何もなかった。ルイーザは、相手はさきほどと同じスコットランド人だと思った。「学生が行動を起こす可能性があります――こういうことはどうしても煽動的《せんどう》なムードを惹き起こしますからね――ええ、みんなの尊敬を集めていた人物です――プロの仕業です。詳細はまだわかっておりませんが。はあ？　どういうことです、大義名分ができたとは？　よくわかりませんが。なんのための大義名分なんです？　――いいえ、とんでもない。わかりました。できるだけ早くします、サー、ただちに」

しばらくのあいだ、彼は頭の中であれこれ考えているように見受けられた。鼻を鳴らしたり、時々ぞっとするようなひとり笑いをするのがルイーザにも聞こえた。そして、最後にすばやく上体を起こすと、立ち上がり、ダイニングルームに行って、まるめた自分の服を持って戻ってきた。その中からゆうべのシャツを探し出して、それを身につけた。

「どこへ行くの？」と彼女は尋ねた。が、返事はなかった。「何をしてるの、アンドルー？ よくそんな真似ができるわね。自分だけ、起きて服を着て出ていくような真似が。わたしを放ったらかして。わたしには着るものも、行くところも、用意できるものも、何も――」

それ以上はことばが出てこなかった。

「すまん、ルー。でも、急用なんだ。残念ながら、キャンプをたたまなきゃならなくなった。お互い。家に帰る時間が来た」

「家？ どこの？」

「きみはベタニア、おれはメリー・イングランド。この家の家訓第一条は、部下が現場で上司をしのぐようになったら、担当士官は即座に撤退するというものでね。つまりゴー（モノポリー・ゲームで駒が通過するだけで金が得られる枡）を通るまで待ったりはしないということだ。二百ポンドは潔く忘れるということだ。あんたもママのいる家にすぐに帰ったほうがいい、寄り道なんかしないで」

彼は鏡でネクタイを直していた。顎を上げ、また元気を取り戻したように見えた。ほんの一瞬のことで、それ以上ではなかったが、ルイーザはそんなオスナードにある種のストイシズムを感じたように思った。彼は敗北を素直に受け入れていた。乏しい明かりの中では、そんな彼の態度は潔い態度としても通りそうだった。

「おれにかわって、別れのことばをハリーに伝えといてくれないか？　大した役者だよ、彼は。おれの後継者がまた連絡をしてくるだろう。いや、してこないかもしれないな」シャツ姿のまま、彼は引き出しを開けると、スウェットスーツを彼女に放った。「タクシーに乗るにしてもそれぐらい着てたほうがいいだろう。家に帰ったら、そいつを焼いて、灰もどこかにばらまいてくれ。それから、ここ数週間はおとなしくしていたほうがいい。おれの故国《くに》では、今頃、戦《いくさ》のための太鼓が倉庫から持ち出されてるところだろうから」


　その知らせを受けたとき、新聞王ハトリーはランチョンの席に着いていた。〈コノート（ロンドンの最高級ホテル）〉のいつものテーブルにいて、キドニー&ベーコンを食べ、ハウス・クラレットを飲み、新生ロシアに関する彼の見解を明らかにしていた。それは、結局のところ、あの阿呆どもが自分たちをめちゃめちゃにすればするほど、私としてはこんなに喜ばしいこともない、というものだった。

　僥倖《ぎょうこう》に恵まれたそのときの聴衆は、ジェフ・キャヴェンディッシュ、知らせを運んできたのはほかでもない、ラックスモアのオフィスのオスナードの後釜、若きジョンスン。彼はつい二十分前、パナマのイギリス大使館からの重大な暗号を——モルトビー大使が手ずから書いた暗号を――ラックスモアが急遽《きゅうきょ》パナマに向かったために未決書類入れに山積みになっている書類の中から、探し出したのだった。野心的な情報士官ジョンスンが、機会の許すかぎり、ラックスモアの未決書類入れの中身を点検することを心がけていたとしても、それは不思議なことではない。

そして、彼にとって何より都合がよかったのは、その暗号に関しては相談する相手が自分以外にはひとりもいないということだった。最上階の高官たちは昼食に出てしまっており、ラックスモアは帰国途上で、バカンに関する機密事項に接する資格のある者は、そのときその建物に彼ただひとりだったのだ。彼は興奮と野心に打ち震え、即座にキャヴェンディッシュのオフィスに電話した。が、キャヴェンディッシュはハトリーとともに昼食中だと言われ、次にハトリーのオフィスに電話して、ふたりの会合場所が〈コノート〉であることがわかると、あらゆる危険を冒し、最優先事項請求をし、そのときたまたま残っていた最後の一台の運転手付き公用車を確保したのだった。この傲慢な行動に関しては――別件も含め――彼はあとできつく叱責《しっせき》されることになるのだが。

「自分はスコッティ・ラックスモアのアシスタントであります、サー」少し奥まったところに置かれたテーブルから彼を見上げたふたつの顔のうち、同情的に見えるほうを選び、ジョンスンはキャヴェンディッシュに話しかけた。「大変申しわけありません。ただ、パナマからきわめて重要なメッセージが届いたものですから。火急の知らせで、また、電話で読み上げるべき性質のものとも思えなかったもので」

「坐りたまえ」とハトリーが命じ、そのあとウェイターにただひとこと、「椅子」と言った。

ジョンスンは言われたとおり坐りかけ、同時にキャヴェンディッシュに、モルトビーの暗号文をすべて解読した書類を手渡そうとした。それをハトリーが横からひったくり、乱暴に封を開けた。その手つきのあまりの荒々しさに、ほかの客たちの好奇の視線が集まった。ハトリーは書類にざっと眼を通すと、キャヴェンディッシュに渡した。キャヴェンディッシュもそれを読んだ。その書類の中身は少なくともひとりのウェイターにもわかったのだろう。ジョンスンを、汗をかきかき到着した使い走りではなく、通常のランチ客とするための急ごしらえの三番目の席がすでに用意されたところを見ると。スポーツコートにグレーのフランネルのズボンという彼のいでたちは、グリルルーム支配人の気に召すものとはまったく言えなかったが。しかし、結局のところ今日は金曜日で、実際、ジョンスンもこの週末をグロスターシア(イングランド南西部の州)で母親と過ごす予定になっていた。

「これこそわれわれが求めてたものじゃないか、ええ?」とハトリーがキドニーを嚙みながらキャヴェンディッシュに言った。「これでゴーだ」

「おっしゃるとおりです」とキャヴェンディッシュはおだやかな声で同意した。「これは大義名分になる」

「ヴァンにはなんて言う?」とハトリーは皿のまわりのパン屑を払いながら言った。

「そう――この場合、最善策は――ブラザー・ヴァンには、あなたの新聞記事でこのことを知ってもらう、ということになるでしょうか」とキャヴェンディッシュはふざけて言った。それから、「失礼。すまん」とジョンスンに言って、彼の足をまたいだ。「今すぐ電話をかけなければならなくてね」

彼はウェイターにも詫びを言い、ダマスク織りのナプキンを持っていそいそと出ていった。それからほどなく、ジョンスンは解雇された。そのわけは誰にもはっきりとはわからなかった。表向きは、符丁や作戦のコードネームがいくつも書かれた、解読済み暗号文を持ってロンドンを走りまわったためということになっていたが、非公式見解は、彼はいささか興奮しやすく、機密を要する仕事には不向きな性格と判断されたため、というものだった。しかし、ほんとうのところは、スポーツコートで〈コノート〉のグリルルームに飛び込んだこと、それが何よりゆゆしく服務規定に違反した行為だったのかもしれない。

第22章

パナマ湾の南西の先端、発育不全の半島を形成するロス・サントス州のグアラレまで、ペンデルは車を駆った。石炭の燃える臭いがするリーマン・ストリートのベニー叔父の家を出ると、愛徳会の孤児院、イースト・エンドのユダヤ教会、さらに女王陛下の寛大な庇護のもと、罪人であふれ返るイギリスの矯正施設が建ち並ぶまえを通って。それらの建物、さらにはそのほかのすべてが両脇のジャングルの闇の中と、前方に延びる穴ぼこだらけの曲がりくねった道路の上と、満天の星空を背にした丘の頂上と、澄明《ちょうめい》な新月の下に広がる鉄灰色のボードのような太平洋上に、横たわっていた。

歌を歌って、物真似をして、と四輪駆動車の後部座席から騒ぎ立てる子供の声と、不幸な妻の口から発せられる善意の警告が、物音ひとつ聞こえない一帯を通っても、耳の中で鳴り響いていた。それがただでさえ困難な運転をよけい困難なものにしていた――もっとゆっくり。あの牝鹿《めじか》に気をつけて。猿にも。牡鹿《おじか》にも。死んだ馬にも。一メートルの緑のイグアナにも。一台の自転車に乗った六人家族の先住民にも。ハリー、わたしにはどうしても理解できない、あなたが死んだ人との約束を果たすために、時速七十マイルも出していることが。もし花火を見逃すんじゃないかって心配してるのなら、いい、お祭りは五日と五夜続くのよ。そして、今夜がその初日なの。着くのがたとえ明日になっても子供たちはわかってくれるわよ。

　これにアナの間断のない嘆きのモノローグが加わる。彼に与えることのできないものは何も望まないマルタのすさまじい忍耐。それにミッキー。どこまでも気むずかしく沈み込んで、彼の横の助手席に坐っている。そして、車がカーヴに差しかかったり、路面の窪《くぼ》みを通ったりするたびに、そのスポンジのような肩をぶつけてきては、むっつりと不満を繰り返すのだ、どうしてあんたにはアルマーニのようなスーツがつくれないんだ？

　ミッキーに対するペンデルの思いは途方もなく、抗しがたいものだった。パナマじゅうで、これまでの彼の人生で、友達と言えるのは、ペンデルにはミッキーしかいなかった。そんなミッキーを殺してしまったのだ。ペンデルには、自分が創り出したミッキーと自分が愛したミッキーとのちがいが、今ではもう判然としなくなっていた。彼が愛したミッキーのほうが善人だった点を除くと。彼が創り出したミッキーはいわば偉人の虚像だった。そして、ペンデルの役まわりは虚栄心の産物だった。自分はどんな重要人物とつきあっているか。それをオスナードに示したくて、無二の親友をチャンピオンに仕立て上げてしまったのだ。それには、もちろん、実際にミッキーが生まれながらのヒーローだったということもある。だから、ミッキーは、ペンデルの〝夢をつくる力《フリュエンス》〟などそもそも必要としない反逆児だった。だから、暴政に対する向こう見ずな反対運動が起こると、あてにされ、その結果、深く痛めつけられ、収監され、最後には永遠に呑んだくれる権利を得たのだ。囚人服の臭いとひっかき傷を消すのに必要な高級スーツを何着でも買う権利とともに。ミッキーに関して、ペンデルが逞《たくま》しく描いたところが弱くても、それはミッキーの責任ではない。また、ペンデルのフィクションでは続けることになっている闘争をミッキーがあきらめたとしても。彼を放っておいてやりさえしたら、とペンデルは思った。彼を弄《もてあそ》び、自分の罪悪感から彼に長々と小言を言ったりさえしなければ。

アンコンの丘の麓《ふもと》で、彼は四輪駆動車を満タンにして、悪い病いか野獣か、あるいは幻滅した妻に食いちぎられでもしたのだろう、片方の耳のない白髪頭の黒人の物乞いに一ドルを与えた。そして、チャメでは、不注意から料金所のロードブロックをはじき飛ばし、ペノノメでは、四輪駆動車の左のテールランプのそばを二匹のオオヤマネコが走っているのに気づいた――アメリカで警察の訓練を受けた、痩身《そうしん》の若いオオヤマネコ。黒い革に身を包み、一台のオートバイにふたり乗りしていた。サブマシンガンを持って。彼らは、旅行者に親切で、辻《つじ》強盗や麻薬の運び屋や暗殺者——今夜は人殺しのイギリスのスパイということになるかもしれない——を撃ち殺すことで有名だった。まえのオオヤマネコが運転担当で、後部座席に坐っているオオヤマネコが殺人担当、とマルタが以前言っていた。彼らに脇にぴたりと並ばれ、ペンデルはそのことを思い出した。眼を向けると、濡れたような彼らの黒いマスクに、無表情な自分の顔が街灯とともに映っているのが見えた。そこで彼はまた、オオヤマネコの管轄区域はパナマ・シティ市内だったことを思い出し、彼らは遠足でもしているのか、それとも、あとを尾《つ》けてきて、人気《ひとけ》のないところで殺すつもりなのだろうかと思った。が、その問いに対する答は得られなかった。もう一度眼を向けたときには、すでに彼らは自分たちの姿を闇に戻していた。曲がりくねった穴だらけの道路に彼ひとりを残して。時々、ヘッドライトが犬の死骸をとらえた。道路脇の灌木は左右とも厚く、木の幹はどこにも見えず、見えるのは黒い壁と動物の眼の輝きだけだった。開けたサンルーフからは、さまざまな種《しゅ》同士が侮辱し合う声が聞こえていた。フクロウが電柱に磔《はりつけ》になっているのが見えた。胸と翼の内側が殉教者のように白く、フクロウは眼を開けていた。いや、これは繰り返される悪夢の中で見たことか。それとも、実際に見たのか。結局、それは謎として残った。

そのあと、少しうつらうつらとしたのにちがいない。そして、うっかり道をまちがえたのだろう。気がつくと、二年前に家族で休暇旅行をしたパリタにいた。四角い平屋に囲まれた芝生に坐り、ルイーザと子供たちとピクニックを愉しんだところだ。まわりの平屋には、地面から一段高くなったヴェランダと、馬に乗ったり、馬から降りたりするのに靴を汚さなくてもすむように、石段があった。あのときには、黒いフードをかぶった意地悪な老婆がハンナに、ここパリタの人々はネズミを取らせるために大蛇のボアを家の屋根裏に飼っている、などと言ったものだから、ハンナはどんな家にもはいろうとせず、アイスクリームを食べようとも、トイレに行こうともしなかった。それは大変な恐がりようで、予定していたミサにも出られず、彼らはただ教会の外に立っているしかなく、白い鐘楼の上にいた老人に手を振った。そうしたところ、老人は大きな鐘を片手で鳴らしながら、もう一方の手を彼らに振り返してくれた。彼らは、ミサに出るよりかえってよかったとあとで思ったことだ。というのも、鐘を鳴らし終えると、その老人はオランウータンの真似をして、彼らにすばらしいスローモーションのパフォーマンスを見せてくれたのだ。まず、鉄の横木にぶら下がり、腋《わき》の下、頭、股のノミを取り、それを食べる仕種《しぐさ》まで演じて。

チトレを過ぎ、ペンデルはその近くにエビの養殖場があったことを思い出した。マングローヴの幹にエビに卵を産ませるのだが、ハンナはそれを知って、エビはまず妊娠するのか、と訊いたのだった。エビのあと、ペンデルは親切なスウェーデン人の女園芸家を思い出した。その女性は〝夜の小さな娼婦〟と呼ばれている蘭の話をした。どうしてそんなふうに呼ばれるのかというと、その蘭は昼間は少しも匂《にお》わないのだが、夜になると、上品な人なら絶対に家の中に入れたくなくなるような匂いを放つから、ということだった。

「ハリー、今言われたことを子供に説明する必要はないから。彼らはそういうことにはもう充分さらされてるから」

しかし、ルイーザがそんなことを気にしたところで、結局、なんにもならなかった。それから一週間、マークはハンナを〝ぼくのプティータ・デ・ノーチェ(夜の小さな娼婦)〟と呼びつづけた。やめろ、とペンデルが怒鳴るまで。

チトレのあとは戦闘区域だった。まず赤い空が近づき、ドンドンという轟《とどろ》きが聞こえ、グアラレへ向かう車を調べる警察の検問所をひとつまたひとつと通り過ぎると、炎の輝きが見えてきた。

ペンデルは歩いていた。両脇に白い服を着た人々がいて、彼を絞首台に導いていた。彼は自分が死との和解をいとも簡単にやってのけているのが、意外でもあり、嬉しくもあった。しかし、もう一度生きるとなったら——と彼は思った——主人公は瑞々《みずみず》しく初々《ういうい》しい若手俳優にしてもらいたいものだ。彼は絞首台へと歩いていた。彼の脇には天使がいた。

マルタの天使だった。見てすぐにわかった。パナマのほんとうの心。橋の向こう側に住んでいる人々。賄賂を差し出したりも受け取ったりもしない人々。愛する人と愛を交わし、妊娠しても決して堕胎などしない人々。思えば、ルイーザは彼らのことを称え、自分も桎《しっ》梏《こく》を断って、フェンスを飛び越えることさえできたら、とよく言っていた――でも、誰にそれができる？　われわれはみな、ひとり残らず牢獄の中に生まれ出るのではないのか。眼を開けると同時に、終身刑の宣告を受けるのではないのか。自分の子供を見ると、悲しくなるのはそのためではないのか。でも、ここにいる子供たちはちがう。彼らは天使だ。ペンデルは人生の最後の数時間を彼らとともに過ごせることが嬉しかった。実際、彼はパナマには一エーカーにつきもっと天使がいることをこれまで固く信じていた。白いクリノリン（昔、女性のスカート生地などに用いた馬毛と麻などで織った硬布）や、花の頭飾りや、完璧な肩や、料理の匂いや、音楽や、ダンスや、笑い声や、酔っぱらいや、意地悪な警官や、命に関わるかもしれない危険な花火がパナマにはもっとあることを。広さにおいて何倍も広いどんなパラダイスより。それらがすべて今ここに集まっている。彼をエスコートするために。バンドが演奏していた。彼はそれに気づいて満足した。また、フォークダンス・コンテストの出場チーム、ロマンティックな眼をした、ひょろ長いアフリカ系の男たちにも満足した。彼らは縞柄のブレザーに白い靴という衣装を身にまとい、その平べったい手で、くるくるまわるパートナーの臀部《でんぶ》のまわりの空気を愛しくこねていた。教会を見ると、両開きの扉が開いている。本人が好もうと好むまいと、外のどんちゃん騒ぎを見せようと、聖処女マリアに特等席が与えられている。彼女も普通の生活感覚というものを忘れてはいけない、いいところも悪いところも含めて——天使たちはおそらくそう判断したのだろう。

彼はゆっくりと歩いていた、死刑を宣告された者の常として。微笑みを浮かべて、通りの真ん中を歩いていた。微笑んでいるのは誰もが微笑んでいるからだ。無意味なまでに美しいスペイン人と先住民族の混血、メスティーソの酔っぱらいたちに囲まれて、笑みを拒む不躾《ぶしつけ》な英米人など、今や絶滅の危機に瀕した種《しゅ》のようなものだ。マルタは正しい。ペンデルもこれまで見てきたとおり、この人々は地球上で最も美しく、高潔で、汚れを知らない人々だ。そんな彼らに囲まれて死ねるというのは、特権みたいなものだ。遺体は絶対橋の向こう側に埋めてもらうことにしよう。

ペンデルは二度道を尋ねた。そして、二度とも別な方向に行かされた。最初は、ある天使の一団に熱烈に広場の中央を指差され、そこで彼は四方の窓や戸口から撃ち出されるロケット弾の動く標的となった。彼は声に出して笑いもし、苦笑もして、これをジョークと受け取っているあらゆるサインを示したが、眼も耳もタマも失うことなく、火傷《やけど》もせずに広場の反対側までたどり着けたのは、文字どおり奇跡と言えた。実際、ロケット弾はジョークでもなんでもなかった。まわりにはそれとわかる笑い声さえなく、ロケット弾は赤熱の炎を噴いて、至近距離からすさまじい勢いで飛んできたのだから。裾のほつれたショートパンツを穿いた女がその指揮を執っていた。節くれだった膝をした、そばかす顔の赤毛の女で、その女がよく装備された部隊の女砲兵伍長《ごちょう》を自ら任じ、ふんぞり返ったり、卑猥な仕種をやってみせたりしては、自分も凶器となるロケット弾をひもでつないで、しっぽのように尻から引きずり、歩いていた。何かを吸っており――何を吸っているのかはわからないが――その合間に叫び、広場のまわりの部隊に命令を下していた。「あの男のおチンチンをちょん切って、這いつくばらせておやり――」そこで一服すると、また次の命令を繰り出していた。しかし、ペンデルはあくまでも気のいい男だった。そして、彼らはあくまでも天使だった。

二度目は、広場の一方を――どの家の脇にもBMWが停まっている――そのため持ち主は困窮しているのだが――一帯を指差された。それらの家にはたいていどこにもヴェランダがあり、着飾った〝白い先生たち《ラビブランコス》〟がそこに陣取っていた。ペンデルは、そうした騒々しいヴェランダのまえを歩きながら胸につぶやいた、私はきみたちを知ってるぞ、と。きみは誰それの息子、きみは何某の娘、まったく、いつのまにこんなに時間が経ってしまったのか。いや、彼らの存在などどうでもいい。彼らのほうがこっちに気づこうと気づくまいと。ミッキーが自分を撃ち殺した家は、あと数軒先の左側だった。そのことが、〝スパイダー〟と呼ばれた色魔のことに心が奪われる無理からぬ理由となった。スパイダーというのは、ペンデルがほんの三フィート離れたところで眠っているあいだに首を吊った囚人仲間で、その死体がこれまでにペンデルが触れた唯一の死体だった。だから、ペンデルがうっかり警察の警戒線もどきに足を踏み入れてしまったのは、ある意味ではスパイダーのせいだったと言えなくもない。その警戒線もどきは、一台のパトカーと野次馬、それに二十人ほどの警察官から成り立っていた。その二十人が一台のパトカーに乗ってきたとは思えないが、パナマの警察官には、何かしら利得と興奮の臭いを嗅ぎつけると、漁船に群がるカモメのように集まってくる傾向がある。

人々の注意を惹きつけているのは、麦わら帽を膝のあいだにはさんで頭を抱え、歩道のへりに坐り込んだ年老いた農民だった。ゴリラのような怒りを込めて、常軌を逸した大声でしきりと嘆いていた。そのまわりには、助言者、野次馬、コンサルタントが十人ばかりいて、その中には、誰かの支えがないと立っていられないような酔っぱらいもいた。加えて、おそらく老いた農民の妻だろう、ことばをはさむことを許されるたびに、これまた大声でその男に同意している女がひとりいた。警察はそんな一団を歩道から排除するのに消極的だった。彼ら自身その一団を構成しているわけで、なおさらだった。その結果、ペンデルもまた、積極的な議論の参加者とまではいかなくとも、傍観者のひとりになることを余儀なくされた。老いた男はひどい火傷を負っていた。論点を指摘するか、反駁するかするたびに手を顔から放すので、火傷は容易に見て取れた。左頬の皮膚が広く焼失しており、傷が首から襟なしシャツのへりまで延びていた。警察はそんな状態の男を地元の病院に連れていこうとしていた。病院で注射をしてもらえばいい。それがその場の誰もが同意する適切な火傷の治療法だった。

しかし、年老いた男は注射されたくないのだった。治療を受けたくないのだった。注射を打たれるくらいなら、痛さを我慢したほうがいい。お巡りと病院に行くくらいなら、血が腐っても、そのあとどんなおぞましい結果になってもかまわない。なぜかと言うと、それはわしが呑んだくれの爺《じじい》で、これがおそらくわしの人生で最後の祭りで、注射などされた日にゃ、そのあと祭りのあいだ一滴も酒を飲むことができなくなることぐらい、誰にだってわかることだからだ。それで、わしは造物主と女房の見るまえで、お巡りに向かって、注射なんぞはおまえらのケツの穴にでも突っ込んどけと言うことに決めたんだよ。前後の境もわからなくなるほど飲みたいから。結局、それで痛みも忘れられるから。だから、お巡りさん、ほかのみなさん、どうかわしの邪魔をしないでほしい。それより少しでもわしに好意を感じてくれるなら、わしに一杯、女房にも一杯持ってきてくれるのが何より嬉しい。セコ（サトウキビの蒸留酒）一本なら、それはもう申し分ない、と老人は言っていた。
ペンデルは老人のことばを一語一句熱心に聞いた。そして、そのことばにはあらゆる事象に対するメッセージが含まれているような気がした、意味は曖昧だったが。警察官は三々五々散っていった。野次馬もそれに倣《なら》った。横に坐っている老女が腕を老人の首に巻いた。ペンデルはその通りで唯一明かりが消えている家の玄関の階段を上がった。自分につぶやきながら――私はもう死んでるんだよ、ミッキー、あんたと同様。だから、どうか、ミッキー、こんなことは思わないでくれ、おれの死にじかに接したら、こいつはぶるぶる震え出すんじゃないかなどとは。

ノックをしても誰も出てこなかった。が、そのノックで通りに出ている何人かの顔が彼のほうに向けられた。祭りの最中にいちいち玄関のドアをノックしたりするというのは、いったいどんなやつなんだろう？　彼はノックをやめ、ポーチの陰から顔を出さないようにした。ドアは閉まっていたが、鍵はかかっていなかった。彼はノブをまわして、中にはいった。そして、まず思ったのが孤児院だった。クリスマスを間近にひかえた孤児院で、彼はキリスト降誕劇の三博士のひとりを演じていた、手提げランプと杖を持ち、誰かが貧乏人に施した、古びた茶色の中折れ帽をかぶって――もっとも、彼が今はいった家にいる役者は出番をまちがえていたが。おまけに聖なる御子《みこ》はすでに誰かにさらわれてしまっていたが。

床にタイルを張った馬屋があった。広場の花火の閃光《せんこう》がオーラのように漂っていた。頭からショールをかぶった女が、馬屋の中の御子を見守り、組んだ手を顎にあてて祈っていた。人の死に接して何か頭にかぶる必要を覚えたアナのようだった。しかし、御子は御子ではなかった。ミッキーだった。アナが言ったとおり、〝逆になって《アップサイド・ダウン》〟倒れていた。キッチンの床にうつぶせになり、尻を宙に突き出していた。頭の片側——片耳と片頬があったはずのところ——の脇にパナマの地図を置き、使用した銃を近くの床に落とし、咎めるように銃口を侵入者に向けて、世界がすでに知ってしまったことを不必要に告げていた——仕立屋にして夢の仕出し屋、人々と逃げ場の創造者、ハリー・ペンデルが自らの創作物を自ら葬ったことを。

花火の閃光と広場の炎と街灯の明かりに眼が慣れるに従って、ペンデルには、自分の頭の片側を吹き飛ばしたミッキーがあとに残した惨状がより明瞭に見えてきた。タイルの床にも壁にもミッキーの痕跡《こんせき》が飛び散っていた。浮かれ騒ぐ海賊と娼婦の絵が描かれた箪笥《たんす》の引き出しといった、思いがけないところまで。それらが、ペンデルがまずアナに口を利くきっかけをつくった。それは慰めのことばではなく、実務的なことばだった。

「窓に何か掛けたほうがいいな」

彼女は何も答えなかった。身動きもしなかった。顔も起こさなかった。ペンデルは、彼同様、彼女もまた死んでいるのだと思った。ミッキーは彼女も殺したのだ。彼女にしてみれば、それは思いもよらぬダメージだっただろう。ミッキーを幸せにしようと努め、彼の涙を拭い、彼とベッドをともにした挙句、いきなり撃ち殺されたのだから。あとはすべて任せるとばかりに。一瞬、ペンデルはミッキーに腹が立った。よくもこんな残酷な真似ができたものだと、彼をなじりたかった。彼自身の肉体に対してというだけではない。妻に対しても、愛人に対しても、子供に対しても、親友ハリー・ペンデルに対しても。

もちろん、ペンデルはすぐに思い出した。すべての責任は彼にあった。ミッキーを偉大な反抗者兼スパイに仕立てたのは、ほかでもない彼だった。警察がやってきて、また刑務所に逆戻りすることになるぞ、と脅されたとき、ミッキーはどんな思いでそのことばを聞いたのだろう？　自殺願望。確かに、それはミッキーの時代遅れの欠点だった。が、自分に都合よくそんなことを思ったところで、そんな思いは即座に罪悪感に吹き消された。

彼はアナの肩に触れた。彼女はそれでも身じろぎしなかった。それを見て、もてなし上手のペンデルのなけなしの責任感が疼《うず》いた。この女は今、心を和ませるものを必要としている。彼は彼女の腋の下に手を差し入れて立たせると、胸に抱いた。彼女の体は硬く、冷たかった、おそらくはミッキーと同じくらい。彼の静穏と沈黙が骨に染み入るくらいずっと姿勢を変えず、ミッキーを見守っていたのだろう。これまでに何度か会った際の様子から判断すると、生来、気まぐれで陽気で、面白おかしいことが何より好きな女のようで、そんな彼女にしてみれば、微動だにしないものをこれほど長く凝視したのは、生まれて初めてのことだったのではないだろうか。最初は——ペンデルは彼女との電話のやりとりを思い出した——叫び、暴言を吐き、不平をこぼしていた。が、それらがすべて体内から排出されると、今度はいわば凝視モードにはいってしまったのだろう。そうして興奮が冷めるにつれ、心がますます沈んでしまったのだろう。だから、抱いても硬く、歯をいつまでも鳴らして、窓に何か掛けるよう頼んでも何も答えなかったのだろう。

彼は彼女に与えようと飲みものを探した。が、見つかったのは三本のウィスキーの空き壜と、半分残っているセコだけだった。セコは答にならない、と彼は彼女に訊きもせず決めると、籐《とう》椅子のところまで彼女をひっぱっていき、そこに坐らせた。そして、マッチを見つけてガスレンジに火をつけ、水を入れた鍋《なべ》をレンジにのせた。振り向くと、彼女はまたミッキーの死体を見ていた。ペンデルは寝室に行き、ベッドカヴァーを取ってくると、それでミッキーの顔を覆った。ヴェランダからはいり込んできている花火と料理の匂い、それに火薬の匂いに初めてミッキーの金気《かなけ》を帯びた血の臭いが重なった。広場からはまだ花火の音が聞こえていた。女の子が爆竹を持った男の子に向かって叫んでいた。男の子たちは辛抱強く爆竹を持ち、最後の最後で女の子たちの足元に投げつけるのだ。その気にさえなれば、ペンデルもアナも好きなだけ祭りを眺めることができた。ミッキーの死体から眼をそむけ、フランス窓越しに外に眼を向けさえすれば、人々の戯れを見ることができた。

「ここから彼を連れ出して」とアナが籐椅子からだしぬけに言った。さらに大きな声で——「父さんに殺される。彼を出して。彼はイギリスのスパイなのよ。みんなそう言ってる。あなたもそうだって」

「静かに！」とペンデルは彼女に命じ、自分に驚いた。

そして、突然自分が変わったことに気がついた。いや、変わったわけではない。最後にやっともとに戻ることができたのだ、自らの強さを充分に備えた男に。ひとすじの荘厳な黙示の光に照らされて、憂鬱《ゆううつ》の向こうに、死と、芸術家《アーティスト》としての自分の人生に冷静に従う行為が見えた。それは調和と挑戦、復讐と和解の行為でもあった。さらに、腐った現実の限界などすべて、創造者の夢が叶えるより大きな真実に、消し飛ばされる王国が見えた。そんな王国に向けての大跳躍が見えた。

ペンデルの復活はなんらかの形で自然とアナにも伝わったのにちがいない。コーヒーを何口かすると、カップを置いて、ペンデルの奉仕活動に彼女も加わった。まず、洗面台に水を張り、そこに消毒液を垂らし、箒《ほうき》、ゴム雑巾が取り付けられたモップ、キッチン・ペーパー、布巾、洗剤、ブラシを見つけて持ってきた。それからろうそくに火をつけて、広場から見えないように低いところに置いた。広場では、通りがかりの外人《グリンゴ》ではなく今度は空に向けて、また新しい花火が打ち上げられ、ビューティ・コンテストの結果がアナウンスされ、そのコンテストの女王が白いマンティーリャ（スペイン女性などがかぶる、頭、肩を覆う大型のベール）をまとい、山車《だし》に乗って行進していた。白い梨《なし》の花の冠、白い肩、それに誇らしげに輝く眼。その白熱するばかりの美と広場の興奮に、まずアナが、次にペンデルが手を休めて山車が通り過ぎるのを見送った。女王は何人ものお姫さまと浮かれ騒ぐ男たちを引き連れていた、ミッキーの葬式が千回はできそうな数の花とともに。

ふたりはまた作業に戻った。消毒液を垂らした水がほの暗さの中で真っ黒に見えるようになるまで、こすり、洗い流した。何度も水を取り替えなければならなかったが、アナは黙々と仕事をこなした、ミッキーがいつも誉めていた勤勉さで――とても気持ちのいいやつなんだ、と彼はよく言っていた。ベッドでもレストランでも、飽くということを知らないんだよ、と。実際、こすったり、洗い流したりすることが彼女にはカタルシスになったようで、今ではとりとめのない陽気なおしゃべりまでしていた。ミッキーは死んだわけではなく、ただ酒を取りに席を立ったか、あるいは、明かりのついている両隣のヴェランダの一方に出向き、ビューティ・クウィーンに拍手と声援を送っている隣人を相手に、ウィスキーを軽く一杯つきあっているかのようだった——床の真ん中にうつ伏せに倒れ、ベッドカヴァーを掛けられ、尻を宙に突き出し、この期に及んでもまだ銃に手を伸ばしているのではなく。もっとも、銃はペンデルによって——アナは気づかなかったが——あとで使うためにすでに引き出しにしまわれていたが。

「見て、見て、大臣よ」とアナが言った。さっきからずっとしゃべりづめだった。

黒いサングラスをかけた男たちに囲まれ、白いパナブリサを着たお歴々の一団が広場の中央に登場していた。次はおれもあんなふうにやろう、とペンデルは思った、あんなふうにボディガードを従えて。

「包帯が要る。救急箱を探してきてくれ」と彼は言った。

なかった。彼らはシーツを切った。

「ベッドカヴァーも買わなくちゃね」と彼女は言った。

〈ペンデル&ブレイスウェイト〉製のミッキーの紫紅色のスモーキング・ジャケットが椅子に掛かっていた。ペンデルはそのジャケットのポケットからミッキーの財布を取り出し、アナに金をまとめて渡した。ベッドカヴァーと愉しいひとときが充分買えるだけあった。

「マルタは元気？」とアナは金を胴着にしまって尋ねた。

「ああ、元気だ」とペンデルは心を込めて答えた。

「奥さんは？」

「ありがとう。元気だ」


ミッキーの頭に包帯を巻くには、アナが坐っていた籐椅子に彼を坐らせなければならなかった。まず、ふたりは椅子にタオルを掛けた。ペンデルがミッキーの亡骸《なきがら》を仰向けにした。アナはどうにかトイレに間に合い、ドアを開けたまま、うしろに伸ばした片手の指を広げて吐いた。その指の恰好がわけもなく洗練されて見えた。彼女が吐いているあいだ、ペンデルはミッキーの上に屈み込み、またスパイダーのことを思い出した。彼に口移しの人工呼吸《キス・オヴ・ライフ》をしたことも。やめるな、もっと続けるんだ、と罪悪感に駆られた看守がどれほど叫ぼうと、どれほどキスしてやろうと、もう生き返らないことはわかっていた。

しかし、スパイダーはミッキーのような友達ではまるでなかった。最初の顧客でもなかった。父親の過去の虜《とりこ》でも。ノリエガの良心の囚人でも。また、服役中に良心を根こそぎ喪失させられた男でも。スパイダーは性倒錯者の食欲を満たすための〝あんこ〟として、刑務所内をたらいまわしにされたわけでもなかった。スパイダーは一日にふたりの女と、日曜日には三人の女とやることに慣れていたがために、おかしくなってしまったのだ。五年も女なしで過ごすというのは、彼には緩慢な飢餓《きが》のように思えたのだろう。それで、首を吊り、自分を汚し、舌をだらりと出して、死んだのだ。そのことは人工呼吸をより滑稽《こっけい》なものにした。一方、ミッキーは片側だけはペンデルに残してくれていた。もう一方の黒い穴を無視することとさえできれば。どの部分も無視できない、恐ろしい側を無視することさえできれば。

しかし、刑務所《ムショ》仲間として、ペンデルの裏切りによる犠牲者として、ミッキーは彼一流の頑固さを示した。ペンデルに腋の下に手を入れられると、実際以上の重さを自分の体に加えた。ペンデルとしては持ち上げるだけで一苦労で、すでに半分立たせた状態からまた逆戻りしないようにこらえるのが大変だった。また、頭の両側を同じような形に見せるのには、多くの詰めものと包帯が要った。それでも、どうにかそれらをこなすと、アナがトイレから出てくるのを待って、ペンデルは彼女にミッキーの鼻をつまんでいるように命じた。そうやってミッキーの鼻の上と下に包帯を巻いて、息ができるようにした。それはスパイダーに人工呼吸を施したのと同じくらい無意味なことだったが、今回の場合、少なくとも目的はあった。片眼も見えるようにして包帯を巻いた。引き金を引いたとき、それ以外にどんなことをしたにしろ、ミッキーは片眼を開けていた。そして、その眼はいかにも驚いていた。ペンデルはその眼のまわりを包帯で覆ってから、ミッキーを椅子ごと玄関まで運ぶのに手を貸してくれ、とアナに頼んだ。

「わたしの故郷の人たちは今困ってるの」とアナが打ち明け口調で言った。明らかに、いくらかの親密さを彼に求めていた。「司祭がゲイなのよ。で、みんなその司祭を嫌ってるの。隣の町の司祭は町じゅうの女の子とやりまくってるんだけど、誰からも好かれてる。町が小さいと、そういう人間関係の問題がいつもあるわけよ」彼女はそこで一息ついて、椅子を押す手を休めた。「でも、あたしの伯母はとても厳格な人で、司教に手紙を書いたの、女の子とやりまくってる司祭は司祭として適任じゃないって」彼女は愛嬌《あいきょう》のある笑い声を上げた。「そうしたら、司教は伯母さんに言ったそうよ、〝そういうことは私の信徒に言ってみてください。それで、彼らがあなたをどうするか、確かめるといい〟って」

ペンデルも笑った。「すばらしい司教さんだ」

「あなたは司祭になれる？」と彼女はまた椅子を押しはじめて言った。「あたしの弟はものすごく宗教熱心で、〝ぼくは将来司祭になるんだ〟なんて言うのよ。だから、あたしはいつも言ってやるの、〝あんた、頭がいかれてるんじゃない？〟って。ガールフレンドがこれまでできたためしがないのよ。それがあの子の問題なんだけど、もしかしたらゲイなのかもしれない」

「私が出たらドアに鍵をかけてくれ。私が戻るまで絶対に開けないように」とペンデルは言った。「いいね？」

「わかった。鍵をかけるのね」

「三回軽くノックして、最後に一回強く叩く。いいね？」

「覚えられるかしら？」

「もちろん」

彼女はずっと元気になっていた。ペンデルはそれを見て、彼女を振り向かせ、自分たちがやり遂げた成果をよく見させ、彼女に対する治療を完成させようと思った。壁も床も家具もすっかりきれいになって、ドアのそばには死んだ恋人のかわりに、グアラレの花火で被害を受ける大勢のうちのひとりが間に合わせの包帯を巻かれて坐り、無事だった片方の眼を開けて、古くからの友が四輪駆動車を家のまえまで運んでくるのを待っていた。

天使たちのあいだを縫って、ペンデルはカタツムリの歩みのようにゆっくりと四輪駆動車を運転した。天使たちはまるで馬の尻でも叩くみたいに彼の車を叩いては、はいはい、どうどう、グリンゴ！と叫び、花火を車の下に投げ込んだ。男がふたりうしろのバンパーに坐り、ビューティ・プリンセスをボンネットの上に乗せようとしたが、うまくいかなかった。白いスカートが汚れるのをお姫さまがいやがったのだ。ペンデルとしてもお姫さまを説き伏せようとは思わなかった。今は気前よく他人を車に乗せるときではなかった。そういったこと以外には何事もなく進行して、その間、ペンデルは自分の計画を再点検することができた。個人教授のスパイ講座の際、オスナードも言っていた、準備に費やされる時間を浪費と思ってはならないと。秘密作戦というものは、関与者全員の眼で見ることが肝要で、しかるのち自分に問うのだ。彼は何をするのか？　彼女は何をするのか？　すべてが終わったらみんなはどこへ行くのか？　等々。

三回軽くノックして、一回強く叩いた。が、応答はなかった。ペンデルは同じことを繰り返した。「今行くわ！」という明るい声が返ってきて、ドアが——ミッキーがすぐうしろにいるので、半分だけ——開いた。広場からの明かりで、アナが髪を梳かして背中に垂らし、ほかの天使と同じようなノースリーヴのブラウスに着替えているのがわかった。血と消毒液の臭いを逃がすために、ヴェランダのドアが開けられ、かわりに花火の火薬の匂いが中にはいり込んでいた。

「寝室に机があったね」と彼は彼女に言った。

「だから？」

「紙がないか見てくれ。それと鉛筆かボールペンだ。あったら、紙に〝救急車〟と書いてくれ。車のダッシュボードのところに置くから」

「救急車の振りをするってわけ？　いいじゃない、それ」

まるでパーティに出席している女の子のように、彼女はスキップをして、寝室に向かった。そのあいだに、ペンデルは引き出しからミッキーの銃を取り出して、ズボンのポケットに入れた。銃のことは何も知らなかった。さほど大きな銃ではなかった。が、ミッキーの頭が示しているかぎり、大きさのわりには破壊力のある銃のようだった。ペンデルはそこでふと思いついて、キッチンの調理台の引き出しから鋸歯《のこぎりば》の包丁を取り出し、キッチン・ペーパーにくるんでポケットに入れた。アナが意気揚々と戻ってきた。子供の画帳とクレヨンがあったようだった。ただ、勢い込んで書いたために、うしろから二字目の〝I〟を飛ばしてしまい、〝AMBULANCA〟になっていた。しかし、それ以外はなかなかいい出来だったので、ペンデルは彼女から受け取ると、階段を降りて、四輪駆動車のダッシュボードに置いた。それから、背後の通りにいる人々に道をあけさせるために、ハザード・ランプを点滅させた。人々は、早く出ていけとばかりに、不平と野次が入り交じったような声を上げた。

ペンデルはそこでまたふと思いついて、階段を昇りかけたところで、批評家たちのほうを振り向き、彼ら全員に笑みを向けながら、懇願のポーズで両手を合わせ、彼らに寛容を求めた。そして、一分ですむというふうに指を一本立ててから、ドアを押し開け、玄関ホールの明かりをつけた。包帯を巻かれ、片眼を開けたミッキーの姿があらわになった。それを見て、さすがに人々も囃《はや》し立てる声をひそめた。

「私が彼の体を持ち上げたら、肩にジャケットを羽織らせてくれ」と彼はアナに言った。

「いや、まだだ」

それから、重量挙げの選手の恰好でしゃがみ、自分が力強いことを――人を裏切りもすれば、殺人を犯したりする人間であると同時に、力強い人間でもあることを思い出した。太腿にも尻にも胃袋にも肩にも力がみなぎっていることを、このようにミッキーを家まで担いだことは過去に何度もあったことを思い出した。それと少しも変わらない。ただ、今はミッキーが少しも汗をかいておらず、吐きそうだと訴えてもおらず、刑務所に帰してくれ――この場合、刑務所とは彼の妻のことだが――と頼んでもいないだけで。

そんなことを考えながら、ペンデルはミッキーをうしろから抱え上げ、立たせた。が、ペンデルの脚には充分な力がなかった。さらに悪いことには、バランスを取るのがきわめてむずかしかった。湿った夜の熱気のせいで、ミッキーの遺体はまだ少しも死後硬直をしておらず、そのため、ペンデルはミッキーの全体重を支えながら、敷居をまたがせ、片手で鉄の手すりをつかみながら、神々が与えてくれた力を総動員して、四輪駆動車までの最初の四歩を進まなければならなかった。ミッキーの頭が肩にかかり、シーツ越しに血の臭いがした。アナがジャケットをミッキーの背中にかけていたが、どうしてそんなことをするように彼女に言ったのか、ペンデルは自分でもよくわからなかった。ただ、それはとてもいいジャケットで、アナが通りで出会った最初の物乞いに与えてしまうのではないかと考えただけで、耐えられない気持ちになったのだろう。それと、そう、そのジャケットがあればミッキーの栄光に華を添えることができると思ったからだ、なぜなら、われわれは今から栄えある場所に向かおうとしているのだから——第三歩——栄えある場所で、栄えある部屋で、きみは一番可愛い男の子になるのだ。女の子たちがこれまで誰も見たこともないベスト・ドレッサーのヒーローになるのだ。

「いいぞ、車のドアを開けてくれ」とペンデルはアナに言った。が、そこでミッキーが気まぐれで予期しにくい彼一流の判断をした。あとは自分の力でやろうとしたのだ。この場合、それは階段の一番下の段から自由意思で落下することを意味した。しかし、ペンデルが案ずるまでもなかった。すでにふたりの男が手を差し出していた。アナが徴用したのだ。彼女は通りに出るだけで、自動的に男を引き寄せてしまう類いの女のひとりだった。

「やさしくね」と彼女はきっぱりとした口調でふたりに命じた。「失神しちゃってるみたいなの」

「両眼を開けて?」とひとりが誤るのも無理はない仮定をして言った。一方の眼を見れば、もう一方の眼もあるはずと誰しも思うものだ。

「頭をうしろにやってくれ」と今度はペンデルが命じた。

が、実際には、ふたりの男がどことなく居心地悪そうに見守る中、ペンデルが自分でやった。助手席のヘッドレストを下げ、ミッキーの頭をそこにあてがい、シートベルトをミッキーの突き出た腹に掛けてとめ、ドアを閉めると、ふたりに礼を言い、うしろで待っている車に手を振って詫び、運転席に着いた。そしてアナに言った。

「祭りに戻るといい」

しかし、彼はそこで彼女に命ずることをやめた。彼女はまたもとの彼女に戻っており、泣きながら、心のたけをぶちまけるようにして訴えていた、ミッキーは警察の咎めを受けなければならないようなことは金輪際やっていない、と。

彼はゆっくりと運転した。それが彼の気分だった。それに、ミッキーは――ベニー叔父ならきっとこう言っただろう――敬意を受けて当然だった。カーヴに差しかかったり、道路にできた穴の上を通過したりするたびに、包帯を巻いたミッキーの頭が揺れ、ペンデルのほうに倒れ込んでこないのは、ただひとえにシートベルトがあるからだった。しかし、思えばこれがミッキーを車に乗せたときのいつものスタイルだった。彼が片眼だけ開けているところを除くと。ペンデルは病院の標識に従っていた。ハザード・ランプを点滅させ、リーマン・ストリートを走る救急車の運転手がみなそうであったように、運転席で背すじをまっすぐに伸ばして。彼らはカーヴに差しかかっても、体をななめにすることさえなかった。

正確なところ、おまえは何者だ？　ペンデルの偽装を点検するオスナードの声がした。

私は地元の病院に勤務するグリンゴの医者だ。急を要する患者を車に乗せている。邪魔をしないでくれ。

検問所の警察官は彼の味方にさえなってくれた。ひとりが反対車線の車を停めて、怪我《けが》人を優先する指示まで出してくれた。しかし、実のところ、そういった偽装工作がどうしても必要だったわけではなかった。ペンデルは病院への曲がり角を無視して、来た道を北に走った。エビがマングローヴの幹に産卵をするチトレと、蘭が小さな娼婦であるサリグアの方角に。グアラレへはいったときには、渋滞にあったが、グアラレから出るのは簡単だった。ふたりは——ペンデルとミッキーは、澄んだ空に浮かぶ新月の下、何者にも邪魔されずに走りつづけた。サリグアにはいる道を右に曲がったところで、裸足の黒人女性が走り寄り、乗せてくれと血相を変えて訴えてきた。それを拒否するのは、なんとも卑劣な行為に思えた。しかし、危険な任務に就いているスパイは、赤の他人を気前よく車に乗せたりはしない。それはすでにグアラレで実証済みのことだ。彼は走りつづけた。坂を登るにつれ、路面が白くなってきた。

場所はすでに心に決めてあった。ペンデルもそうだが、ミッキーは海が好きだった。ペンデルの場合、振り返ってみると、海というものが多くの彼の軍神をなだめてきてくれたことに、今さらながら気づかされた。オスナードが現れるまでは、パナマという地が彼に特別利益をもたらしてくれたのはそのためだった。〝ハリー・ボーイ、香港でも、ロンドンでも、ハンブルグでも、そりゃどこでもいいよ〟とベニー叔父は、訪問日にやってくると、フィリップのポケット・アトラスのパナマ地峡を示して言ったものだ。〝だけど、ほかにバスにちょいと乗っただけで、一方に万里の長城、もう一方にエッフェル塔が見えるところなんて、世界じゅうでほかにどこにある？〟。監房の窓からはそのどちらも見えなかった。彼が見ていたのは、自分の両側に広がる異なるブルーの海だった。両方の逃げ道だった。

牛が一頭、首を垂れ、道路に立っていた。ペンデルはブレーキを踏んだ。ミッキーはいとも簡単にまえのめりになった。シートベルトが首のあたりに掛かり、どうにか倒れはしなかったが。ペンデルはシートベルトをはずして、ミッキーを床に寝かせてやった。ミッキー、きみに話してるんだ。すまないって言っただろう？　何か誤った威厳のようなものを漂わせ、牛は横歩きで道路から離れた。そこが自然保護区であることを緑の標識が示していた。近くに先住民族の居留地があることをペンデルは思い出した。砂丘も。ハンナが、岸に打ち上げられた貝殻と言った白い岩も。それに浜辺だ。道路はどんどん狭くなって、両側に高い塀がどこまでもまっすぐに延びる、ローマの小径のようになった。ただしこの塀とは背の高い垣根のことで、その枝が時々、彼の頭上で手を合わせて祈ってくれた。また時々、姿を消しては、彼におだやかな海の上に広がる静かな空を見せてくれた。新月が大きくなろうと奮闘していた。薄い靄がそんな新月の先端と先端のあいだにかかっていた。無数の星が見えた。まるで細かい粉のように。

　小径が終わっても、彼はさらに走りつづけた。ここが四輪駆動車のいいところだ。巨大なサボテンが黒ずくめの兵士のように彼の両側に現れた。停まれ！　降りろ！　車の屋根に手をつけ！　免許証！　彼は運転しつづけた。進入禁止の標識のまえも通り過ぎた。タイア跡のことを思った。タイア跡をたどる。まずそういうことをするにちがいない。しかし、どうやって？　パナマじゅうの四輪駆動車のタイアを調べて？　彼は足跡のことを思った。足跡をたどる。そういうこともするにちがいない。でも、どうやって？　オオヤマネコのことが思い出された。次にマルタのこと。彼らは私のことをスパイだと言った。ミッキーもそうだと。それはそもそも私が言いはじめたことだ。ベアーのことが思い出された。さらにルイーザの眼が心に浮かんだ。最後にひとつ残された質問がどうしても恐くてできない眼。ハリー、あなたはどうしてしまったの？　正気とはわれわれが知る以上に狂っているものだ、と彼は思った。逆に、狂気というのは、われわれの何人かが思いたがっているよりずっと健全なものだ。

彼は地面を見ながら、ゆっくりと車を停めた。鉄のように固いところが望ましかった。すぐに見つかった。死んだ珊瑚《さんご》のような小孔のある白い岩肌が露出していた。そこなら百万年経っても足跡は見つからないだろう。車を降り、ヘッドライトをつけたまま、車のうしろにまわり、雨天用に備えてある牽引ロープを取り出した。それから包丁を探した。すぐに見つからず、パニックになりかけたところで、自分のポケットではなく、ミッキーのスモーキング・ジャケットのポケットに入れたことを思い出した。その包丁で四フィート、ロープを切り、ミッキーの側にまわってドアを開け、彼を引きずり出し、そっと地面に寝かせた。うつ伏せ《アップサイド・ダウン》にしても、尻は宙に突き出させず。車にしばらく乗ったあとだ。その大きな腹を下にするより、寝るなら横向きになりたいことだろうが。

ペンデルはミッキーの両腕を背にまわし、うしろ手にして手首を縛った。男結びで二度丁寧に結んだ。その間、彼の正気はただひとつ現実的なことを考えていた。ジャケットのことだ。彼らはジャケットをどうするだろう？　彼は車からジャケットを持ってきて、ミッキーの肩に掛けた。ケープのように、ミッキーがしそうなように。それから、ポケットから銃を取り出して、ヘッドライトの明かりで、ボタンがどの位置に来ると安全装置がかかった状態になるのか確かめた。安全装置は今まで持ち歩いていたあいだずっとかかっていなかった。当然のことながら、それがミッキーが銃を使ったあとの状態だった。頭を吹き飛ばしたあとで、安全装置をかけるというのは至難の業だ。

ペンデルは車を後退させて、ミッキーとの距離をあけた。なぜそんなことをするのか自分でも判然としなかった。ただ、これからやろうとしていることは、ヘッドライトに煌々《こうこう》と照らされた中でやりたいこととは言えなかった。また、ミッキーに幾許《いくばく》かのプライヴァシーと当然の尊厳を与えたいという気持ちもあった。これからやろうとしていることが——矢尻や石斧《いしおの》がそこらじゅうに埋まっている、一万一千年の歴史を持つこの先住民族の居留地でやろうとしていることが——たとえどれほど原始的で未開文明的なことであろうと。ルイーザは子供たちに矢尻や石斧を一度集めるように言ってから、あとで戻させたのだった。誰もがそんなことをしたら、そのうち何もかもなくなってしまう。また、ここは人とマングローヴが創り出した不毛の地でもあった。土壌の塩分が強すぎて、大地そのものが死んでしまっているのだ。

車を移動させてから、またミッキーを横たえたところまで戻ると、膝をついて、丁重に包帯をはずした、キッチンの床に倒れていたときと同じくらい彼の顔が見えるまで。今はさっきよりいくらか歳を取って見えた。いくらかきれいにもなっていた。そして少なくとも、ペンデルの眼にはより英雄的に映った。

……ミッキー・ボーイ、あのきみの顔はきっとあるべきところに掲げられるだろう。きみの嫌いなものすべてからパナマが解放されさえすれば、すぐに大統領宮殿の殉難者の間《ま》に……ペンデルはミッキーに心の中で語りかけた……でも、きみにはほんとうにすまないと思っている、ミッキー、きみが私という人間に出会ってしまったことほど返す返す残念なこともない。誰も私になど出会うべきではないのだ……

できれば声に出して言いたかった。が、彼のことばはすべて心の中で語られたものだった。彼は最後にあたりを見まわした。誰も止める者のいないことを確かめた。そして、二発撃った、ペットを安楽死させる人道的な飼い主のようにやさしく、左の肩甲骨の下に一発、右にもう一発撃ち込んだ……銃による殺しだ、アンディ、と彼は〈クラブ・ユニオン〉でともにしたオスナードとの夕食を思い出しながら、心の中でつぶやいた……弾丸《たま》は三発。プロの手口だ。一発は頭に、二発は胸部に。ミッキーの惨殺死体は新聞の第一面に載ることだろう。

最初の一発を撃ったとき、ペンデルはこう思った――ミッキー、これはきみに。二発目を撃ったとき、彼はこう思った――これは自分に。三発目はミッキーが自分ですでに撃っていた。ペンデルはそのあとしばらく銃を握ったまま佇んで、海の音と、ミッキーの抵抗の静けさを聞いた。

それから、ミッキーのジャケットを手に取って車に戻り、二十ヤードほど走ったところで、窓からジャケットを放った。どんなプロの殺し屋もやるように。獲物を縛り、殺し、適切な場所に放置してきたのに、撃ち殺したときに獲物が着ていたジャケットをうっかり車まで持ってきてしまったことに気づいたら、どんな殺し屋も苛立たしげに投げ捨てるように。

チトレに戻り、閑散とした通りを走り、酔っぱらいにも恋人たちにも占拠されていない公衆電話を探した。この知らせは誰よりもさきに友人、アンディに伝えたかった。

第23章

日を経て〝安全移動作戦〟と呼ばれることになった、パナマのイギリス大使館の不可解なスタッフ大召還は、イギリスのマスメディアと国際マスメディアに小さな嵐を惹き起こし、〝アメリカがおこなった侵攻におけるイギリスの舞台裏での役割〟に関する議論を招く大きな要因となった。ラテン・アメリカの意見はもちろん一致していた。勇猛果敢な〈ラ・プレンサ〉紙は、何かのレセプションで、モルトビー大使がおずおずとアメリカ南方軍の司令官と握手をしている一年ほどまえの写真を載せ、その写真に向かって、ヤンキーの手先！　と叫んでいた。イギリスの意見は当初、容易に予測できる線でふたつに分かれた。ハトリーの新聞は、その外交的大移動を〝燦然たる諜報活動史における、優れて聡明なルリハコベ（天気が悪くなると花弁を閉じることで有名）作戦〟と評し、〝背後にある機密はわれわれには知ることが許されない〟と論じた。一方、競争各紙は、卑怯者《ひきょう》！　と決めつけ、アメリカの右翼の中でも最悪の部類と共謀し、選挙年における〝大統領の弱点〟を悪用し、反日ヒステリー患者に媚びを売り、イギリスとヨーロッパとの絆を犠牲にしてアメリカに植民地政策をけしかけたとして、政府を糾弾していた。それもこれも、イギリス人気質の最も恥ずべき部分に訴え、選挙に向けて、あの評判の悪い哀れな首相をどうにか延命させるのが目的なのだ、と。

ハトリーの新聞が、意気揚々とワシントンに向かう首相のカラー写真を第一面に載せ、〝おだやかなイギリスのライオン、牙を剝く〟という見出しをつけたのに対して、競争各紙は、トップ全二段抜きで〝全ヨーロッパが赤面する中〟での〝事実と誤信〟という大見出しを掲げ、イギリスの〝身代わり帝国幻想〟と断じていた。そして、〝パナマと日本政府に対する先制攻撃を誇大宣伝すること〟と、米西戦争を招いたアメリカの攻撃的姿勢を正当化しようとした、ハースト系出版社の用意周到な出版物との比較をしていた。

しかし、結局のところ、イギリスの役割はなんだったのか？　また、そもそも——〝共謀不要〟と題された〈タイムズ〉紙の社説の中から引用すれば——どのようにして、イギリスはアメリカの飼い葉桶《おけ》の中に自分たちの競走馬の頭を突っ込ませたのか？　そこでまた、誰もの眼がパナマのイギリス大使館に向けられた。大使館自体は関与を否定しているものの、オックスフォード大学にも一度は籍を置いていた、ノリエガの犠牲者にして、パナマ政界の黒幕の著名な子弟、ミッキー・アブラカスと大使館とはどのような関係にあったのか。さまざまな意味を持つアブラカスの〝惨殺死体〟は、パリタにほど近い荒野に遺棄されているのを発見されたわけだが、彼は〝拷問され、しきたりに則《のっと》った殺害方法で惨殺〟されており、それは大統領の諮問機関に属する特殊部隊の犯行というのがもっぱらの噂である――という話を流したのはもちろんハトリーの新聞だった。ハトリーの新聞はそれをひとり歩きさせ、ハトリーのテレビ・ネットワークはさらにその話に尾鰭《おひれ》をつけた。その結果、イギリスの多様な新聞がこぞって自分たち自身のアブラカス・ストーリーを語りはじめるのに、さして時間はかからなかった。〝パナマの男〟から〝秘密のヒーローは女王と握手をしたのだろうか？〟や〝小肥りの呑んだくれはイギリスの007だった〟まで。悪戦苦闘している独立系新聞社の記事――いくらかは素面《しらふ》の人間が書いたもので、そのために大方には顧みられなかった記事――にはこういうものもあった。アブラカス夫人は、夫の死体が発見されて数時間のうちにパナマから秘密裏に出国し、噂によれば、現在はアブラカス氏の親しい友人でパナマの著名人、ラファエル・ドミンゴの庇護のもとにある。

三人のパナマ人の病理医による性急な反駁もあり、その要旨は――アブラカスは重度のアルコール依存症患者で、スコッチ・ウィスキーを二パイント飲んだのち、抑鬱状態から発作的に銃で自殺を遂げたのであって、当然のことながら、その死は嘲《あざけ》りをもって迎えられた、というものだった。ハトリーのタブロイド紙は即座にその反駁に対する大衆の反応を集約した――〝セニョール、先生方は誰を愚弄してると思ってる？〟。イギリス公使、サイモン・ピットは、〝ミスター・アブラカスは、大使館とも在パナマのいかなる公的代表団とも、公式にも非公式にも一切関わりがない〟という公式声明を出したが、〝健康上の理由〟で任期を全うすることはできなかったものの、アブラカスがいっときアングロ・パナマ文化協会の会長であったことが判明した時点で、その声明はいかにも間が抜けたものになってしまった。スパイによる諜報活動の専門家は、今回の事件では新米を懲戒するという隠された論理が働いた、という解釈を示した。現地の情報部員から潜在的なイギリスのスパイと〝見抜かれ〟てしまった結果、アブラカスは、イギリス大使館との明らかな関係を表面上すべて断ち切らねばならなかった。それを実行するのに――アブラカスと大使館側担当官との関係を〝疎遠〟にするのに――便利な方法は、彼と大使館とのあいだに〝諍《いさか》い〟をでっち上げることだっただろう。ところが、そんな諍いなどなかったとピット氏は言っている。要するに、アブラカスは、イギリス情報部の想像力の貧困のために高い代償を払わされたのである……また、パナマの公安当局がいっときアブラカスの活動に興味を示していたという、いくつかの消息筋の発言もあった。影の大臣を任じるある野党議員は、大胆にもオスカー・ワイルドを引用して、大義のためにひとりの男が死んだからと言って、そのためにその大義が正当化されるものでもないと述べ、当然のことながら、タブロイド紙の恰好の物笑いの種になった。中でもハトリー系の一紙は、その発言は議員自身の驚くほど不運な性生活を露呈しただけのことだと断じた。

そしてある朝、まるで命令でも受けたかのように〝パナマ・ハットトリック〟——以降そのような渾名がついた——にすべてのスポットライトが当てられる。すなわち三人のイギリスの外交官に。ひとりのコメンテーターのことばを借りれば、〝アメリカ軍のすさまじい空からの攻撃がある前夜に、大使館から物資、女たち、車をこっそり持ち出した〟三人に。実際にはそれは四人で、四人目は女性だったのだが、彼女は〝ハットトリック〟というすばらしい見出しを損なうということで、登場することはなかった。いずれにしろ、彼らに関する、運の悪い外務省スポークスウーマンの説明は歓呼の声に迎えられた。

「ミスター・アンドルー・オスナードは、外務省の正規の職員ではありません。パナマ運河に関する事柄に精通しており、また、あらゆる資格を備えていたので、一時的に雇用された人物です」

彼のあらゆる資格については、どのマスメディアも嬉々として報じた。イートン校、グレーハウンド・レース、オマーンではゴー・カート。

質問――どうしてオスナードはそんなに急いでパナマを出国したのです？
答――ミスター・オスナードが現地にいる意味が消失したからです。
質問――それはミッキー・アブラカスが〝消失〟したからですか？
答――ノーコメント。
質問――オスナードはスパイだったのですか？
答――ノーコメント。
質問――今、オスナードはどこに？
答――ミスター・オスナードの所在についてはわれわれは把握していません。

つくづく運の悪いスポークスウーマンなのだろう。翌日、マスメディアは意気揚々と彼女に、オスナードからはどんなコメントも得られなかったものの、スイスのダヴォスのスキー場で撮られた、彼の二倍は年上の社交界の花形と彼とのツーショットを示した。

「モルトビー大使は、安全移動作戦が実行される直前に、協議のためにロンドンに呼び戻されましたが、時期が重なったのは単なる偶然です」

質問――直前というと？

答――（また同じ運の悪いスポークスウーマンだった）直前ということです。

質問――それは彼が消えるまえということですか、それともあと？

答――馬鹿げた質問です。

質問――モルトビーとアブラカスの関係は？

答――われわれが知るかぎり、いかなる関係もありません。

質問――モルトビーほどの実力を備えた人物には、パナマというのはいささかつつましすぎる赴任先ということになりませんか？

答――われわれはパナマ共和国に多大な敬意を払っています。ミスター・モルトビーもあくまで適材適所ということで赴任したのです。

質問――今、彼はどこに？

答――モルトビー大使は私的な業務に従事するため無期限の長期休暇を取っています。

質問――その業務というのをもっと詳しく説明してもらえませんか？

答――もうしました。私的なものです。

質問――どういう類いの？

答――ミスター・モルトビーは遺産を相続し、これまでとは異なる新たな仕事を現在考慮中であるとわれわれは理解しています。彼は著名な学者でもあることですし。
質問――それは馘ということの別な表現ですか?
答――いいえ、全然。
質問――だったら、円満退職?
答――今日は大勢お集まりいただき、ありがとうございました。

モルトビー夫人は、自宅のあるウィンブルドンで――彼女は地元ではいくらか名の知れたローンボウリング・プレーヤーだった――マスコミにつかまったが、夫の所在については賢明にもノーコメントを通した。
「駄目、駄目、どいてください、みなさん。話すつもりはありませんから。あなたたちのことは昔からよくわかってるんだから。あなたたちは寄生虫みたいな人たちよ。そして、やってることはでっち上げ。女王さまがバミューダにいらしたときにもあなたたちには迷惑させられたけど。いいえ、主人からはなんの連絡もありません。こっちもそういうものはもう期待してないけど。彼の人生は彼の人生でしょ? わたしにはなんの関係もないのよ。そう、そりゃいつかは彼も電話してくるでしょう。まだ番号を覚えてて、小銭を集めることができたら。わたしに言えるのはそれだけよ。スパイ？　馬鹿も休み休み言いなさい。そういうことをしていて、わたしが何も気づかなかったと思う？　アブラカス？　聞いたことがないわね。なんだかヘルス・クラブみたいな名前の人ね。わかったわ、知ってるわよ。女王さまの誕生日パーティで、わたしにゲロを吐きかけただけだものよ。とんでもない人物よ。どういう意味、馬鹿な人ね。ロマンス的要素？　あなた、あのふたりの写真を見たことがないの？　彼女は二十四で、彼は四十七なのよ。これでも、わたし、遠慮して言ってるんだけど」

〝法官貴族の娘の眼をこの手でえぐり出してやる、と捨てられた大使の妻は言った〟

件《くだん》のふたりをバリ島まで追ったと主張する果敢な記者がいた。また、秘密の情報源を持ち出すことで有名なある記者は、ふたりをモンタナの丘の上に建つ豪邸に住まわせていた、その豪邸はＣＩＡのものなのだが、ＣＩＡが感謝の印にふたりに自由に使わせているということだった。

「ミス・フランチェスカ・ディーンはパナマ赴任中に退職しました。有能な職員でしたから、彼女の決断はなんとも残念なことですが、一身上の理由ということで受理されました」

質問——それはモルトビーと同じ理由ということですか？

答——（同じスポークスウーマン。血まみれになりながらも、まだ屈していなかった）パス。

質問——それはノーコメントということですか？

答——パスということで、ノーコメントということです。それにどんなちがいがあると言うの？　この話題はもうこれくらいにして、もう少しまともな話題に戻りませんか？

（ラテン・アメリカの記者が通訳を通して）

質問——フランチェスカ・ディーンはミッキー・アブラカスの恋人だったのですか？

答——いったいなんの話をしてるの？

質問——パナマでは多くの人が、アブラカスの結婚生活が破綻《はたん》したのは彼女のせいだと言っています。

答——これはわたくしの個人的意見ですが、パナマで多くの人が何を言っていようと、そのことに関するコメントはわたくしのよくするところではありません。

質問――パナマでは多くの人がこんなことも言っています、ストーモント、モルトビー、ディーン、それにオスナードは、高度に訓練されたイギリスのテロリストで、CIAの手先となって、民主的なパナマ政府に侵入し、内側から政府転覆を目論んでいた、と！

答――この女性は正式認可された記者ですか？　この女性を以前に見かけたことのある人は？　申しわけありませんが、あなた、あなたのプレスカードを警備員に見せてもらえます？

ナイジェル・ストーモントに世間の耳目が集まることはほとんどなかった。〝外務省きっての色事師、長期旅行に〟――彼がマドリッドのイギリス大使館に赴任中に同僚の妻と犯した不倫という、すでによく知られた事件に関する焼き直し記事も書かれたが、それもさして話題になることはなかった。また、パディ・ストーモントがスイスのガン・クリニックに入院したことと、ストーモントのマスコミあしらいの巧みさを考えると、将来的にも彼らがマスコミの餌食になる可能性は低そうで、日が経つにつれ、ストーモントは気ままな端役のまま、イギリス政府の不可解な一大成功劇が演じられた舞台から姿を消した。

ハトリーの新聞で一番高い給料を得ている論説委員のことばを借りれば、その舞台とは、〝いわゆるヨーロッパのパートナーがタッチライン上で逡巡《しゅんじゅん》することを選ぼうと選ぶまいと、アメリカに彼らの目的を達成させることで、また、保守派のリーダーシップによって、イギリスが古き大西洋同盟の意欲的かつ有用なパートナーたりうることを証明した〟舞台ということになる。

侵攻における名ばかりのイギリス軍の名ばかりの参加は、イギリス以外ではほとんど顧みられなかったが、イギリス国内では歓迎され、大きな教会には聖ジョージ旗が掲げられ、それまで無断欠席をしたことのない小学生には一日の特別休日が与えられた。ペンデルに関しては、彼の名前を出すこと自体に報道管制が敷かれ、新聞もテレビも愛国的なマスメディアは国じゅうこぞってそれに従った。それが世界じゅうの秘密工作員の運命というものである。

第24章

夜、彼らはまたパナマを略奪しようとしてやってきた。高層ビルと小屋に火を放ち、機関砲で動物や子供や女たちを恐怖に陥れ、通りでは男たちを打ちのめし、そして、朝にはすべてをすませていた。ペンデルは前回と同じバルコニーに立ち、考えることもなく、聞くこともなく、ただ、感じるままにそれを眺めた。まえかがみになることもなく自分を消し、唇を動かすことなく罪を償った、ベニー叔父がビールのジョッキの中に、聖句《ドラ》のかわり《ツクン》となることばを何やらつぶやいて、罪を償っていたように。

……われわれの力は際限を知らない。それでも、われわれは飢える子に食べものを見つけることができない。難民に家を与えることも……われわれは知識を過度に持ち、われわれは自分たちを破壊する凶器をつくる……われわれは自分たちのへりに住み、内なる闇に怯えている……われわれは傷つけ、堕落し、身を滅ぼし、過ちを犯し、人を欺いてきた……

ルイーザが家の中からまた叫んでいたが、さほど気にはならなかった。彼は頭上の闇を旋回して抗議しているコウモリの叫び声を聞いていた。彼はコウモリが好きなのに、ルイーザは忌み嫌っていた。人がわけもなく何かを忌み嫌うとき、ペンデルは常にそのことに恐れを覚えた。なぜなら、それがどこへ行き着くか、誰にもわからないからだ。コウモリは醜い、だから嫌いだ。おまえは醜い、だからおまえを殺す。美とはガキ大将のようなものだ——ペンデルは思った——だからこそ、おれの仕事は人を美しくすることなのに、美を損なわれたマルタを見るたびに、永遠の強さを感じてしまうのだろう。

「中にはいって」とルイーザが叫んでいた。「今すぐ。中にはいって。お願いだから《ラヴ・オヴ・ゴッド》。あなたは自分が不死身か何かだと思ってるの？」

彼としてもはいりたかった。彼は心の中では家庭人だった。が、今夜は神の愛《ラヴ・オヴ・ゴッド》は彼の心に宿ってはいなかった。もちろん、彼も自分のことを不死身だなどとは思っていない。むしろその逆だ。手の施しようがないほど傷ついている、と思っている。神について言えば——神は誰よりも悪いと思っている、自分の始めたことを終わらせることができないでいるという点において。だから、今は中にはいるより、バルコニーにいたかった。子供たちの咎める視線からも、多すぎる知識からも、決めつける妻の舌からも、心を離れない自殺したミッキーの思い出からも離れて、隣の猫たちが一丸となって、左から右に彼の芝生を走り抜けるのを見ていたかった。三匹がブチで、一匹が茶色。マグネシウム光が一向に衰えることなく燃えており、まさに真昼のような明るさなので、猫たちの毛のもとの色がわかった、夜はどんな色の猫も黒く見えるはずなのに。

喧騒《けんそう》と騒乱の只中で、ペンデルが強く惹かれたものはほかにもあった。たとえば、NO.12の家のミセス・コステロがベニー叔父のピアノを弾きつづけていること。それはもしペンデルにピアノが弾けて、ピアノを相続していたら、彼がやっていたことだった。正気を失うほど恐怖を覚えるときに、指で楽曲をつかまえることができたら、それは自分自身をつかまえておく真にすばらしい方法にちがいない。その彼女の集中力は驚嘆に値する。こんなに離れていても、彼女が眼をつむり、弾いている音符に向かってラビのように唇を動かしているのがわかった。手をうしろに組んで、胸を突き出して歌うルース叔母のそばで、ベニー叔父がよくやっていたように。

メンドーサ一家の大事なメタリック・ブルーの大型ベンツがNO.7の家から現れ、丘をくだりはじめた。ピート・メンドーサは侵攻が始まるまえに家に帰れたことがよほど嬉しかったのだろう、ギアをニュートラルにしたまま、ハンドブレーキをかけ忘れたのだ。その結果、ベンツが少しずつ眼を覚ましてしまったのだ。脱獄しよう。ベンツは自分にそうつぶやいた。彼らは監房の扉を開けたままにしているし。あとはただ歩けばいいだけだ。

で、歩き出したのだ。最初はミッキーのようにのしのしとゆっくり。実際、ミッキーのように、人生を変えてくれる衝突を期待しながら。しかし、あてははずれて、気がつくと、かなりのスピードで走っていた。そのギャロップがどこで終わるかは神のみぞ知る、だ。どこまでスピードが出て、最後に停まるまえにどれほどの付帯的損害をもたらすか、あるいはその車には、題名は忘れたが、あるロシア映画の乳母車のシーンが、技術一辺倒のドイツの変人によって、封印されたユニットの中にプログラムされているのかどうか、それも神のみぞ知る、だ。

しかし、その手の取るに足りない細部がペンデルには大いに意味があった。ミセス・コステロのように、些細なものに心を同調させることが彼にもまたできたから。アンコンの丘からの砲撃も、頭上を旋回してはまた飛来する武装ヘリコプターも、うんざりするほど馴染み深いものではあったけれども。それを日々の現実と言うなら、まさにそれこそ、そんな日々の現実の一部ではあったけれども。自分より優れた人たちと友を喜ばせようとして、火をつけた哀れな仕立屋が今、世界が煙に包まれるのを眺めているのだ。自分が気にかけていると思っていたものすべてを誤った場所に置いてしまった、自分の軽率さを凝視しているのだ。

いいえ、裁判長、私が戦争を起こしたわけではありません。

はい、裁判長、それは認めます。私が聖歌を書いた可能性はあるでしょう。しかし、敬意を払いつつ申し上げさせていただきたいのですが、必ずしも聖歌を書いた者が戦争も始めるとはかぎりません。

「ハリー、あなたの家族が一緒に来てって頼んでるのに、どうしてあなたは中にはいろうとしないの？　わたしには理解できない。いいえ、ハリー、すぐじゃなくて、今よ。お願いだから中にはいって、わたしたちを守って」

ああ、ルー、ああ、ルー、そっちに行けたらどんなにいいか。どんなに。しかし、そっちに行くには、嘘をここに置いていかなければならない、たとえ私には真実がどうしてもわからないのだとしても。だから、私はとどまると同時に行かなければならないんだ。しかし、今はとどまれない。

事前の警告は何もなかった。一方、パナマは常に警告を受けていた。おとなしくしているか、さもなければ、と。おまえは国ではなく、運河だということを忘れてはならない。それに、そういった警告というのは大袈裟すぎた。逃げ出したブルーのベンツが――赤ん坊なしのベンツの乳母車が、曲がりくねった道の段差を何段か越えて、避難民の一団に突っ込むまえに警告を発したりするだろうか？　もちろん、しやしない。観客席が崩れ、何百人もの死者が出るとき、そんなときサッカー・スタジアムは事前に警告をするか？　おまえはイギリスのスパイなのか、パナマで一番手強い輩ぞろいのブタ箱に一週間か二週間はいりたいのか、とそのうち警察が尋ねにやってくるだろうなどと、殺人者が犠牲者にまえもって知らせたりするだろうか? そういった人の心構えに関する特別な警告について言えば――〝われわれはこれからきみたちを爆撃する〟にしろ〝われわれはこれからきみたちを裏切る〟にしろ――どうしてそんな警告をみんなに発しなければならない? 警告が貧しい人々を助けることは決してないのに。どっちみち彼らには、ミッキーがしたこと以外何もできないのに。一方、金持ちには警告の必要がない。金持ちが危険にさらされることは決してないのだから。それが今ではもうパナマ侵攻の大前提になっている。ミッキーが常々言っていたように。呑んだくれているときにも、素面のときにも。

だから、武装ヘリコプターがいつものように海上から現れても警告はなかった。ただ、前回と異なるのは、今回はそれに応戦する者がひとりもいないことだ。軍隊がないのだから。だから、すでにエル・チョリジョも、飛行機がやってくるまえに自分をあきらめるという賢明な策を取っていた。そして、それは取りも直さず、最後にはエル・チョリジョも服従したしるしだった。また、それは同じように事前に衝突を回避する作戦を取ったミッキーがまちがっていなかったしるしでもあった、その結果がたとえどれほど悲惨なものであったとしても。マルタのアパートメント・ハウスと同じような建物が、がっくりと膝をついていた。その光景は、〝逆になって〟倒れていたミッキーの姿を思い出させた。間に合わせの学校が自分で自分に火を放っていた。老人医学の聖域が、ミッキーの頭にあいたのとほぼ同じくらいの大きさの穴を自分の壁にあけて、入院患者を追い出しにかかっていた。火の対処に彼らも手伝わせるために。もっとも、それは人々がグアラレでやっていたのと同じ、ただ無視をするという対処法だったが。大勢が賢明にも走り出していた。逃げるべきものができるまえから逃げていた――防災訓練のように――撃たれるまえに叫びながら。ルイーザの声を聞きながら、ペンデルはふと気がついた、これらはすべて、最初の不穏な空気がベタニアのバルコニーにたどり着くまえから――ルイーザが子供たちとともに身をひそめている階段下の箒入れが最初に振動するまえから――すでに起きていたことに。

「パパ！」今度はマークだった。「中にはいって！　早く、早く！」

「パパ、パパ、パパ！」ハンナだ。「愛してる！」

駄目だ、ハンナ、駄目だ、マーク。愛はまたの機会にしてくれ。私には中にはいることができないのだ。世界に火を放ち、さらには一番の親友まで殺し、そらしたその眼を見れば行く気のないことが容易にわかりながら、警察の尋問を避けさせるために愛人もどきをマイアミにやろうとした男が、どうして庇護者になどなれる？　私は今、そんな考えを捨て去ることに最善を尽くしているのだ。

「ハリー、彼らは何もかもうまく処理してくれる。何もかもピンポイントで。何もかもハイテクで。新しい兵器は、何マイルも離れたところからひとつの窓を選ぶこともできるんだから。市民の上に爆弾を落としたりすることはもうないのよ。お願い、どうか中にはいって」

しかし、ペンデルにはそれができない。中にはいりたい理由などそれこそ山ほどあるのに。今度もまた脚が動かないのだ。世界に火をつけるたびに、友を殺すたびに、脚がその機能を果たさなくなる。彼はそのことに気づく。エル・チョリジョに大きな火の手が上がり、炎の上に黒煙が立ち昇る——もっとも、猫同様、煙はすべて黒いわけではない。炎のために下のほうは赤く、上空のマグネシウム光のためにてっぺんは銀色だ。その炎に彼は眼と脚をとらわれる。どの方向にも一インチも動かせなくなる。ただ見つめ、ミッキーのことを思う以外に何もできなくなる。

「ハリー、どこへ行くつもりなの？　教えて！」

教えてほしいのは私もだ。そう思いながらも、ペンデルはルイーザの問いかけに一瞬戸惑い、そのあと自分が歩きはじめているのに気づいた。ルイーザのほうでも子供のほうでもなく、彼女から離れ、彼らの不幸からも離れ、ピート・メンドーサのメルセデス・ベンツの乳母車が自分の意思で下っていった道を彼もたどっていた。頭の奥では振り返りたくてならないのに。丘を駆け上り、子供と妻を抱きしめたくてならないのに。

「ハリー、愛してる！　あなたがどれほどの過ちを犯そうと、わたしのほうがもっと悪い過ちを犯したのよ。ハリー、あなたが誰であれ、何者であれ、何をしたのであれ、誰にしたのであれ、そんなことはもうどうでもいいの。ハリー、ここにいて」

彼は長い階段を降りていた。急な坂が踵《かかと》を打つたびに、衝撃が走った。坂を降り、高さを失うことの問題点は、降りれば降りるほど引き返すのがむずかしくなることだ。坂を降りることにはそんな魅力がある。それに彼は道を一人占めすることができた。侵攻がおこなわれているあいだは普通、略奪をしない人たちは家にいて、友達に電話でもかけているものだからだ。実際、歩く彼の眼に映る、明かりのついた窓の中にいる人たちは、そういうことをやっていた。そして時々、相手に通じていた。彼ら同様、友達もまた戦時にあっても通常のサーヴィスが妨げられない地域に住んでいるのだ。しかし、マルタにはどこへも電話はかけられない。人々とともに暮らしているから。たとえ精神だけにせよ、橋の向こう側からやってきた人々と。そして、彼らにとっての戦争とは、日常生活を根こそぎ破壊しかねない、深刻きわまりないものなのだ。

彼は歩きつづけた。振り返りたかった。が、しなかった。頭が混乱していた。極度の疲労を眠りに変える方法を知る必要があった。たぶん死がその便利な方法なのだろう。彼は長続きすることがしたかった。マルタの頭を肩に受け、彼女の片方の乳房に手を置くといったようなことが。しかし、彼の問題は、自分は誰の同伴者にも適さないと感じてしまうことだった。だから、彼は自分の世界を誰かほかの人間に委ねたかった。安全に隔離されていれば、自分から大混乱を招くことはない。それはかつて判事に言われたことで、そのとおりだった。それはまたミッキーにも言われたことで、まさにそのとおりだった。

ペンデルはもうスーツのことなど少しも気にしていなかった。自分のスーツも他人のスーツも。ラインにも形にも〝ロック・オヴ・アイ〟にもシルエットにも、もうなんの興味も覚えなかった。人は自分の好きなものを着て、至高の人々は選り好みをしない。ペンデルはそう思った。洗えるジーンズに白いシャツ、あるいは花柄のワンピースをまとうだけで、彼らの装いは申し分ないものになる。〝ロック・オヴ・アイ〟の意味など知らなくても。そして、それは彼のそばを駆けている人々についても言える。足から血を流し、口を大きく開けて、彼を道から突き飛ばしながら〝火事だ!〟と叫んでいる人々、自分の子供と一緒になって悲鳴をあげている人々、〝ミッキー!〟〝ペンデル、この豚野郎!〟と叫んでいる人々についても。彼は彼らの中にマルタを探した。が、見つからなかった。たぶん彼女も最後には、ペンデルのことを汚れすぎた人間と判断して、愛想をつかしたのだろう。彼はピート・メンドーサのメタリック・ブルーのベンツを探した。もしかしたら、ベンツも抛って立つ側を変え、恐怖におののく群衆に加わってはいまいかと思ったのだ。しかし、そういう兆候はどこにも見られなかった。半分に切断された消火栓が黒い血を通りに撒き散らしていた。ミッキーの姿を何回か見かけたが、ペンデルに気づいたことを示す会釈ひとつなかった。

彼は歩きつづけ、すでに低地に深くはいり込んでいるのに気づいた。さらにその低地を歩けば、町にたどり着くはずだった。しかし、毎日車を運転している通りの真ん中を歩いているのに、慣れ親しんでいるはずのランドマークがひとつも見つからなかった。もっとも、それら自体が炎に包まれていて、逃げ惑う人々に小突かれながらでは、見つからないのも無理はなかったが。しかし、行き先に迷いはなかった。ミッキーのところだった。マルタのところだった。歩きつづける彼をじっと見すえている、オレンジ色の火の玉のど真ん中だった。その火の玉が、前進しろと彼に命じ、彼にそう語りかけているのだった。これから知り合いになっても遅くはない、パナマ人の新しいよき隣人全員の声で。そしてひとつはっきりしているのは、彼がこれから向かうところでは、人生の見てくれをよくしてくれと彼に頼みにくるような者は、ひとりもいないだろうということだった。また、彼の夢を自分たちのおぞましい現実と混同するような者もいないだろうということだった。

謝辞

本書になんらかの瑕疵《かし》があったとしても、それは本書の執筆に協力してくれた人たちにはいっさい責任のないことである。

パナマについては、まず初めに著名なアメリカ人作家、リチャード・コスターに謝意を述べねばならない。彼はすこぶるつきの気前のよさと格段のとりはからいで、私のためにいくつもドアを開け、賢明な助言を幾度となく与えてくれた。アルベルト・カルボも鷹揚《おうよう》に時間と支援を提供してくれた。ロベルト・ライハートにも大いに世話になった。彼はそれが欠点となるほどのもてなし上手だが、本書ができあがると、生来の編集者としての眼力をあらわにした。獅子《しし》の心を持ったギレルモ・サンチェス。ノリエガの禍にして、今日に至るまで〈ラ・プレンサ〉紙の寝ずの番をしてきた、上品なパナマのチャンピオン。彼は私の完成原稿を閲読してくれ、さらには大きくうなずいてもくれた。パナマ運河委員会のリチャード・ワイニオがしてくれたように。ワイニオは、卑小な人間なら青ざめるようなことを笑い飛ばすことのできる男だ。

アンドルー&ドナ・ハイド夫妻は双子の育児に追われる日々にありながら、彼らの貴重な時間を捧げてくれ、私の目的を探ることなくいくつかの大失態から私を救ってくれた。ドクター・リボリオ・ガルシア・コレアと彼の家族は、私を温かく家族の中に迎え入れてくれただけでなく、彼らがいなければ決してたどり着けなかった場所へ、さらには人々のところへ案内してくれた。私にかわって、ドクター・ガルシア・コレアがおこなってくれた、たゆみない調査に対する感謝の念は終生消えることがないだろう。また、ともにした旅も忘れられない――特にバロ・コロラドへの旅は。サラ・シンプスン、レストラン〈パボ・レアル〉のオーナーにして支配人。彼女は私に大いに滋養を与えてくれた。美しいパナマ女性のために美しい服をつくっているエレネ・ブリベアートは、どのような設定にして、紳士服の仕立屋という商売を描けばいいか、親切な助言をしてくれた。スミソニアン熱帯研究所のスタッフは、私に忘れえぬ二日を与えてくれた。

私が描いたパナマのイギリス大使館員の肖像は、あくまでも空想の産物である。私がパナマで出会ったイギリスの外交官と彼らの奥方は、みな一様に有能で、勤勉で、志操高潔な人々だった。邪悪な謀略を企てたり、金の延べ棒を盗んだりなど最もしそうにない――幸いなるかな――本書に描かれている想像上のキャラクターとは何ひとつ通じるところのない人々である。

ロンドンに戻って言えば、ペンデルの部分的なユダヤ的背景についての助言に対して、レックス・コーワンとゴードン・スミスに謝意を捧げる。さらに、マウント・ストリートWのダグ・ヘイワードにも。私が仕立屋、ハリー・ペンデルの姿をおぼろげながら初めて一瞥《いちべつ》できたのは、彼のおかげだ。彼のところへスーツの寸法を計りに行かれるようなことがあれば、あなたはまずまちがいなく入口のドアの脇に置かれた肘掛け椅子に坐った彼に迎えられるはずである。彼の店には、坐り心地のいいソファと、本と雑誌が散らかったコーヒーテーブルはあるが、残念ながら、偉大なアーサー・ブレイスウェイトの写真が壁に掛けられているということはない。また、彼が仮縫い室でのおしゃべりに長々とつきあうこともあまりない。そこでの雰囲気はきびきびとして、いたってビジネスライクなものだ。それでも、静かな夏の夜に彼の店に行き、眼を閉じれば、アルパカか、象牙椰子《ぞうげやし》の値打ちについて、滔々《とうとう》と賞揚しているハリー・ペンデルの声の残響がはるか彼方から聞こえてくるかもしれない。

ハリー・ペンデルの音楽に関しては、もうひとりの偉大な仕立屋に借りができた。セント・ジョージ・ストリート、〈L・G・ウィルキンスン〉のデニス・ウィルキンスン。デニスは、外の世界に鍵をかけて、好きなクラシック音楽をかけながら生地を裁断するのが何より好きなのだ。アレックス・ラドルホフは、採寸するときの〝内々の〟秘密を私にこっそり教えてくれた。

最後に、グレアム・グリーンがいなかったら、この本が執筆されることはなかっただろう。グリーンの『ハバナの男』を読んで以来、情報の捏造者《ねつぞう》というアイディアがどうしても私の頭から離れなかったのである。

ジョン・ル・カレ

訳者あとがき

本書があちらで上梓《じょうし》された直後に、ル・カレ自身が本書に関するインタヴューに答えたものが、サロン・コムというインターネットのサイトに載っている。何よりまずそれを一部なりとも紹介しよう。

問――本書の謝辞にはグレアム・グリーンの『ハバナの男』がなければ、本書はものされなかったとありますが、グリーンは自ら『ハバナの男』をエンターテインメントと評しています。〝エンターテインメント〟というのは、あなたの作品にはなじまないことばだと思いますが、本書にレッテルを貼るとしたら、それはどんなものになるでしょう。

答――グリーンは自作を分類するのに誤ったアドヴァイスをされている。そもそもそういう仕事は、作家というより〝文芸官僚〟のためのものだが、あえてレッテルを貼るとするなら、私は自分の作品すべてがエンターテインメントであってくれたらと思っている。
問――それでも、本書における滑稽味はちょっとした驚きをもってあなたの読者に迎えられたのではないでしょうか。本書には〝軽み〟というものが感じられますが。
答――私としては、これまでと何ひとつ変わらない創作態度で書いたつもりだが、私なりに成熟したところが本書には現れているかもしれない。私も今年六十五だ。それだけの歳月、世界情勢を私のような眼で見てきたら、このあとやれることはもうふたつしかない。すなわち、笑うか自殺するか。本書の主人公はその両方を巧みにやってのけているが。
問――確かに本書にはあなたが今言われたような〝世界〟が現前しています。ただ、今回は登場人物の内面の描かれ方が特に深く、力もまた込められていますね。
答――ある意味で、この作品はきわめて私的な作品と言えると思う。自分自身とファブリケーター（〝製作者〟とともに〝嘘つき〟の意もある）としての自分。私は本書でそのふたつの関係を探りたかった。いわゆる〝創造的な仕事〟に従事している者は誰しも、事実を弄んでいることについて、盗みを働いていることについて、人生すべてを嘘のネタにしていることについて、ある種の罪悪感を持っている。本書の主人公、ハリー・ペンデルもまたそうした立場に置かれているわけで、気づくと、主人公と私はたえず共鳴し合っていた。その感覚は『パーフェクト・スパイ』以来なかったことだ。

このあとル・カレは、自分の墓に一緒に埋めてほしいのは『パーフェクト・スパイ』と本書だとまで言っているが、そんな本書に接し、私はとにもかくにもこの人間ドラマの重厚さ、シニシズムの持つ力というものに圧倒された。また、ことばというものには――生意気を言えば、小説というものには――まだこんなに力が残っていたのかと驚きもした。右のインタヴューでも言及されている『パーフェクト・スパイ』(詐欺師で、刑務所暮らしも経験している自分の父親と作者自身の実像を色濃く投影させた八六年の作品)を評して、作家の髙村薫氏は、〝もっとも小説らしい小説、小説の中の小説〟と言っておられるが、その尻馬に乗って言わせてもらうと、本書は小説を読むオーソドックスな愉しみが存分に味わえる小説、とでもいうことになるだろうか。ディケンズばりのデフォルメが多用され、ひとつのパラグラフに時制も視点も複数入り乱れるル・カレの文章は、必ずしも読みやすいとは言えない。また、並はずれて周到緻密《ちみつ》なプロットも、読者によっては手が込みすぎて見えるかもしれない。エンターテインメントは斜めに読める程度がちょうどいいという向きには〝難解〟すぎるということになるかもしれない。しかし、ル・カレは、わかる人間にだけわかればいいといったような書き方は決してしていない。(ただ、これまで何作もル・カレ作品を訳してこられた村上博基氏もその訳者あとがきに書いておられるが、ディテールに関しては韜晦《とうかい》癖なきにしもあらずだ。たとえば本書でも〝バカン〟というコードネームが出てくるが、その命名についてはいっさい言及されていない。もちろんこれはスパイ小説の古典、『三十九階段』の著者、ジョン・バカンに因んだものだろう。しかし、それをいちいち説明すれば野暮になる。また、それ以上にこの命名の持つアイロニーが薄くなる。それに作者の遊び心も手伝って、結果、このコードネームの由来については何も説明されないのである。しかし、そういうことがわからなければ、本書を愉しむことができないかというと、そんなことはまったくない。）丹念に読む労さえ惜しまなければ、随所に宝石のように散りばめられた謎が最後にはすべて見事に小気味よく氷解する。そのカタルシスがル・カレ作品の何よりの魅力で、そこが並みのスリラー作家だけでなく、凡百の〝純文学〟作家との大きなちがいだ。

『ハバナの男』を冷戦真っ盛りに書かれながら、懐かしい温もりをとどめたどたばた劇とすれば、本書は、冷戦終結後のエスピオナージ・ワールドを痛烈に風刺した――作者自身のことばを借りれば〝悲しい〟――戯画と言える。が、それより何より本書は、主人公ペンデルが最後に、象徴的とも幻想的とも言える自己再発見をする〝彼の〟物語である。訳者はペンデルほど特殊な生い立ちでも特異な性格でもないが、読んで訳して彼の心情には大いに身につまされた。個という特殊を突きつめれば、それが逆に普遍につながるというのは、文芸という芸術のひとつの大きな強みだが、その醍醐味《だいごみ》を久々に堪能させてもらった。

さて、いよいよ運河の管理がパナマ政府に委譲される一九九九年十二月三十一日を迎える。去年の二月には、グリーンピースのメンバーが、〝核ジャックがいかに容易かを示すために〝核廃棄物を積んだ運河通航中のイギリス船舶に飛び乗って抗議するという事件もあったが、在パナマ米軍の撤退は予定どおりこの夏から本格的に始まった。このあとがきを書いているさなかにも、パナマ運河が中国に支配される事態を懸念する手紙を共和党の重鎮がコーエン国防長官に送った、というニュースが飛び込んできた。本書にも描かれているように日本とも縁浅からぬパナマだが、運河は安全や否や、自然が芸術を模倣するような〝事件〟も果たして起こりうるのかどうか。こういう物言いは不謹慎かもしれないが、これまた興味津々たるひとつの世紀末である。

ル・カレの近況も報告せねばなるまい。今年二月のことなので、すでにご存知の方も少なくないと思うが、ほかでもない。あのジョージ・スマイリーの正体が四十年近い年月を経てようやく判明した。ル・カレ本人がイギリスのラジオ番組に出演して、そのモデルとなった人物の名前を明かしたのだ。これまで長いあいだ、それは元MI6の長、サー・モーリス・オールドフィールドとされていたが、オールドフィールド氏本人は、いたって陽気で剽軽なご仁だそうで、およそスマイリーに似つかわしくなく、当人を知る人たちには今ひとつぴんとこなかったそうだ。実際、ル・カレも言明を避けていた。それが一九九五年になって思いがけず、実はスマイリーのモデルは、オックスフォード大学の恩師だったとル・カレ自身が明かす（ル・カレ自身は名前までは明かさなかったようだが、結局、ヴィヴィアン・グリーンなる人物ということになる）。しかし、これまたオールドフィールド同様、スマイリーにどんぴしゃりというわけでもなかったらしい。そういった経緯を経ての今回の〝事件〟だったわけだが、帰するところ、その人とはジョン・ビンガム――クランモーリス男爵ということだ。ル・カレが情報部に勤務していた頃の同僚で、その後ベストセラー作家にもなった人物という。二月七日付けの〈サンデー・タイムズ〉紙は、一九八〇年代にこのクランモーリス卿の奥方が『スマイリーの女房』というタイトルで自伝を発表しようとしたところ、国防省から待ったがかかり、出版を断念させられるという出来事のあったことを余談として伝えているが、いずれにしろ、このふたり――大学の先生と元スパイの作家が合体して、スマイリーという希有《けう》のキャラクターができあがったことにまちがいはないようだ。こういうことがわかったからといって、どうということはないのかもしれないが、これでなんとなく気持ちがすっきりしたル・カレ・ファンもおられるのではないだろうか。

近況といいながらこれまた旧聞に近いが、この春、あちらでは新作、*SINGLE & SINGLE*が上梓され、いっときベストセラー・シーンをにぎわせた。この新作にかぎらず、ル・カレ作品がどれもベストセラーになること自体、私はあちらの読者を尊敬する。マーケットの規模の差こそあれ、上質のエンターテインメントを支える層の厚さが羨ましい。願わくば邦訳も、というのが、ま、訳者としての本音ではあるが。とまれ、この新作のほうもできるかぎり早く紹介できればと思っているので、どうかご期待のほどを。

最後に掛け値なしの近況を伝えると、現在、ル・カレは本書の映画化製作に関わって忙しい日々を過ごしているとのことだ。なんでも本書の映画化はトニー・スコットが監督することで決まっていたのが、ジョン・ブアマンに変更になり、ブアマンの熱意がスコットに勝り、急に製作に向けて動き出したのだそうだ。キャスティングもロケハンもこれからということだから、完成はまだだいぶさきの話だろうが、今から愉しみである。映画と言えば、この夏日本でも公開されている映画、『アイズ・ワイド・シャット』の製作に加わらないかという話を、企画当初キューブリック監督自身がル・カレに持ちかけたことがあったらしい。巨匠の誘いとあって、さすがにル・カレも心惹かれたようだが、〝キューブリックの頭の中身を文字にするのはむずかしい〟ということで、結局、断念したそうだ。

これはあくまで好みの問題だろうが、ル・カレが製作参加していたら、あの観念的なところが最後の最後でほどよく〝明快〟になっていたのではないだろうか。

末文ながら、本書の訳出に際してお世話になった方々に謝意を表しておきたい。まず、本書の翻訳という難行苦行ながら、やり甲斐のある仕事の機会を与えてくれた、集英社の広谷直路さん、石塚正治さん、綜合社の篠勇さん、訳者のポカを巧みにカヴァーしてくれたタトル・モリ・エイジェンシーの甲斐美代子さん、ル・カレ研究の貴重な資料を貸してくれた翻訳家の宮脇孝雄さん、会うたび難行苦行の訳者の愚痴を聞いてくれ、また、にわかル・カレ・ファンの訳者の訳語選びの相談にも乗ってくれた、長年のル・カレ・ファンにして三十六年来の畏友、翻訳家の三川基好、イギリスの最新情報を次々に送ってくれた、これまた三十六年来の畏友でロンドン在住の翻訳家の直良和美、しきりとむずかしいとこぼしながらも、本書の原書を二度三度と読み、原文に関する訳者の疑問に辛抱強く答えてくれたイギリス人翻訳家のユアン・コフーン、それでもなおあまた残った疑問点に親切に答えてくれたル・カレ夫人。みなさんの力添えがなかったら、本書の訳了は浅学非才の訳者には到底叶わなかっただろう。心から感謝する。

一九九九年盛夏

文庫のための訳者あとがき

右記はちょうど四半世紀まえに書いた拙文で、当然のことながら情報はどれも古くなっている。また今から見ると、いかにも若書きで面映ゆく感じられるくだりもないではない。それでも、現在の読者のみなさんにも興味深く読んでいただけるところもあろうかと思い、あえて加筆せず、そのまま再録させてもらった。ただ「掛け値なしの近況」のその後については報告しておきたい。ル・カレ自身も製作及び脚色に加わった本書の映画化だ。これはその後順調に製作が進み、日本でも『テイラー・オブ・パナマ』の邦題で、二〇〇一年に劇場公開された。監督はジョン・ブアマンで、オスナードをピアース・ブロスナン、ペンデルをジェフリー・ラッシュ、ルイーザをジェイミー・リー・カーティスがそれぞれ好演した。ル・カレ原作の映画は大ヒットこそしなくてもはずれがない。この『テイラー――』もそのひとつだ。

本文については、誤訳とヌケが数個所見つかり、適宜加筆訂正した（旧訳を読まれたみなさん、すみません！）。それ以外では不快語。これはけっこう直した。この二十五年のあいだに、不快語の毒性も大きく変わり、二十五年まえにはささやかだった毒が今では猛毒扱いされることもある。しかし、ル・カレから毒を抜いたらル・カレでなくなる。ひとえに訳語ひとつひとつの手直しながら、そのあたり、ロートル翻訳者としては若い女性編集者の助言を得ての作業となった。

ル・カレは本書を〝悲しい戯画〟と呼んでいる。謝辞でも本書のイギリス大使館員の肖像は〝あくまでも空想の産物〟とわざわざ断わりを入れている。とはいえ、ひょっとしたら外交の裏側ではこんなドタバタ劇も演じられているのではないか、スパイの窮余のつくり話が戦争を惹き起こすこともないとは言えないのではないか。そんなことまでつい考えさせられるのが本書だ。久しぶりに本書を読み返し、昨今流行りのフェイクニュースが戦争の引き金になったりすることだけはありませんように、と念じないではいられなかった。

二〇二四年六月

本書は、一九九九年十月に集英社より単行本として刊行された作品を文庫化したものです。

訳者略歴　1950年生，早稲田大学文学部卒，英米文学翻訳家　訳書『八百万の死にざま』ブロック，『卵をめぐる祖父の戦争』ベニオフ，『ラブラバ〔新訳版〕』レナード，『ただの眠りを』オズボーン，『あなたに似た人〔新訳版〕』『少年〔新訳版〕』ダール（以上早川書房刊）他多数

HM=Hayakawa Mystery
SF=Science Fiction
JA=Japanese Author
NV=Novel
NF=Nonfiction
FT=Fantasy

パナマの仕立屋《したてや》

〔下〕

〈NV1528〉

二〇二四年七月二十日　印刷
二〇二四年七月二十五日　発行
（定価はカバーに表示してあります）

著者　ジョン・ル・カレ
訳者　田《た》口《ぐち》俊《とし》樹《き》
発行者　早川浩
発行所　株式会社　早川書房

郵便番号　一〇一 - 〇〇四六
東京都千代田区神田多町二ノ二
電話　〇三 - 三二五二 - 三一一一
振替　〇〇一六〇 - 三 - 四七七九九
https://www.hayakawa-online.co.jp

乱丁・落丁本は小社制作部宛お送り下さい。
送料小社負担にてお取りかえいたします。

印刷・株式会社精興社　製本・株式会社フォーネット社
Printed and bound in Japan
ISBN978-4-15-041528-0 C0197

本書は活字が大きく読みやすい〈トールサイズ〉です。